美学散步丛书

江 溶 朱良志 主编

U0369939

人间情味

丰子恺 著

张 卉 编

北京大学出版社

PEKING UNIVERSITY PRESS

图书在版编目（CIP）数据

人间情味/丰子恺著；张卉编 . —北京：北京大学出版社，2010. 1
（美学散步丛书）
ISBN 978 - 7 - 301 - 16433 - 4

Ⅰ. ①人… Ⅱ. ①丰…②张… Ⅲ. ①随笔—作品集—中国—现代
Ⅳ. ①I266. 1

中国版本图书馆 CIP 数据核字（2009）第 227296 号

书　　　名	人间情味
著作责任者	丰子恺 著 张 卉 编
责 任 编 辑	艾 英
标 准 书 号	ISBN 978 - 7 - 301 - 16433 - 4
出 版 发 行	北京大学出版社
地　　　址	北京市海淀区成府路 205 号　100871
网　　　址	http://www. pup. cn　新浪微博：@ 北京大学出版社
电 子 信 箱	pkuwsz@ 126. com
电　　　话	邮购部 62752015　发行部 62750672　编辑部 62756467
印 刷 者	三河市博文印刷有限公司
经 销 者	新华书店
	730 毫米 × 1020 毫米　16 开本　16. 75 印张　300 千字
	2010 年 1 月第 1 版　2018 年 1 月第 5 次印刷
定　　　价	38.00 元

美学的散步（代总序）

宗白华

散步是自由自在、无拘无束的行动，它的弱点是没有计划，没有系统。看重逻辑统一性的人会轻视它，讨厌它，但是西方建立逻辑学的大师亚里士多德的学派却唤做"散步学派"，可见散步和逻辑并不是绝对不相容的。中国古代一位影响不小的哲学家——庄子，他好像整天是在山野里散步，观看着鹏鸟、小虫、蝴蝶、游鱼，又在人间世里凝视一些奇形怪状的人：驼背、跛脚、四肢不全、心灵不正常的人，很像意大利文艺复兴时大天才达·芬奇在米兰街头散步时速写下来的一些"戏画"，现在竟成为"画院的奇葩"。庄子文章里所写的那些奇特人物大概就是后来唐、宋画家画罗汉时心目中的范本。

散步的时候可以偶尔在路旁折到一枝鲜花，也可以在路上拾起别人弃之不顾而自己感到兴趣的燕石。

无论鲜花或燕石，不必珍视，也不必丢掉，放在桌上可以做散步后的回念。

目 录

目录
Contents

目 录
Contents

上编　艺术之境

艺术三昧

有一次我看到吴昌硕写的一方字。觉得单看各笔划，并不好。单看各个字，各行字，也并不好。然而看这方字的全体，就觉得有一种说不出的好处。单看时觉得不好的地方，全体看时都变好，非此反不美了。

原来艺术品的这幅字，不是笔笔，字字，行行的集合，而是一个融合不可分解的全体。各笔各字各行，对于全体都是有机的，即为全体的一员。字的或大或小，或偏或正，或肥或瘦，或浓或淡，或刚或柔，都是全体构成上的必要，决不是偶然的。即都是为全体而然，不是为个体自己而然的。于是我想象：假如有绝对完善的艺术品的字，必在任何一字或一笔里已经表出全体的倾向。如果把任何一字或一笔改变一个样子，全体也非统统改变不可；又如把任何一字或一笔除去，全体就不成立。换言之，在一笔中已经表出全体，在一笔中可以看出全体，而全体只是一个个体。

所以单看一笔一字或一行，自然不行。这是伟大的艺术的特点。在绘画也是如此。中国画论中所谓"气韵生动"，就是这个意思。西洋印象画派的持论："以前的西洋画都只是集许多幅小画而成一幅大画，毫无生气。艺术的绘画，非画面浑然融合不可。"在这点上想来，印象派的创生确是西洋绘画的进步。

这是一个不可思议的艺术的三昧境。在一点里可以窥见全体，而在全体中只见一个体。所谓"一有多种，二无两般"（《碧岩录》），就是这个意思吧！这道理看似矛盾又玄妙，其实是艺术的一般的特色，美学上的所谓"多样的统一"，很可明了地解释其意义：譬如有三只苹果，水果摊上的人把它们规则地并列起来，就是"统一"。只有统一是板滞的，是死的。小孩子把它们触乱，东西滚开，就是"多样"。只有多样是散漫的，是乱的。最后来了一个画家，要写生它们，给它们安排成一个可以入画的美的位置，——两个靠拢在后方一边，余一个稍离开在前方，——望去恰好的时候，就是所谓"多样的统一"，是美的。要统一，又要多样；要规则，又要不规则；要不规则的规则，规则的不规则；要一中有多，多中有一。这是艺术的三昧境！

宇宙是一大艺术。人何以只知鉴赏书画的小艺术，而不知鉴赏宇宙的大艺术呢？人何以不拿看书画的眼来看宇宙呢？如果拿看书画的眼来看宇宙，必可发见更大的三昧境。宇宙是一个浑然融合的全体，万象都是这全体的多样而统一的诸相。在万象的一点中，必可窥见宇宙的全体；而森罗的万象，只是一个个体。勃雷克（布莱克）的"一粒沙里见世界"，孟子的"万物皆备于我"，就是当作一大艺术而看宇宙的吧！艺术的字画中，没有可以独立存在的一笔。即宇宙间没有可以独立存在的事物。倘不为全体，各个体尽是虚幻而无意义了。那末这个"我"怎样呢？自然不是独立存在的小我，应该融入于宇宙全体的大我中，以造成这一大艺术。

（发表于 1927 年 8 月《小说月报》第 18 卷第 8 号，选自《丰子恺文集》第 5 卷。）

画家之生命

乙卯（1915 年）予从李叔同先生学西洋画，写木炭基本练习数年，窃悟其学之深邃高远，遂益励之，愿终身学焉。戊午（1918 年）五月，先生披剃入山，所业几废。自度于美术所造未深，今乃滥竽教授，非始愿也。惟念吾师学识宏正，予负笈门墙数年，受益甚多。兹不揣谫陋，述其鄙见如次。

绘事非寻常学问可拟也。研究之法，因之与他事不同。凡寻常学问，若能聪明加以勤勉，未有不济者。独予学画则不可概论。天资、学力二者固不可缺，然重于此者尚多。盖一画之成，非仅模仿自然，必加以画家之感兴，而后能遗貌取神。故画者以自然物之状态，由画家之头脑画化之，即为所成之艺术品也。是以同一自然物也，各人所画趣味悬殊。因各人之头脑不同，即各人之感兴不同，故其结果亦遂不同也。

由是言之，无画家之感兴，不可云画。感兴者何？盖别有修养之方在也，可名之曰画家之生命。

画家之感兴为画家最宝贵之物。修养之法，最宜注意。西人尝有言之者

丰子恺　观棋不语

矣。爰本前人之旨而加以愚见，述之如下，未必当也。

（一）意志之自由：意志自由，则心所欲为，无不如愿。故其心境常宽，神情常逸，因而美术思想无束缚之虞矣。虽古代大家有赤贫而衣食不给者，其意志未得自由，而杰作则流传甚众，此天才也，古今一二人而已，不可援为通例。巴黎美术学校无校规，无监学，一任学生放纵，怪状百出，不少加禁，亦此故也。虽然，此不免太甚。世之意志完全自由者有几人欤？不过意志之不自由，皆自作之。画者当自慎其行，使意志不趋于不自由之地步可耳。

（二）身体之自由：身体自由，精神乃可快活。故美术家不拘严肃之礼仪，行止自由，饮食自由，都不肯注意于经济便宜礼貌等事，亦都不肯事生产作业之事。缘此皆妨其身体之自由也。故美术家宜为游荡之生活，无时间之拘束乃可。巴黎美术学校学生，每日下午自由行动。关心游骋，争逐饮食者有之，亦不之戒。即基本练习时间，亦无察察之监督者。学生之不到者听之，辍课业而事游遨者亦听之云。

（三）嗜好之不可遏：美术家有怪癖之嗜好，必须培之，不可力遏之。力遏之即妨其意志之自由、身体之自由矣。画家之癖甚多。昔日本洋画家大野隆德来杭州时，吾师已为僧，因余略解日语，命引导之，因得聆其言论。忆一夕在西湖旅馆，谈及画家怪癖之嗜好，据云近今日本洋画家巨擘黑田清辉（即吾师之师）喜猿，即泥塑木刻之假猿亦宝之。人赠以物，上绘一猿，则欣然受之。又严谷小波（即洋画家严谷一六之子）喜马，杉浦非水喜虎，皆怪癖之嗜好也。究其故，嗜好亦习惯也。其初必有不知何来之原因使其喜猿喜马，于是非猿非马不能博其大快，习久成嗜好矣。尝闻西洋文豪某，必置烂苹果于案，文始若流，否则不能下笔。亦有必置泥菩萨于案而作文者。中国昔时诗人亦有怪癖，有必卧床而成诗者，有必蹲坑而成诗者。诗文与美术类，皆必培其嗜好，乃可促进其思潮也。

此种嗜好，犹其无累者也。即饮酒、吸烟等嗜好亦不可强行禁绝。非画家必饮酒、吸烟，不饮不吸尤佳。惟既成习惯者，易则戒之，难则宁不戒也。二者虽曰有毒，妨害脑筋，然其已成癖者，苟力遏之，则精神必受不快之感，竟有不能作事者，不若顺之可也。故烟酒虽曰害，或曰能助思想，不无原因。中国古称烟曰钓诗钩，亦以此也。闻巴黎美术学校学生，几无人不吸烟者。基本练习教室中，雪茄烟管三四十支，同时燃吸，烟气为之迷漫云。又其学生常出痛饮，座前后酒瓶如林，爱食之物必大嚼之，尽量而止云。

（四）时间之无束缚：习画不似习他科，不可规定其执业之时间。故时间不可有束缚。巴黎美术学校虽有规定毕业年限，而留级者甚多，甚至数十年犹未毕业者。学习之中，尤不可规定时间，须听其自由。一画不限其作成之时间，学画者不可有他事，如家务应酬等项，以掣制其时间。学画者须以一生付之，作一画须以完全时间予之，例如画一风景，须同一季候、同一时间、同一天气、同一地位，方可恣意研究，以得美满之结果。故一画费数月者甚多，甚至有费数年者（古人十年作赋，与此同意）。若束缚其时间，则局促而不能肆其技巧矣。

（五）趣味之独立：意志、身体、时间既能自由矣，若无独立之趣味，则或流于卑下。趣味即画家之感兴也。一画家之感兴，不当与凡众相同。此虽属抽象之语，实系最紧要之事，关于技术上之影响甚巨。学画而无独立趣味，虽研究数十年，一老匠耳。己未（1919年）年底，《时事新报》记载关于美术文数篇，有署名竹子者，其论中国洋画家之歧途，语极痛快。余深引为同调。所谓中国之洋画家者，皆逞其模仿之本领，负依赖之性质，不识独立之趣味为何物，直一照相器耳（有远近法、位置法等都不顾到者，则反不如照相器），岂可谓之画家哉！予不敢自命画家，但自信未入歧途。久怀疑于所谓中国洋画家者，用敢直陈之。

画家之修养当注意右之数端。故谓之画家之生命。然予尚有欲言者：画家之生活既如是，就表形而观，恐有指为放荡游惰者焉。其实非也。画家修养既富，则制作日趋高雅，而导其心性于高尚之位置。故虽不以道德为目的，而其终点仍归于道德也。敢质之大雅。

（发表于1920年4月《美育》杂志第1期，选自《丰子恺文集》第1卷。）

艺术教育的原理

我是一个图画教师，我曾担任过好几个普通学校的图画科，觉得中国现在普通学校的艺术科，都不能奏它的效果。这恐是因为办学人和艺术科教师对于艺术科的误解的缘故。不要说内地，就是通都大邑的普通学校的艺术科，也大半是误解着。

图画科是艺术科的中心点，决不可让它误解过去；而现在一般普通学校的艺术科，对于图画科的误解尤加多，我因此想把平日的见闻和研究拉集拢来做一篇文章，讨论一下。

我看来中国一大部分的人，是科学所养成的机械的人；他们以为世间只有科学是阐明宇宙的真相的，艺术没有多大的用途，不过为科学的补助罢了，这一点是大误解。这种误解的证据我有几个实例：我从前曾在两个有体操专科的学校担任图画科，主任者聘我的时光对我说道：画材要选择体操用具或动作姿势的，可以使学生得着实用。这样宗旨，不是图画科，却是"体操插图画法"了；还有一个学校要我用博物标本当画材，说道可以使学生得着实用；还有一个学校，主任先生看见学生画的木炭画，说道这龌龊的东西，有什么好处？又说道这种画一文也不值，它的纸倒费去七八分大洋。就我所感受到的三个证据，可以推想一般主持教育者都有把艺术科想作科学的补助品的误解的；不但图画，手工科的误解也不少。我曾听见说：有人参观某校，这校中的会客室中的椅子都是学生们木工课内自制的，便赏赞不已；这种观念都是艺术科的误解。要订正这种误解，须要使得明白艺术教育的原理；要明白艺术教育的原理，请先讨论艺术与科学的分别和艺术教育的意义。

科学固然说是给我们人类幸福的，又是阐明宇宙真相的，然而所谓真相两个字，非常难讲，到底怎么样可叫做真相，还是一个问题。科学都是从假定（presupposition）上立论的：譬如物理学者，一定先假定世间确有分子的物质的存在，然后可以立脚得住，实行他的研究。这基本的假定一动摇，物理学全部便推翻了；他如研究历史的，也必先假定人类是大皆有意识（consciousness）的，他们看见了人的表情的变化，以为这种物的现象的背面，确有意识存在；又如研究社会学者，使人们勤职务，计幸福，他们假定幸福确是可企图的，尽自己的义务确是有价值的。这种假定是否正确，还是一个问题，就是科学者所谓宇宙的真相，到底是不是真相也是一个问题。

科学是根据了一种假定来阐明宇宙的真相的，艺术却是不根基于假定来阐明宇宙的真相的：譬如一张海的画，这是用艺术的方法来说明海的真相。但科学者却不以为然，一定说要把海水蒸发了变成盐分和水分等，或又把波浪的运动用物理的方法说明起来，然后说是海的真相。又如一块石，艺术者画了一块石，表示石的真相。科学者定要把石打得粉碎，说明它含着云母长石……等成分，以为是石的真相。如今且看，到底画中的海和石是真相呢？还是水分盐分和长石云母是真相？这可以说科学的不是真相，因为一则科学所谓真相，是从假定上立脚的，假定的正确与否，还没晓得，二则科学把海水分作水分盐分，把石子分作云母长石，这时候不是表示海和石子的真相，是从海和石子移到了别种的东西盐分水分云母长石上去。艺术的画，倒是表示当时所看见的海和石子的真相的。

科学者看见海的画和石的画，说道这不是真相，只有科学所表示的是真相，艺术所表示的和实际的世界相去甚远，用这样偏见的头脑来排斥艺术，也是一个大误解，原来科学和艺术，是根本各异的对待的两样东西，艺术科的图画，有和各种科学一样重大的效用，决不是科学的补助品，决不可应用在植物标本画或体操姿势图上，同科学联关于实现的。原来艺术科有多大的独立的价值，可以证明如下：

肉缩笋蜗角
涎腥过蛎房
惰栗一破壳
也有九回肠

法朱彝尊黄螺诗

螺蛳背看房子出贳

丰子恺　看螺

　　凡事有没有真的价值，都要经过最高法庭的审判的，这最高法庭便是哲学。科学和艺术的争论，也要拿到这最高法庭去审判过。审判的结果，可以分明科学所示的，并不是事物的真相。譬如一块石，科学者把它打得粉碎，分出云母长石来，科学者以为是明示石的真相了，其实石是石、云母长石是云母长石，它们是两件事物，不过有关系的，决不是长石云母可以说明石的真相的；又如科学者依定理测知水是由汽变成的，水再冷将变冰的，这也不是水的真相，是水的未来和过去的变化或者水的原因结果。原来最高的真理，是在乎晓得物的自身，不在乎晓得它的关系或过去未来或原因结果，所以物的真相，便是事物现在映在吾人心头的状态，便是事物现在给与吾人心中的力和意义。

　　我们想求事物的真相，科学并不把事物的真相来示我们，却把这事物的关系或过去未来或原因结果来示我们。这非但不是向事物的真相走近来，却是把我们从事物的真相上拉远去，把我们拉到别的事物的身上去。

　　这样看来，科学者非但不示物的真相，而且遮蔽物的真相，可以断定一句：科学所示，不是物的真相。

　　然则宇宙的真相是怎么样的呢？依哲学的论究，是"最高的真理，是在晓得事物的自身，便是事物现在映于吾人心头的状态，现在给于吾人心中的力和意义"——这便是艺术，便是画。

因为艺术是舍过去未来的探求，单吸收一时的状态的，那时候只有这物映在画者的心头，其他的物，一件也不混进来，和世界一切脱离，这事物保住绝缘的（isolation）状态，这人安住（repose）在这事物中；同时又觉得对于这事物十分满足，便是美的享乐，因为这物与他物脱离关系，纯粹的映在吾人的心头，就生出美来。

本了这理论来实施艺术教育的手段，便是要使学生了解艺术的绝缘的方法，譬如描写图画的模型 model，第一要使他们不可联想到实用上去，但使描出当时瞬闻的印象。看画的时候，也要注意使心安住在画中，但赏画的美，决不可问画中的路通哪里，画中的人姓甚，画中的花属何科，否则他们仍旧不算懂得艺术科。而且他们所描的画，所看的画，都值得一幅历史地理博物的插图，变了科学的一部分，还有什么艺术的价值呢？这个话似乎欲望太奢，又似太近理想，其实我仔细想来，非这样办法，不能满足地奏艺术教育的效果的。

艺术教育的疏忽的损失，似微而实大。美国是偏重实际的国家，专门在原因结果的系统中教育青年，结果使人民变了机械的枯燥的生活，影响到社会很大。近来觉悟了这弊害，提倡艺术教育的呼声甚高。中国的社会程度，根本远不如美国的坚实，艺术教育的疏忽却又甚于美国，实在是前途的危机，那末提倡艺术教育，当然是急务。

所以我们可以下一个断语，科学是有关系的（connection），艺术是绝缘的（isolation），这绝缘便是美的境地——吾人便达到哲学论究的最高点，因此可以认出知的世界和美的世界来。

以上的论证的结果，科学所示不是真相，艺术所示，确是真相，又生出一个美字来，因此我们就分了知的和美的两个世界。科学和艺术非但不相附属，而且是各一世界的，有关系的是知的世界，绝缘的是美的世界，所以我们看一幅风景画时候，完全的灌注精神在这画中，并不想起画以外的东西，画的镜框，简直是把人世隔绝的东西，我们但在画里鉴赏它的美，并不问画中的山路通哪处，画中的农夫是怎样的人，画中的山的背面有否住人，更不想这画的材料怎么样，值多少钱了。又我们作画时，眼前的风景，我们但感得它的形状、调子、色彩和表情，决不想到这地方是属何省何县的，这山有什么出产等关系的事体的，因为我们看画作画时，已迁居到另一个世界——美的世界——上去，这世界和别的世界完全断绝交通的。

概括艺术和科学的异同，可说：（1）科学是连带关系的，艺术是绝缘的；（2）科学是分析的，艺术是理解的；（3）科学所论的是事物的要素，艺术所论的是事物的意义；（4）科学是创造规则的，艺术是探求价值的；（5）科学是说明的，艺术是鉴赏的；（6）科学是知的，艺术是美的；（7）科学是研究手段的，艺术是研究价值的；（8）科学是实用的，艺术是享乐的；（9）科学是奋斗的，艺术是慰乐的。二者的性质绝对不同，并且同是人生修养上所不可偏废的。

把图画科看作其他科学的补助品，那么，艺术附属在科学里面去，学生的精神上，缺少了一项艺术的享乐的和安慰的供给，简直可说变成了不完全的残废人，不可称为真正的完全的人。因为这种艺术的安慰，实际上可以不绝地使我们增加作事上的努力。譬如图画、唱歌、游戏，不明白艺术教育的人都以为是模仿小孩子的嬉戏罢了，没有多大的价值，删除了这种功课，使他们专心攻究正课，看来好像得益的，其实损失多了。

艺术教育的原理是因为艺术是人生不可少的安慰，又是比社会大问题的真和科学知识的真更加完全的真，直接了解事物的真相，养成开豁胸襟的力量，确是社会极重要的事件。

（发表于 1922 年 4 月《美育》杂志第 7 期，选自《丰子恺文集》第 1 卷。）

中国画的特色
——画中有诗

一、两种的绘画

绘画，从所描写的题材上看来，可分两种：一种是注重所描写的事物的意义与价值的，即注重内容。还有一种是注重所描写的事物的形状，色彩，位置，神气，而不讲究其意义与价值的，即注重画面的。前者是注重心的，后者是注重眼的。

注重内容的，在西洋画例如辽那独（列奥纳多·达·芬奇）（Leonardo）的《最后的晚餐》，拉费尔（拉斐尔）（Raphael）的《马童那（圣母像）》，是以宗教为题材的。米勒（Millet）的《拾穗》，《持锄的男子》等，是以劳动、民众为题材的。洛赛典（罗赛蒂）（Rossetti, D. G.）的《斐亚德利坚的梦》等，

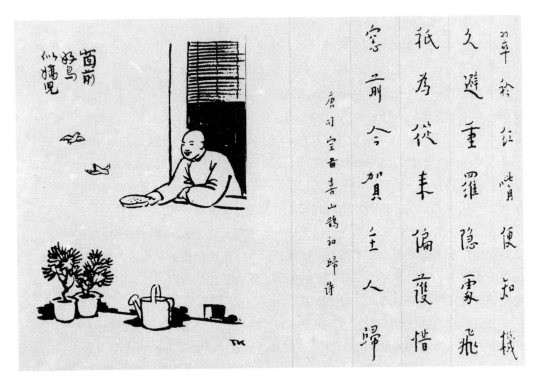

窗前好鸟似娇儿

久避重罗隐雾飞

祇为从丰偏覆惜

窗前今贺主人归

唐司空曙喜山鹊初归诗

丰子恺　窗前好鸟

是以文学的浪漫思想为题材的。在中国画，例如麒麟阁功臣像，武梁石室的壁画，是以帝王，圣贤，名士，烈女，战争等事为题材的。魏，晋，六朝的佛像，天尊图，是以宗教为题材的。顾恺之的《女史箴》，是以贵族生活，风教，道德为题材的。王摩诘的《江山雪霁图》，及大部分的中国山水画，是寄隐遁思想于山水的题材上的。这等画都注重所描写的事象的意义与价值，在画的内面含蓄着一种思想，意义，或主义，诉于观者的眼之外，又诉予观者的心。

注重画面的，如西洋画中的大部分的风景画，一切的静物画，中国画中的花卉，翎毛，蔬果，都是其例。这等画的目的不在所描写的事物的意义与价值。只要画面的笔法，设色，布局，形象，传神均优秀时，便是大作品。故赛尚痕（塞尚）（Cézanne）画的一块布和几只苹果，卖给美国的资本家值许多金镑。唐伯虎画的两只蟹要当几百两银子。日本某家画的三粒豆卖六十块钱，使得一班商人翘舌惊问"一粒豆值二十元？"

这两种绘画，虽然不能概括地评定其孰高孰下，孰是孰否，但从绘画艺术的境界上讲起来，其实后者确系绘画的正格，前者倒是非正式的、不纯粹的绘画。什么缘故呢？绘画是眼的艺术，重在视觉美的表现。极端地讲起来，不必有自然界的事象的描写，无意义的形状，线条，色彩的配合，像图案画，或老画家的调色板，漆匠司务的作裙，有的也能由纯粹的形与色惹起眼的美感，这才是绝对的绘画。但这是穷探理窟的话，不过借来说明绘画艺术的注重视觉美罢了。所以不问所描的是什么事物，其物在世间价值如何，而用线条，色彩，构图，形象，神韵等画面的美来惹起观者的美感，在这论点上可说是绘画艺术的正格。回顾功臣图，武梁祠壁画，其实是政治的记载；释迦像，天尊像，耶稣，圣母，其实是宗教的宣传；《持锄的男子》及一切贫民、劳工的描写，其实是民主主义的鼓吹；《归去来图》，《寒江独钓图》，其实是隐逸思想的讴歌。这等都是借绘画作手段，或者拿绘画来和别种东西合并，终不是纯粹的正格的绘画。微小的无意义的一粒豆，一片布，一只蟹，倒是接近的绘画的正格。

中国与西洋虽然都有这两类的绘画，但据我所见，中国画大都倾向于前者。西洋画则大都倾向于后者，且在近代的印象派，纯粹绘画的资格愈加完备。请陈其理由：

中国画中虽也有取花卉，翎毛，昆虫，马，石等为画材的，但其题材的选择与取舍上，常常表示着一种意见，或含蓄着一种象征的意义。例如花卉中多画牡丹、梅花等，而不欢喜画无名的野花，是取其浓艳可以象征富贵，淡雅可以象征高洁。中国画中所谓梅兰竹菊的"四君子"，完全是士君子的自诫或自颂。翎毛中多画凤凰、鸳鸯，昆虫中多画蝴蝶，也是取其珍贵、美丽，或香艳、风流等文学的意义。画马而不画猪，画石而不画砖瓦，也明明是依据物的性质品位而取舍的。唯其含有这等"画面下"的意义，故可说是倾向于第一种的。

回顾西洋画，历来西洋画的表现手法，例如重形似的写实，重明暗的描写，重透视的法则，已是眼的艺术的倾向。至于近代的印象派，这倾向尤趋于极端，全无对于题材选择的意见。布片，油罐头，旧报纸，都有入画的资格。例如前期印象派，极端注重光与色的描出。他们只是关心于画面的色彩与光线，而全然不问所描的为何物。只要光与色的配合美好，布片，苹果，便是大作品的题材。这班画家，仿佛只有眼而没有脑。他们用一点一点或一条一条的色彩来组成物体的形，不在调色板上调匀颜料，而把数种色条或色点并列在画面上，以加强光与色的效果。所以前期印象派作品，大都近看混乱似老画家的调色板或漆匠司务的作裙，而不辨其所描为何物。远远地蒙眬地望去，才看出是树是花，或是器是皿。印象派的始祖莫南（莫奈）（Monet）所发表的第一次标树印象派旗帜的画，画题是《日出的印象》（《Impression：Soleil Levant》），画的是红的黄的，各色的条子，远望去是朝阳初升时的东天的鲜明华丽的模样。印象派的名称，就是评家袭用这画题上的"印象"二字而为他们代定的。像这类的画，趣味集中于"画面上"的形象、色彩、布置，气象等"直感的"美，而不关心所描的内容；且静物画特别多，画家就近取身旁的油罐头，布片，器具，苹果一类的日常用品为题材，全无选择的意见，也无包藏象征的或暗示的意义。故比较中国的花卉，翎毛，昆虫等画，更接近于纯粹绘画的境域。我写到这里，举头就看见壁上挂着的一幅印象派作品，谷诃（凡·高）（Gogh）的自画像。谷诃在这画中描着右手持调色板，左手执笔而坐在画架前的自己的肖像。这想来是因为自画像对镜而画，镜中的左右易位，故调色板拿在右手里，笔拿在左手里了。据我所知，右手执笔是东西洋一般的共通的习惯。这幅画忠于镜中所见的姿势的写实，而不顾左右易位的事实的乖误。这种注重形式而轻视意义的办法，仅见于印象派绘画。倘不是谷诃有左手执笔右手持调色板的奇习，这正是我现在的论证的一个好例子。

这两种倾向孰优孰劣，孰是孰非呢？却不便分量地批判，又不能分量地批判。在音乐上有同样的情形；不描写客观的事象而仅由音的结合诱起美感的、不用题名的乐曲，名为纯音乐或绝对音乐，其描写外界事象，而标记题名如《月光曲》，《英雄交响乐》等，名为标题乐。纯音乐与标题乐，各有其趣味，不能指定其孰优孰劣，孰是孰非。同样，绘画的注重形式与注重内容也各有其价值，不能分量地批判，只能分论其趣味。注意文学的意义的绘画，与描写事象的标题乐，其实就是在绘画中与音乐中羼入一点文学。在严格的意义上，是绘画与文学，音乐与文学的综合艺术。纯粹的绘画，纯粹的音乐，好比白面包，羼入文学的意义的绘画与音乐好比葡萄面包。细嚼起白面包来，有深长的滋味，但这滋味只有易牙一流的味觉专家能领略。葡萄面包上口好，一般的人都欢喜吃。拿这譬喻推论绘画，纯粹画趣的绘画宜于专门家的赏识，羼入文学的意义的绘画适于一般人的胃口。试拿一幅赛尚痕的静物画布片与苹果，和米勒的《晚钟》并揭起来，除了几位研究线，研究 touch（日本人译为笔触）的油画专家注意赛尚痕以外，别的人——尤其是文学者——恐怕都是欢喜《晚钟》的吧！

所以我的意见，绘画中羼入他物，须有个限度。拿绘画来作政治记载，宗教宣传，主义鼓吹的手段，使绘画为政治、宗教、主义的奴隶，而不成为艺术，自然可恶！然因此而绝对杜绝事象的描写，而使绘画变成像印象派作品的感觉的游戏，作品变成漆匠司务的作裙，也太煞风景了！人生的滋味在于生的哀乐，艺术的福音在于其能表现这等哀乐。有的宜乎用文字来表现，有的宜乎用音乐来表现，又有的宜乎用绘画来表现。这样想来，在绘画中描点人生的事象，寓一点意思，也是自然的要求。看到印象派一类的绘画，似乎觉得对于人生的观念太少，引不起一般人的兴味。因此讴歌思想感情的一类中国画，近来牵惹了一般人的我的注意。

二、画中有诗

"画中有诗"，虽然是苏东坡评王维的画而说的话，其实可认为中国画的一般的特色。

中国画所含有的"诗趣"，可分两种看法：第一种，是画与诗的表面的结

丰子恺　幸有我来山未孤

合，即用画描写诗文所述的境地或事象，例如《归去来图》依据《归去来辞》之类；或者就在画上题诗句的款，使诗意与画义，书法与画法作成有机的结合。如宋画院及元明的文人画之类。第二种看法，是诗与画的内面的结合，即画的设想，构图，形状，色彩的诗化。中国画的特色，主在于第二种的诗趣。第一种的画与诗的表面的结合，在西洋也有其例。最著的如十九世纪英国的新拉费尔前派的首领洛赛典（Dante Gabriel Rossetti，1828—1882）的作品。他同我们的王维一样，是一个有名的英诗人兼画家。他曾画莎翁剧中的渥斐利亚，又画但丁《神曲》中的斐亚德利坚的梦。第二层的内面的结合，是中国画独得的特色。苏东坡评王维的画为"画中有诗"，意思也就在此。请申述之：

中国画的一切表现手法，凡一山一水，一木一石，其设想，布局，象形，赋彩，都是清空的，梦幻的世界，与重浊的现实味的西洋画的表现方法根本不同。明朝时候欧洲人利玛窦到中国来，对中国人说："你们的画只画阳面，故无凹凸，我们兼画阴阳面，故四面圆满。"哪晓得这"无凹凸"正是中国画表现法的要素。无凹凸，是重"线"的结果。所以重线者，因为线是可以最痛快最自由地造出梦幻的世界的。中国画家爱把他们所幻想而在现世见不到的境地在画中实现。线就是造成他们的幻想世界的工具。原来在现实的世界里，单独的"线"的一种存在是没有的。西洋画描写现世，故在西洋画中（除了模仿中国画的后期印象派以外）线不单存在，都是形的界限或轮廓。例如水平线是天与海的形的界限，山顶是山的形的轮廓。虽然也有线，但这线是与形相关联的，是形的从属，不是独立的存在。只有在中国画中有独立存在的线，这"线的世界"，便是"梦幻的世界"。

做梦，大概谁也经验过：凡在现实的世界中所做不到的事，见不到的境地，在梦中都可以实现。例如庄子梦化为蝴蝶，唐明皇梦游月宫。化蝴蝶，游月宫，是人所空想而求之不得的事，在梦中可以照办。中国的画，可说就是中国人的梦境的写真。中国的画家大都是文人士夫，骚人墨客。隐遁，避世，服食，游仙一类的思想，差不多是支配历来的中国士人的心的。王摩诘被安禄山捉去，不得已做了贼臣，贼平以后，弟王缙为他赎罪，复了右丞职。这种浊世的经历，在他有不屑身受而又无法避免的苦痛。所以后来自己乞放还，栖隐在辋川别业的水木之间，就放量地驱使他这类的空想。假如他想到：最好有重叠的山，在山的白云深处结一个庐，后面立着百丈松，前面临着深渊，左面挂着瀑布，右面耸着怪石，无路可通；我就坐在这庐中，啸傲或弹琴，与人世永远隔绝。他就和墨伸纸，顷刻之间用线条在纸上实现了这个境地，神游其间，借以浇除他胸中的隐痛。这事与做梦有什么分别？这画境与梦境有什么不同呢？试看一般的中国画：人物都像偶像。全不讲身材四肢的解剖学的规则。把美人的衣服剥下，都是残废者，三星图中的老寿星如果裸体了，头大身短，更要怕死人。中国画中的房屋都像玩具，石头都像狮子老虎，兰花会无根生在空中，山水都重重叠叠，像从飞艇中望下来的光景，所见的却又不是顶形而是侧形。凡西洋画中所讲究的远近法，阴影法，权衡法（proportion），解剖学，在中国画中全然不问。而中国画中所描的自然，全是现世中所见不到的光景，或奇怪化的自然。日本夏目漱石评东洋画为"grotesque 的趣味"。grotesque（奇怪）的境地，就是梦的境地，也就是诗的境地。

我看到中国的旧戏与新式的所谓"文明戏"，又屡屡感到旧戏与中国画的趣味相一致，新戏与西洋画的趣味相一致。这真是一个很有趣的比喻。旧戏里开门不用真的门，只要两手在空中一分，脚底向天一翻；骑马不必有真的马，只要装一装腔；吃酒不必真酒，真吃，只要拿起壶来绕一个抛物线，仰起头来把杯子一倒，说一句话要摇头摆尾地唱几分钟。如果真有这样生活着的一个世界，这岂不也是 grotesque 的世界？与中国画的荒唐的表现法比较起来，何等地类似！反之，新戏里人物，服装，对话，都与日常生活一样，背景愈逼真愈好，骑马时舞台上跑出真的马来，吃酒吃饭时认真地吃，也都与现世一样。比较起西洋画的实感的表现法来，也何等地类似！

实际的门与马固然真切而近于事实，但空手装腔也自有一种神气生动的妙趣，不像真的门与真的马的笨重而煞风景；对唱固然韵雅，但对话也自有一种深切浓厚的趣味，不像对唱的为形式所拘而空泛。故论到画与诗的接近，西洋画不及中国画；论到剧的趣味的浓重，则中国画不及西洋画。中国画妙在清新，西洋画妙在浓厚；中国画的暗面是清新的恶称空虚，西洋画的暗面是浓厚的恶称苦重。于是得到这样一个结论：

"中国画是注重写神气的。西洋画是注重描实形的。中国画为了要活跃地写出神气，不免有时牺牲一点实形；西洋画为了要忠实地描出实形，也不免有时抹杀一点神气。"

头大而身伛偻，是寿星的神气。年愈高，身体愈形伛偻短缩而婆娑；寿星千龄万岁，画家非尽力画得身材缩短庞大，无以表出其老的神气。按之西洋画法上的所谓解剖学，所谓"八头画法"（eight heads，男身自顶至踵之长为

丰子恺　雀巢

八个头之长。中国画中的老寿星恐只有三四头），自然不合事理了。又山水的神气，在于其委曲变幻的趣致。为了要写出这趣致，不妨层层叠叠地画出山、水、云、树、楼、台，像"山外清江江外沙，白云深处有人家"或"山外青山楼外楼"一类的诗境。远近法（perspective）合不合，实际上有无这风景，正不必拘泥了。苏东坡所谓"画中有诗"，就是这个意思吧！

　　以上所论，就是我上面所说的第二种看法，画与诗的"内面的结合"。这是中国画的一般的特色。第一种看法，画与诗的表面的结合，在后面说的宋画院及元明以后的文人画中，其例甚多。中国画之所以与诗有这样密切的关系者，是文化的背景所使然。推考起来，可知有两种原因：第一，中国绘画在六朝以前一向为政治、人伦、宗教的奴隶，为羁绊艺术的时期很长久。因此中国的大画家差不多尽是文人或士大夫，从事学问的人，欢喜在画中寓一种意义，发泄一点思想。看画的人也养成了要在画中追求意义的习惯。第二，宋朝设立画院，以画取士，更完成了文人士夫的画风。分述如下：

三、文人画家与王维

中国画家之所以多文人士夫者，是因为中国画久为羁绊艺术的原故。我国的绘画，在六朝以前全是羁绊艺术。远溯古昔，周朝明堂的四门墉上画尧舜桀纣的像，及周公相成王之图，以供鉴戒。孔子看了徘徊不忍去，对从者说："此周之所以盛也。"汉宣帝命画功臣十一人像于麒麟阁，以旌表士大夫功勋。元帝命毛延寿画王昭君等后宫丽人，以便召令。后汉明帝画佛像，安置于陵庙，又命于白马寺壁上画《千乘万骑绕塔三匝图》。光武帝陈列古圣贤后妃像于楼台，以为鉴戒标目。灵帝、献帝，均于学门礼殿命画孔子及七十二弟子像。顺帝命作孝子山堂祠石刻，记载战争风俗等故事。桓帝命作武梁祠石室的刻画，刻的也是神话，历史，古代生活状态。这等各时代的绘画的重大作品，都是人伦的补助，政教的方便，又半是建筑物上的装饰。

到了六朝，方始渐渐脱却羁绊，发生以美为美的审美的风尚，为我国绘画的自由艺术的萌芽。然而那时候，春秋战国之世的自由思想的结晶的老子教，渐渐得势了。就造成了当时的山水画的爱自由、好自然的风尚。当时画家特别欢喜画龙，为它有无限变幻，而能显自然的力。他们欢喜画龙虎斗，暗寓物质为灵魂的苦战与冲突的意义。六朝以后，绘画虽脱离羁绊而为自由艺术，然在绘画中表现一种思想或意义，永远成了中国画的习惯。因此执笔者都让文人士夫，纯粹的画工，知名者极少。

中国的大画家，大都是文人，士夫，名士或隐者。从自由艺术的时代——六朝——说起，我国最早的大画家东晋的顾恺之，就是一个博学宏才的人，精通老庄之学的。他的最大作品，便是《〈女史箴〉图卷》（描写张华的《女史箴》的）与《〈洛神赋〉图卷》（描写曹植的《洛神赋》的）。同时的谢安，是宰相画家。王廙及其从孙画家王献之，从子书家王羲之，都是风流高迈的名士。戴家父子，戴逵、戴勃，是全家隐遁的。六朝的画家中，宗炳、王微二人正式地开了文人士夫画的先声。他们是山水名手，又作《画叙》文一篇，相偕隐于烟霞水石之间，弄丹青以自娱，为中国正式的 amateur（业余爱好者）画家的先锋。唐代开元三大家，吴带当风的吴道玄，北宗画祖的李思训，南宗画祖的王维，统是有官爵的。吴是内教博士。李是唐宗室，以战功显贵，官武卫大将军。王是进士，官尚书右丞。故世称南北宗画祖的"李将军与王右丞"。在宋代，特别奖励绘画，优遇画人，文人士夫的画家更多。如米元章及其子米友仁，都是书画学博士。马远，夏圭，梁楷，都为画院待诏，赐金带。元代的赵子昂即赵孟頫，封魏国公，又为当时学界第一人。明代画家多放浪诗酒的风流才子。像唐寅，祝枝山，文徵明，是其著者。董其昌兼长书画，亦有官爵。细查起中国绘画史来，就可知中国画家不是高人隐士，便是王公贵人。中国画隆盛期之所以偏在兵马仓皇的时代，如六朝、五代、南宋者，恐怕就是为了他们视绘画与诗文一样，所以"穷而后工"的吧！不过从来的画人中，诗与画兼长而最有名的，要推王维。"画中有诗"的荣冠，原只能加在他头上。他实在是中国画的代表的画家。现在略叙其生涯与艺术于下。

王维字摩诘，是太原人。玄宗开元九年擢第进士，官尚书右丞。奉事他母崔氏很孝，据说居丧时"柴毁骨立，殆不胜丧服"。摩诘通诸艺，诗人的地位与李杜并驾，为当时诗坛四杰之一。所以当时的权门富贵，都拂席相迎，宁王，薛王，尤其尊重他如师友。安禄山反，王摩诘为贼所捕，被迎到洛阳，拘留他在普施寺。安禄山晓得他的才能，强迫他做了给事中。因之贼平之后，他就以事贼之罪下狱。幸而他的弟王缙自愿削刑部侍郎职以赎兄罪。王摩诘得复右丞官职。后来他上书陈自己五短及其弟五长，乞放还，栖隐于辋川别业的木水琴书之间，悠悠地度其余生。他妻死后不再娶，孤居一室凡三十一年，隔绝尘累。他们兄弟均深信佛法，平居常蔬食，不茹荤血。隐居之间，襟怀高旷，魄力宏大，于画道颇多创意。渲淡墨法，就是他的创格。故当时的画家都说他是"天机到处，学不可及"的。苏东坡说："味摩诘之诗，诗中有画；观其画，画中有诗。"他的画，都是"无声诗"。后世文人，都学他的画风。中国绘画史上的文人画家的位置就愈加巩固了。

看了王摩诘的大作《江山雪霁图》，使人自然地想起他的"江流天地外，山色有无中。"（《汉江临眺》）的两句诗。而因了苏东坡的一句话，我回想起他别的诗来，似乎觉得果然处处有画境了。他自从栖隐于辋川别业以后，对于自然非常爱好，每当临水登山，对落花啼鸟，辄徘徊不忍去，因此可知他是非常富于情感的人。所以他的画，即如《江山雪霁图》中所见，都像春日地和平，像 Utopia（乌托邦）的安逸，绝无激昂的热情。原来他为人也如此：当他被安禄山所捕的时候，他只是私诵"万户伤心生野烟，百官何日再朝天？秋槐花落空宫里，凝碧池头奏管弦。"（《私成口号示裴迪》）

"私成口号"者，就是不落稿而口吟，窃自悲伤，并不起而反抗运命。被强迫做给事中，他也并不认为"有辱宗庙社稷"而坚拒。然这诗已从他心中吐露着他的失国的悲哀。我以为这与李后主的"最是仓皇辞庙日，教坊犹奏别离歌，挥泪对宫娥”同一态度。这也是一格；岂必骂贼而死，或自刎于宗庙，才算忠臣圣主呢？“什么宗庙，社稷，肮脏的东西！只有情是真的，善的，美的！”我不禁要为王摩诘与李后主的失节竭力辩护。

王摩诘的诗中，画果然很多。而且大都是和平的纤丽的风景画。据我所见，除了一幅“回看射雕处，千重暮云平。”（《观猎》）壮美以外，其他多数是和平的、Utopia的世界。如：

> 人闲桂花落，夜静春山空。（《乌鸣涧》）
> 返影入深林，复照青苔上。（《鹿柴》）
> 家住水西东，浣纱明月下。（《白石滩》）
> 林深人不知，明月来相照。（《竹里馆》）
> 隔浦望人家，遥遥不相识。（《南坨》）
> 明月松间照，清泉石上流。（《山居秋暝》）
> 落花寂寂啼山鸟，杨柳青青渡水人。（《寒日氾上作》）
> 漠漠平沙飞白鹭，阴阴夏木啭黄鹂。（《积雨辋川》）

还有数幅是纤丽的：

> 竹喧归浣女，莲动下渔舟。（《山居秋暝》）
> 涧户寂无人，纷纷开且落。（《辛夷坞》）
> 黄莺弄不足，衔入未央宫。（《左掖梨花》）

以上数例，不过是我在手边的唐诗里面随便检出来的。想来他的“无形画”一定不止这几幅；且我所看中的在读者或不认为适当，也未可知。然他的诗中的多画，是实在的。

至于他的画，可惜我所见太少，不能饶舌。惟翻阅评论及记载，晓得他的画不是忠于自然的再现的工夫的，而是善托其胸中诗趣于自然的。他是把自己的深的体感托自然表出的。他没有费数月刻画描写嘉陵江三百余里山水的李思训的工夫，而有健笔横扫一日而成的吴道子的气魄。这是因为描写胸中灵气，必然用即兴的、sketch[速写]的表现法，想到一丘，便得一丘，想到一壑，便得一壑，这真是所谓“画中有诗”。

据评家说，王维平生喜画雪景，剑阁，栈道，罗网，晓行，捕鱼，雪渡，村墟等景色。他的山水是大自然的叙事诗。他所见的自然，像他的人，没有狂暴，激昂，都是稳静，和平。他的水都是静流，没有激湍。他的舟都是顺风滑走的，没有饱帆破浪的。他的树木都是疏叶的，或木叶尽脱的冬枯树，没有郁郁苍苍的大木，也没有巨干高枝的老木。他的画中没有堂堂的楼阁，只有田园的茅屋，又不是可以居人的茅屋，而是屋自己独立的存在，不必有窗，也不必有门，即有窗门，也必是锁闭着的。这等茅屋实在是与木石同类的一种自然。他的画中的点景人物，也当作一种自然，不当作有意识的人，不必有目，不必有鼻，或竟不必有颜貌。与别的自然物同样地描出。总之，他的画的世界就是他的诗的世界。故董其昌说他的《江山雪霁图》为"墨皇"，又说"文人画自王右丞始"。因为后世文人，仿王摩诘之流者甚众，造成了"文人画家"的一个流派。但后世文人画家，多故意在画中用诗文为装饰，循流忘源，渐不免失却王维的"画中有诗"的真义。至下述的赵宋画院，更就画题钻刻画，有意地硬把文学与绘画拉拢在一块，充其过重机敏智巧的极端，绘画有变成一种文艺的游戏或谜语之虞。像下述的画院试题一类的办法，当作绘画看时，未免嫌其多含游戏的或谜语的分子。不如说是另一种文学与绘画的综合艺术，倒是一格。

四、宋画院——综合艺术

宋朝设立画院，以画取士。当时政府的奖励绘画，优遇画家，为古今东西所未有。徽宗皇帝非常爱好文艺，又自己善画。故画院之制虽在南唐早已举行，到了宋朝而规模大加扩张了。当时朝廷设翰林画院，分待诏，祇候，艺学，画学正，学生，供奉诸阶级，以罗集天下的画人。画院中技艺优秀的，御赐紫袍，佩鱼。又举行考试，以绘画取士。其法，敕令公布画题于天下，以课四方画人。凡入选，就做官。所以那时候的画家，实在是"画官"，坐享厚禄，比现在卖画的西洋画家要阔绰得多。这实在是照耀中国绘画史的一大盛事！

画院的试法，非常有趣：用一句古诗为试题，使画家巧运其才思，描出题目的诗意。据我所见闻，有几个例：

画题：《踏花归去马蹄香》。这画题的"香"字很难描出，而且不容易描得活。有一个画家画一群蝴蝶逐马蹄飞着，就把"香"字生动地写出了。又如：

画题：《嫩绿枝头一点红，恼人春色不须多。》一般画家都描花卉树木，表出盛春的光景，以传诗意。但都不中选，入选的一人，画的是一个危亭，一个红裳的美人如有所思地凭在亭中的栏杆上，与下面的绿柳相照映。

画题：《蝴蝶梦中家万里，杜鹃枝上月三更。》王道亨入画院时，所课的是

丰子恺　寻香

这画题。他的画材是汉朝的苏武被虏入朔方的光景：画抱节的苏武在满目萧条的异国的草原上牧羊，以腕倚枕而卧，又画双蝶仿佛飞舞于其枕畔，以表示其故国之梦的浓酣。又画黑暗的森林，被明月的光照着，投其枝叶树干的婆娑的影于地上，描出在枝上泣血的子规的诉月的样子。我又记得幼时听人说过同样的几例：如：

　　画题：《深山埋古寺》。虽然不知是否宋画院试题，但也是一类的东西。画家中有的画深山古木，中间露出一寺角。有的画一和尚站在深山丛林之中。但都不中选。其一人画深山与涧水，并无寺角表露，但有一和尚在涧边挑水，这画就中了选。因为露出寺角，不算埋，于埋字的描写未见精到；和尚站在山中，也许是路过或游览，里面未必一定有寺。今画一和尚担水，就确定其中必有埋着的古寺了。

　　画院试法，自然不是宋代一切画法的代表。然其为当时一种盛行的画风，是无疑的。考其来因，亦是时代精神、思潮风尚所致：宋朝文运甚隆，学者竞相发挥其研究的精神。耽好思索，理学因之而臻于大成。这时代的学术研究，为中国思想史上一大关键，当时非儒教的南方思想，达于高潮。一般学者均重理想，欢喜哲学的探究。对万事都要用"格物致知"的态度来推理。因之绘画也蒙这影响，轻形实而重理想了。这种画院试法，便是其重理想的画风的一面。

　　看了这种画法，而回溯文画家之祖的王维的画风，可显见其异同。王维的"画中有诗"，是融诗入画，画不倚诗题，而可独立为"无声诗"。反转来讲，"诗中有画"也就是融画入诗，诗不倚插画，而可独立为"有声画"。宋画院的画风，则画与诗互相依赖。即画因题句而忽然增趣，题句亦因画而更加活现，二者不可分离。例如《踏花归去马蹄香》一画，倘然没有诗句，画的一个人骑马，地下飞着两只蝴蝶，也平常得很，没有什么警拔；反之，倘没有画，单独的这一句七言诗，也要减色得多。至如《深山埋古寺》，则分离以后，画与诗竟全然平庸了。所以这类的画，不妨说是绘画与文学的综合艺术。试看后来，倪云林之辈就开始用书法在画上题款。据《芥子园画传》所说："元以前多不用款，或隐之石隙。……至倪云林，书法遒逸，或诗尾用跋，或后附诗。文衡山行款清整，沈石田笔法洒落，徐文长诗歌奇横，陈白阳题志精卓，每侵画位。"题款侵画位，明明是表示题与画的对等地位。且他们讲究"行款清整"，"笔法洒落"，"诗歌奇横"，则又是书法、诗文、绘画三者的综合了。

　　综合艺术与单纯艺术孰优孰劣，不是我现在要讲的问题。绘画无论趋于单纯，综合，都是出于人类精神生活的自然的要求，不必分量地评定其孰高孰下。宋画院的画风，其极端虽然不免有游戏的、谜语的分子，然就大体而论，也自成一格局。这犹之文学与音乐相结合而表现的中国的词、曲，西洋的歌曲（lieder，即普通学校里教唱的歌曲）。王摩诘的画，融化诗意于画中，犹之融化诗意于音乐中的近代标题乐（program music）。音乐不俟文学的补助，而自能表出诗意。至于前面所举的蟹，布片，苹果，豆，油罐头，——严格地说，图案模样，——则单从画面的形色的美上鉴赏，可比之于音乐中的纯音乐。（pure music），即绝对音乐（absolute music）。歌曲，标题乐，绝对音乐，是音乐上的各种式样，各有其趣味。则绘画上自然也可成各种式样，有各种趣味。那是音乐与文学的交涉，这是绘画与文学的交涉。这种画风，正是中国绘画所独得的特色。在西洋绘画中，见不到这种趣味，关于宗教政治的羁绊艺术的绘画，在西洋虽然也有，然与文学综合的画风真少得很。即使有，也决不像中国的密切结合而占有画坛上的重要的位置。据我所知，西洋名画家中，只有前述的新拉费尔前派的洛赛典专好描写文学的题材，其所画的莎士比亚的《哈孟雷特》(《哈姆雷特》)中的渥斐利亚，但丁的《神曲》里的斐亚德利坚，体裁相当我国的《归去来图》，《赤壁之游图》之类。然新拉费尔前派只在十九世纪中叶的英国活动一时，不久就为法国的印象派所压倒，从此湮没了。试看一般西洋画上的画题，如《持锄的男子》，《坐在椅上的女子》等，倘然拿到中国画上来做题款，真是煞风景得不堪了。但配在西洋画上，亦自调和，绝对不嫌其粗俗。反之，在一幅油画上冠用《夕阳烟渚》，《远山孤村》一类的画题，或题几句诗，也怪难堪，如同穿洋装的人捧水烟筒。东西洋的趣味，根本是不同的。

一九二六年，十月，在江湾立达学园。

（发表于 1927 年 6 月《东方杂志》第 24 卷第 11 号，选自《丰子恺文集》第 1 卷。）

乡愁与艺术

——对一个南洋华侨学生的谈话

你现在是到你的故乡来读书。然而你又像到异邦，不但离家数千里，举目无亲，而且连故乡的气候，风土，人情，都不惯于你。这是何等奇怪的情形！我想，身处这样的地位的你，有时心中一定生起异常的感觉。这异常的感觉之中，我想一定会有一种悲哀。这种悲哀，叫做"乡愁"。乡愁，就是你侨居在异土，而心中怀念你的祖国时所起的一种悲哀。实际上，在南洋有你的家庭，又是你的生地，环境又都适合于你；上海没有你的戚族，又是你初次远游到的地方，温带的气候，江南的风俗人情，又都不适合于你。然而那边是外国，这里是你的故乡。所以你如果有乡愁，你的乡愁一定与我从前旅居日本时的乡愁性质不同，你的比我的更复杂而奇离。我是犹之到朋友亲戚家作客，你是，犹之送给人家做干儿子了。此地是你的真的娘家，现在你是暂时回娘家来，但你已不认识你的母亲，心中想着"这是我的生母，但是我为什么对她这样陌生呢？"像你的年纪，一定已经有这种"乡愁"的经验的可能了。

乡愁，nostalgia，这个名词实在是很美丽。这是一种 sweet sorrow（甘美的愁）。世间有一种人，叫做 cosmopolitan，即世界人。想起来这大概是"到处为家"的人的意义。到处为家，随寓而安，也有一种趣味，也是一种处世的态度。但是乡愁也是有趣的，也是一种自然而美丽的心境。尤其是像你那种性质的乡愁，趣味更为深远。凡人的思想，浅狭的时候，所及的只是切身的，或距身不远的时间与空间；越深长起来，则所及的时间空间的范围越大。例如小孩，或愚人，头脑简单，故只知目前与现在，智慧的大人有深长的思想，故有世界的与永劫的眼光。你在南洋的家中，衣丰食足，常是团圆的欢喜的日子，平日固然不会发生什么"愁"；但如果你的思想深长起来，想到你的一生的来源的时候，你就至少要一想"中国"了。"我是中国人，我的血管里全是中国人的血，同我周围的人的血管是不相通的。"如果这样想的时候，幽而美的乡愁就来袭你的心了。

我告诉你：我的赞美乡愁，不是空想的，不是狂文学的（rhapsodic），不是故意来慰安你，更不是讨好你。幽深的，微妙的心情，往往发而为出色的艺术，这是实在的事情。例如自来的大艺术家，大都是怀抱一种郁勃的心情的。这种郁勃的心情，混统地说起来，大概是对于人生根本的，对于宇宙的疑问。表面地说起来，有的恼于失恋，有的恼于不幸。历来许多的艺术家，尤其是音乐家，诗人，其生平都有些不如意的苦闷，或颠倒的生活。我可以讲两个怀乡愁病的艺术家的话给你昕。就是英国拉费尔（拉斐尔）前派的首领画家洛赛典（罗赛蒂），及浪漫派音乐大家晓邦（肖邦）的事。

十九世纪欧洲的画界里，新起的同时有两派，一是叫印象派，你大概是听见过的。还有一派叫做"拉费尔前派"（"Pre-Raphaelitist"），虽然在近代艺术上的地位不及印象派重要，然而是与印象派同时并起的二画派，为十九世纪新艺术的两面。不过因为印象派艺术略占一点势力，能延续维持其旗帜；拉费尔前派范围狭小一点，只是在英国作短期间的活动就消灭。然讲到艺术的价值，其实拉费尔前派也是很有基础的。洛赛典（Rossetti），就是这画派的首领画家。他的艺术的特色，是绘画中的诗趣与情热的丰富，他的杰作有《陪亚德利兼（比亚特丽丝）的梦》（《Beatrices Dream》，见但丁《神曲》），《浮在水上的渥斐利亚》（见沙翁剧），大多数的杰作是描写文字中的光景的。记得《小说月报》上曾登载过洛赛典的作品的照相版的插画，好像《陪亚德利兼的梦》也是在内的。你大概看见过。你如果对于这样的画感到兴味，我劝你再去找《小说月报》来翻翻看。这是乡愁病者的画！洛赛典是个怀乡愁的人。他的乡愁，产生他这种华丽的浪漫主义的艺术。

洛赛典，大家晓得他是英国人，而且是有名的英国诗人，兼画家。照理，

江春不肯留行客
草色青青送馬蹄

子愷

丰子恺　客行

英国是产生 gentleman（绅士）的保守国，不该生出这样热情的，浪漫的洛赛典。是的，英国确是不会产生洛赛典的；洛赛典并不是英国人，稍稍仔细一点的人，大概从他的姓 Rossetti 的拼法上可以看出他不是英国人。原来他的父亲是意大利的狂诗人，亡命到英国。他的母亲是北欧女子。他的血管里，全没有英吉利人的血，所以他的性格也全非英吉利的血统。他的性格，是热情的南欧与阴郁的北欧的混和。秉这性质而生在英吉利的环境中，在他胸中就笼罩起一种"乡愁"来。英吉利的生活，是酿成他的怀古的、幻想的乡愁的。倘使他没有这种不可抑制的乡愁，他的浪漫主义一定不会有这样的实感。这是最著名的乡愁的艺术家之一人。

还有一个大家都晓得乡愁的艺术家，是音乐家晓邦（Chopin）。晓邦是近代的所谓法国式浪漫乐派的九大家之一。他是披雅娜（钢琴）名手，俄国大音乐家罗平喜泰（鲁宾斯坦）因曾赞他为"披雅娜诗人"。他的作曲非常富于美丽的热情，其情思的缠绵悱恻，委曲流丽，有女性的气质。他所最多作的乐曲，是所谓"夜曲"（"nocturne"），一种西洋乐曲名，用披雅娜或怀娥铃（小提琴）奏（详见我所著《音乐的常识》）。其次是"马兹尔加"（"玛祖卡"）（"mazurka"）"波罗耐斯"（"波洛涅兹"）（"polonaise"）舞曲等。现在上海的各乐器店内，均有晓邦的作曲出售，懂得一点弹披雅娜的人，大概都能弹晓邦的夜曲。故你们听到"夜曲"，便联想到它的作者晓邦，好像夜曲是晓邦所专有的了。

"夜曲"，即使你没有听到过，但看字面，也可猜谅这种乐曲的情趣。"夜"的曲，总是"幽"的，"静"的，"美丽"的，"热情"的，"感伤"的。晓邦何以专作这样幽静的，美丽的，热情的，感伤的音乐呢？也是乡愁的力所使然的！

大家晓得晓邦是生于法国的，平日是飘泊在柏林、巴黎。独不知他的父亲虽是法国人，但他的母亲是波兰人。波兰是已经亡国了的。故晓邦的血管里，是情热的法兰西系与亡国的哀愁的波兰系的交流。生活在法兰西，以法兰西人为父亲，而又具有波兰人的血统，波兰人气质，以波兰人为母亲，就使他感念自己的身世，酿成许多乡愁的块垒在胸中，发泄而为那种幽美的，热情的，感伤的音乐。

晓邦是披雅娜（piano）大家，西洋音乐界上自出了十八世纪的音乐救世主罢哈（巴赫）（Bach）以后，从未有像晓邦的理解披雅娜的人。所以他有"披雅娜诗人"的称誉，又被称为"披雅娜之魂"。晓邦苦于失恋，死于肺病，生涯如此多样，故作风亦全是美丽的感情的。他平生多忧善病，故作品中有女性的情调。他又有贵族的性格，在作品中也时时现出一种贵族的delicacy（纤雅）。故他的作品，可说全是性格的照样的反映。他的作曲，一方面温厚，正大，充满诗趣，他方面其旋律句又都有勾引人心的魔力。你可惜没有听到过他的作曲。你听起来，我想你的心一定被勾引，如果你胸中也怀着一种甘美的乡愁。

这两个艺术家，可称为"乡愁的艺术家"。我所谓乡愁发泄于艺术上的，就是指这种人。但是"乡愁"两字，又不可不再加注解一下。

第一，我赞美所谓乡愁，不是说有了愁便可创作艺术，也不是教你学愁。所谓乡愁，其实并非实际地企求归复故乡而不得，而发生的愁。这是一种渺然的，淡然的，不知不觉地笼罩人心的愁绪。换个说法，凡衣食丰足的幸福者，必感情少刺激，生活平易，处于漂泊的境遇的人，往往多生感触，感触多则生愁绪，这种愁，宁可说是一种无端的愁，无名的愁（nameless sorrow），即所谓"忧来无方"、"愁来无路"，不是认真企图返故乡、归祖国而不得的愁。如果是认真企图返故乡、归祖国而不得的愁，那就切于现实，与商人图利不得，兵官出仗不胜的懊恼同样，全无诗趣，更不甘美了。

第二，我赞美乡愁，不是鼓吹"女性化"，提倡"柔弱温顺"。凡真是"优美"的，同时必又是"严肃"，"有力"的。否则这"优美"就变成偏缺的"柔弱"，是不健全的了。乡愁，尤其是像晓邦的态度，表面看来似乎是偏于"柔弱""阴涩"的"女性化"的，其实并非这样简单。晓邦的作曲，听起来一面"优美纤雅"，一面又"温厚"，"正大"，决不是"弱"的，"晦"的之谓。只要看"夜曲"的夜，即大自然的夜，就可明白了。我们对于昼夜，自然感情不同，但决不是昼阳的，夜阴的，昼明的，夜晦的，昼强的，夜弱的，昼严的，夜宽的，昼男性的，夜女性的。昼明夜晦，全是表面的看法。在人——尤其是富于情感的人——的感情上，夜有夜的阳处，夜的明处，夜的强处，夜的严处，夜的男性处。晓邦的气质，便与"夜"同样，我所赞美的乡愁，也并非单是教人效"儿女依依"之态。人的感情，其实刚中有柔，柔中有刚；英雄的一面是儿女，儿女的一面是英雄。

所以我的对你赞美乡愁，不是说"你是离祖国客居南洋的，应该愁！"也不是说"你是个漂泊身世，应该效儿女的镇日悲愁！"

你是欢喜音乐的，我再拿音乐的话来为你说说。

美国，大家晓得是一百多年前哥伦布发见了新大陆的美洲，由欧洲殖民而

丰子恺 家家扶得醉人归

成的。美国是"乡愁之国"。他们虽然移居美洲已经百余年了,然静静回想的时候,欧洲总是他们的祖国,故乡,他们是客居在美洲的异域的。大家都晓得美国是 pragmaticists 的产地,即实利主义者的产地。在上海的美国人,都是商店的"老板",即所谓 shop keepers。说也奇怪,这等孜孜为利的老板们的一面,是乡愁者。何以晓得呢?看他们的音乐就可以知道。

美国是新造国,什么都没有坚固的建设,音乐也如此。美国没有大音乐家,除比较的有名的麦克独惠尔(麦克道惠尔)(Mcdowell)以外。然而美国的音乐有一种特色,即其民谣的美丽。且其美丽都是乡愁的美丽,在歌词上,在旋律上,均可以明明看出。我已经教你们唱过的美国民谣中,已经有三首,即《Old Folks at Home》(《故乡的亲人》)、《Massa's in the Cold, Cold Ground》(《马萨在冰冷的地中》)、《My Old Kentucky Home》(《我的肯塔基故乡》)。前面两曲,乡愁的色彩更为浓重。

我们试把前两首及《Dixie Land》（《迪克西》）的歌谱，举在下面。

Old Folks at Home

D调 $\frac{4}{4}$

```
3 -  2 1 3 2 | 1  i  6 i· |
'Way down up-on the  Swa- nee Ri-ver,
All  up and down de  whole cre- a-tion,

5 - 3 1 | 2 - ·0 | 3 - 2 1 3 2 |
Far, far a- way,  Dere's wha my heart is
Sad- ly I roam,  Still long-ing for de

1  i  6 i· | 5  3·1 2 2·2 | 1 - ·0 :
turn-ing ev-er, Dere's wha de old folks  stay.
old plan-ta-tion, And for de old folks at home.
```

副歌
```
7· i 2  5 | 5· 6 5  i | i 6 4 6 |
All de world is sad and drear-y, Ev-'ry-where I

5 - ·0 | 3 - 2 1 3 2 | 1  i  6  i· |
roam;  Oh！dark-ies how my heart grows wear-y,

5  3·1  2  2·2 | 1 - - ·0 ‖
Far from de old folks at  home.
```

我们来回想回想看：Old folks 的旋律，充满着"怨慕"、"愁诉"的情调。在第三行的 refrain（副歌）之处，突然兴奋，正是高潮。第四行的继以静寂，又何等"感伤"的。在歌词上，所谓 My heart is turning ever（我的心永远向往），所谓 All the world is sad and dreary（全世界都是悲哀与恐怖），所谓 Far from the old folks at home（远离旧家），明明是乡愁的诉述。这是何等美丽的情调！我每唱到或弹到这曲的时候，总被惹起无限的辛酸。

Massa's in de Cold, Cold Ground

D调 **4/4**

```
5·  6 5 3  3 2 1 | i - 6 0 6 |
Round de mead-ows am a- ring- ing De

5  3  3· 1 | 2 -·0 | 5· 6 5  3 2 1 |
dark-ies'mourn-ful song, - While de mock-ing bird am

i - 6 0 | 6  5 3 1  3 2 | 1 - · 0 |
sing- ing,  Hap-py as de day am  long:—

5·  6 5 3 2 1 | i - 6 0 | 5· 3 3 1 |
Where dei-vy am a- creep-ing  O'er de grass-y

2 - · 0 | 5· 6  5  3 2 1 | i - 6  0 |
mound, — Dar old Mas-sa am a- sleep-ing,

6  5 3 1  3  2 | 1 - · 0 | i - 7 6 |
sleep-ing in de cold, cold  ground. Down in de

5 - 3 0 | 6  5  3  1 | 2 - · 0 |
corn-field,  Hear dat mourn-ful  sound:

5·  6  5  3  2 1 | i - 6 0 |
All de dark-ies am a-  weep- ing,

6  5 3 1  3  2 | 1 - · 0 ‖
Mas-sa's in de cold, cold  ground.
```

《马萨在冰冷的地中》一曲，词句上虽然只是吊马萨之死，没有明明表示出乡愁的意思，然旋律的"静美"，"哀艳"，实与前曲同而不同。同的是怀乡的哀情，不同的是前者为"愁诉"的，后者为"抒情"的。

美国的民谣都是这类的么？倒并不然。说也奇怪，美国一面有这样"哀

艳"、"静美"的音乐,他面又有非常"雄壮"、"堂堂威武"的音乐。例如
《Hail Columbia》(《欢呼哥伦比亚》)、《Star-Spolngled Banner》(《星条
旗》)、《Dixie Land》等便是。最后一曲,是我曾经教你们唱的。

Dixie Land

C调 2/4

```
5 3 | 1  1  1 2 3 4 | 5  5  5  3 |
I   wish I was in the  land ob cot-ton,

6 6  6·5 | 6·5 6 7 1 2 | 3·  1 5 |
Old times dar am not for-got-ten, Look a- way! Look a-

1· 5 3 | 5· 2  3 | 1  0 5 3 |
way! Look a-  way! Dix- ie   Land.  In

1  1  1 2 3 4 | 5  5  5 3 3 | 6 6 6  6 6 5 |
Dix-ie Land whar' I was born in,  Ear-ly on one

6· 5  6 7 1 2 | 3·  1 5 | 1·  5 3 |
frost-y mornin', Look a-way! Look a- way! Look a-
```

合唱

```
5· 2  3 | 1  0 5 6 7 | 1  3  2· 1 |
way! Dix- ie  Land. Den I  wish I was in

6  1  6 | 2· 6 | 2· 5 6 7 1 3 2· 1 |
Dix-ie, Hoo-ray! Hoo- ray! In  Dix-ie Land, I'll

6 7 1· 6 | 5 3 1· 3 | 3 2 3 |
take my stand to  lib and die in Dix-ie; A-

1· 3 | 2· 6 | 5 3 1· 3 | 2 1 3 |
way, a- way, A-way down south in Dix-ie; A-

1· 3 | 2· 6 | 5 3 3· 1 | 2 1 |
way, A- way, A- way down south in  Dix- ie.
```

《Dixie Land》一曲，拍子非常急速，音域很广，旋律进行的步骤多跳跃，这等都是"雄大"的条件。就歌词上看，也不复有像前二曲的心情描写，而只是勇往奋进的希望，祈愿。无论旋律与歌词，都与前二曲处完全反对的地位。这实在是美国音乐上很有趣的一种特色；也恐是殖民国的特色吧。

美国是殖民之国，是乡愁之国，然而其人一方面有去国怀乡的情感，他方面又有勇往直前的壮气，和孜孜于商业实业的工夫。无论这等是好，是坏，仅这"多样"的一点，已是可以使人佩服的了。这更可以证明乡愁这种感情，不是"柔弱"、"懦怯"的。

南洋侨胞是"侨民"，不像美国人的是"殖民"。然无论侨民，殖民，其去祖国而客居别的土地的一点是相同的。我现在为你说美国人的音乐，却偶然变成了很对题的话，真怪有意思呢！

于上海江湾立达学园。

（发表于 1927 年 10 月《椰子集》，选自《丰子恺文集》第 1 卷。）

中国美术的优胜

东西洋文化自古有不可越的差别。如评家所论，西洋文化的特色是"构成的"，东洋文化的特色是"融合的"；西洋是"关系的"，"方法的"，东洋是"非关系的"，"非方法的"。故西洋的安琪儿要生了一对翼膀而飞翔，东洋的仙子只要驾一朵云。

这传统照样地出现于美术上，故西洋美术与东洋美术也一向有这不可越的差别。然而最近半世纪以来，美术上忽然发生了奇怪的现象，即近代西洋美术显著地蒙了东洋美术的影响，而千余年来偏安于亚东的中国美术忽一跃而雄飞于欧洲的艺术界，为近代艺术的导师了。这有确凿的证据，即印象派与后期印象派绘画的中国画化，欧洲近代美学与中国上代画论的相通，俄罗斯新兴美术家康定斯奇（康定斯基）（Kandinsky）的艺术论与中国画论的一致。今分两节申说：（上）近代西洋画的东洋画化，即东洋画技法的西渐，（下）"感情移入"与"气韵生动"，即东洋画理论的西渐。

上　近代西洋画的东洋画化

西洋画与中国画向来在趣味上有不可越的区别。用浅显的譬喻来说：中国画的表现如"梦"，西洋画的表现如"真"。即中国画中所描表的都是这世间所没有的物或做不到的事，例如横飞空中的兰叶，一望五六重的山水，皆如梦中所见，为现实世间所见不到的。反之，西洋画则（在写实派以前）形状、远近、比例、解剖、明暗、色彩，大都如实描写，望去有如同实物一样之感。又中国画的表现像旧剧，西洋画的表现像新剧。即中国画中所描的大都是"非人情"的状态，犹之旧剧中的穿古装，用对唱，开门与骑马都只空手装腔。反之，西洋画中所描的大都逼近现世的实景，犹之新剧中的穿日常服装，用日常对话，用逼真的布置。因为有这不可越的区别，故画在宣纸上的中国画不宜装入金边的画框内，画在图画纸或帆布上的西洋画也不宜裱成立轴或横幅。

讲到二者的优劣，从好的方面说，中国画好在"清新"，西洋画好在"切实"；从坏的方面说，中国画不免"虚幻"，西洋画过于"重浊"。这也犹之"梦"与"旧剧"有超现实的长处，同时又有虚空的短处；"真"与"新剧"有确实的长处，同时又有沉闷的短处。然而在人的心灵的最微妙的活动的"艺术"上，清新当然比切实可贵，虚幻比重浊可恕。在"艺术"的根本的意义上，西洋画毕竟让中国画一筹。所以印象派画家见了东洋画不得不惊叹了。

甲　印象派受东洋画的影响

一八七〇年普法战争的时候，印象派的首领画家莫南（莫奈）（Claude Monet）去巴黎，避乱于荷兰。荷兰是早与东洋交通的国家，其美术馆中收罗着许多东洋画。莫南在彼地避难，常在美术馆里消磨日月。偶然看见了日本的广重的版画，北斋的富士百景（日本画为中国画之一种，详后文），受了一种强烈的刺激。因为东洋画中的大胆而奇拔的色的对照，有一种特殊的强烈的谐调，在看惯不痛不痒的西洋画色彩法的法兰西人看来，真是一种减法的唐突的对照（contrast）！然而一种异常的轻快、清新、力强的感觉，又为从来的西洋画上所未见。于是莫南深深地受了感动，再三地玩赏，终于从这等画的特色上得到了暗示，开始用最明快最灿烂的色调来作画，这画风就叫做印象派。然而西洋人一向看惯灰色调子的画，一旦见了像印象派那样的鲜明热烈的色调，当然要惊讶。他们指斥印象派为异端，群起而攻击之。然而莫南一班同志画家不顾众人的反对，只管深究自己东洋风的画法，努力实行自己的主张。他们在诽谤声中开自作展览会，会中的作品大都用"印象"二字的画题，例如《日出印象》、《春郊印象》等。于是报纸上就有嘲骂的评文，题曰：《所谓印象派展览会》。莫南等本来只有主张，没有派名，就承认了这嘲笑的名称，从此西洋绘画界始有"印象派"的名词。于此可见印象派是欧洲画界的空前的大革命。而这点革命的精神，全从东洋美术上得来。

这不仅是我们东洋人的话，欧洲人自己也曾这样自白。近代美术史家谟推尔（Richard Muther，生于一八六〇年，欧战前数年逝世）在其名著《十九世纪法国绘画史》中这样说："日本美术对于欧洲美术有深大的影响，是无可疑议的事。欧洲的版画，从日本的色刷上所得不少。配列色彩的斑点而生的

丰子恺
马致远诗意

快感，或用色彩为装饰，作成自由的全局的谐调等技巧，都是从日本画家习得的。""然印象主义在色彩观照的点上所蒙东洋影响并不甚深。马南（马奈）（Manet）所屡试的奔放的构图，可说是西班牙画家谷雅（戈雅）（Goya）得来的。谷雅的作品中，例如描着幽灵地飞来的可怕的犬的头的画，已经可说是从日本画的构图法上得到要领的了。""至于布局开放的大家，到了窦加（德加）（Degas），完全是一个日本画家了。从来支配欧洲艺术的美的标准，被他完全颠倒。马南注重集中的布局，至于窦加的作品，则是规则的建筑的组织的正反对。他用奇特的远近法，行大胆的割离，施意想不到的省略，竟使人不信其为绘画，而但觉一片的对象。这种大胆的手法，假使他没有后援于欧洲以外的异域，恐怕不会试行的。"谟推尔又赞美日本的浮世绘，谓西洋近代绘画蒙浮世绘的影响甚多。

在这里须得加叙一段插话，即日本画与中国画的关系。如上所述，近代西洋画都是蒙日本画的影响的，却并未说起中国画。这是因为日本画完全出于中国画。日本画实在就是中国画的一种。这也不仅是中国人的话，日本人自己都这样承认。现代日本老大家中村不折在他的《支那绘画史》的序文中说："支那绘画是日本绘画的父母。不懂支那绘画而欲研究日本绘画，是无理的要求。"又现今有名的中国画研究者伊势专一郎也曾经这样说："日本一切文化，皆从中国舶来；其绘画也由中国分支而成长。恰好比支流的小川的对于本流的江河。在中国美术中加一种地方色，即成为日本美术。"故日本绘画史在内幕中几乎就是中国绘画史。其推古时代的佛教画，是我国元魏、后齐的文化的余映；飞鸟时代的绘画全是初唐（高祖）时代的影响；奈良时代的绘画全是盛唐（玄宗）时代的影响。且自推古天皇至此，二百年来，不绝地与中国修好；每年遣唐使，派留学生，到中国来参仿文化美术，恰与现在中国派出东洋留学生一样。故其国的文化美术，一如中国。此后的王朝时代，藤原时代，也无非是晚唐、五代的影响；镰仓时代，足利时代，都是宋元的画风。至德川时代，受明清的画风的刺激，绘画大为发达，艺苑繁盛，诸派蜂起，有名的所谓土佐派，光琳派，浮世绘派，长崎派，南宗派，都不外乎明清美术的反映。此等画派渐渐发达展进，就成为华丽闹热的近代日本画坛，而远传其影响于西洋的印象派。这样看来，中国画与日本画的确有像"父母"对于子女的关系；然而现在的中国画坛似乎远不及日本画坛的闹热。岂"父母"已经衰老了么？

现在请回到本论。这样说来，印象派绘画的确是受中国画的感化的。即使不讲这等事实与论据，仅就其绘画的表现上观察，也可显然地看出其东洋画化的痕迹，即第一是技法上的感化，第二是题材上的感化，请分别略述之：

第一，在印象派绘画的技法上，如前所述，色彩的鲜明，构图的奇特，全是模仿中国画的风格的。原来中国画只描阳面，不描阴影，西洋画则向来兼描两面。利玛窦最初把擦笔照相画法传入中国的时候，对中国人说："你们的画只画阳面，故平板；我们的画兼画阴阳两面，故生动如真。"（注意：这生动不是后述的气韵生动的意思，乃是低级的绘画鉴赏上的用语。）中国画确是只画阳面的，惟其如此，故中国画比西洋画明快得多。印象派画家不欢喜在画室中的人工的光线下面作画，而欢喜到野外去描"光"，故又名"外光派"。外光派就是专描阳面的画派，就是取东洋画的态度。试看其鲜明的原色，大红大绿的单纯的对比，为西洋画上从来所未见，是东洋画中惯用的色彩法。又在构图上，向来西洋画画面大都是填塞得非常紧张的，东洋画则画面大都清淡疏朗，如梦如影，来去无迹。这点手法，也被印象派画家模仿去。莫南在一片水上疏朗地点缀几朵睡莲，使我看了立刻联想到友人家里挂着的描两枝白菜的立轴。

第二，印象派绘画在题材上所蒙东洋画的感化，即风景画的勃兴。这与前项有因果的关系，即不欢喜室内的人工的光线而欢喜描外光，势必走出画室而到野外来描风景。研究东西洋绘画的题材的差异，是颇有兴味的事：即中国画自唐宋以来以"自然"为主要题材，"人物"为点景；西洋画则自古以"人物"为主要题材，"自然"为点景；两者适处于正反对的地位。例如唐宋以后的中国画，最正格的为山水画，山水画中所描的大都纯属广大的自然风景，间或在窗中或桥上描一人物作为点缀而已。西洋画则自希腊时代经文艺复兴期，直至印象派的诞生，所有的绘画，没有一幅不以人物为主题，间或在人物的背后的空隙处描一点树木景物，作为点缀而已。这差异的根本的原因在于何处？我想来一定是人类文化思想研究上很重大而富有趣味的一个题曰，但现在不暇探究这种问题。现在我所要说的，是西洋画一向以人物为主题，到了印象派而风景忽然创生，渐渐流行，发达，占重起来，竟达到了与中国画同样的"自然本位"的状态。试看现今的洋画展览会，全不描一人物的纯粹的风景画多得很。在看惯山水画的中国人觉得平常；但在西洋这是近半世纪以来——印象派以来——新近发生的现状。他们一向视风景为人物的"背景"，到了印象派而风景画方才独立。中国画在汉代以前也以人物为主题，例如麒麟阁功臣图像，凌烟阁功臣图像，《女史箴》图卷等皆是；但到了唐朝的玄宗皇帝的时代，即一千三百年前，山水画就独立。西洋风景画的独立，却近在五十年以来。在这点上，中国画不愧为西洋画的千余年前的先觉者。

如上所述，可知印象派艺术从中国画所受得的暗示与影响的深大，足证中国画在现代艺术上的胜利。然中国画所及于现代西洋艺术上的影响，不止这一点；对于后来的后期印象派与野兽派的影响还要深大明显得多。

乙 后期印象派受东洋画的影响

开头说中国画与西洋画的区别的时候，曾经提出"梦"与"真"，"旧剧"与"新剧"的比喻，现在仍旧要援用一下：即梦中的情状，旧剧的表现，都是现实的世间所没有的或不能有的，换言之，即"非人情的"，"超现实的"。譬如头长一尺身长二尺的寿星图，口小如豆而没有肩胛的美人像，在这世间决计找不到模型，都是地球以外的别的世界中的人物。看这种中国画，实在觉得与做梦一样荒唐，与观剧一样脱空。这是因为中国人的作画，不是依照现实而模写的，乃是深深地观察自然，删除其一切不必要的废物，抉取其神气表现上最必要的精英，加以扩张放大，而描出之。例如伛偻是老人的表现上最必要的条件，窈窕是美人的表现上最必要的条件，捆住这一点，把它扩张，放大，就会达到寿星图或美人像的表现的境地。

向来的西洋画则在这点上比中国画接近现实得多。虽然凡艺术都不是自然的完全照样的模写，西洋画的表现当然也经过选择配置与画化，但在其选择配置后的范围内，比起中国画来，客观模写的分子多得多。试看印象派以前的西洋画，在描法上一向恪守客观世界的规则，例如远近法（perspective）、明暗法、色彩法、比例法（proportion），甚至"艺用解剖学"（"anatomy for art student"），画家要同几何学者一样地实际地研究角度，同生理学者或医生一样地实际地研究筋肉，实在是东洋艺术家所梦想不到的事！所以以前的西洋画，一见大都可使人发生"同照相一样"的感觉，再说得不好一点，都有想"冒充真物"的意思。尤其是十九世纪初叶的写实派，在题材上，在技法上，都趋于现实的极点。

然而这现实主义的思想，在艺术上终于又被厌弃。因为现实主义教人抑止情热，放弃主观，闲却自我，而从事于冷冰冰的客观（例如写实派的对于自然物的形，印象派的对于自然物的色）的摹仿。故西洋艺术界就有反现实的运动。这反现实运动的宗旨如何？无他，反以前的"实证主义"为"理想主义"，反以前的"服从自然"为"征服自然"，反以前的"客观模写"为"主观表现"，反以前的"自我抹杀"为"自我高扬"。而世间理想主义的，自然征服的，主观表现的，自我高扬的艺术的最高的范型，非推中国美术不可。

这反现实运动名曰"后期印象派"（"post-impressionism"），后期印象派是西洋画的东洋画化。这也不仅是我们中国人说的话，西洋的后期印象派以后的画家，都有东洋美术赞美的表示。且在他们的思想上，技法上，分明表示着中国画化的痕迹。可分别略述之。

第一，后期印象派画家的思想，分明是中国上代画论的流亚。这在后面的"感情移入与气韵生动"一节中当详细解释，现在先就后期印象派大家的艺术主义说一说。后期印象派有三大首领画家，即赛尚痕（塞尚）（Cézanne），谷诃（凡·高）（Gogh），果冈（高更）（Gauguin）。踵印象派之后的有"野兽派"（"Fauvists"），其大家有马谛斯（马蒂斯）（Matisse），房童根（凡·童根）（van Dongen），特郎（Derain）等。然其艺术主义大抵祖述赛尚痕，故

丰子恺　伤春

赛尚痕可说是他们的代表者。

赛尚痕说："万物因我的诞生而存在。我是我自己，同时又是万物的本元。自己就是万物，倘我不存在，神也不存在了。"他的艺术主义的根就埋在这几句话里。所以他的艺术主张表现精神的"动"，"力"。他说印象派是"精神的休息"，是死的。他说艺术是自然的主观的变形，不可模写自然，以自己为"自然的反响"。谷诃也极端主张想象，在他的信札中说："能使我们从现实的一瞥有所会得，而创造灵气的世界的，只有想象。"对于创造这灵感的世界的想象，谷诃非常尊重。他要用如火一般的想象力来烧尽天地一切。他所描的一切有情非有情，都是力的表现，都是象征。他认定万物是流转的。他能在这生命的流中看见永远的姿态，在无限的创造中看见十全的光景。他的奔放热烈的线条、色彩，都是这等艺术观的表现。果冈反对现代文明，逃出巴黎，到 Tahiti 的蛮人岛上去度原始的生活。他的《更生的回想)》的纪录中这样说着："我内部的古来的文明已经消灭。秋更生了。我另变了一个清纯强健的人而再生了。这可怕的灭落，是逃出文化的恶害的最后的别离。……我已经变了一个真的蛮人……"他赞美野生，他常对人说："你所谓文明，无非是包着绮罗的邪恶！""对于以人为机械，拿物质来掉换心灵的'文明'，你们为什么这样尊敬？"

总之，这等画家是极端尊重心灵的活动的。他们在世间一切自然中看见灵的姿态，他们所描的一切自然都是有心灵的活动。他们对于风景，当作为风景自己的目的而存在的一种活物，就是一个花瓶，也当作为花瓶自己的目的而存在的一物。所以赛尚痕的杰作，所描的只是几只苹果，一块布，一个罐头。然而这苹果不是供人吃的果物，这是为苹果自己的苹果，苹果的独立的存在，纯粹的苹果。

这等完全是中国画鉴赏上的用语！中国画论中所谓"迁想妙得"，即迁其想于万物之中，与万物共感共鸣的意思。这与赛尚痕的"万物因我的诞生而存在刀全然一致。王维的山水画中（如某评家所说），屋不是供人住的，是一种独立的存在；路不是供人行的，是田园的静脉管；其点景的人物，不是有意识的人，而山水云烟木石一样的一个自然物。六朝大画家顾恺之说："画人尝数年不点睛，人问其故，答曰，四体妍媸，无关妙处，传神写照，正在阿堵之中。"这话的意思，就是说形的美丑不是决定绘画美的价值的。图像的形美不美不成问题，只有"生动不生动"为决定绘画美的价值的唯一的标准。伊势专一郎谓在中国六朝的顾恺之的艺术中可以窥见千五百年后的荷兰的谷诃。谷诃不描美的形，所描的都是丑的形，然而谷诃艺术的真价不在形的美丑上。在什么地方呢？就在"生动"。故顾恺之可谓得一知己于千五百年之后了。

第二，退出一层，就绘画技术上说，更可分明看见后期印象派绘画与中国画的许多共通点。约举之有四：即（1）线的雄辩，（2）静物画的独立，（3）单纯化，（4）畸形化。

（1）线的雄辩——线是中国画术上所特有的利器。后期印象派以前的西洋画上差不多可说向来没有线，有之，都是"形的界限"，不是独立的线。根据科学的知识，严格的线原是世间所没有的，无论一根头发，也必有阔度，也须用面积来表出。西洋画似乎真个采取了这态度，试看印象派的画，只见块，不见线；其前的写实派，像米叶（米勒）的木炭画，线虽然显明，然也大半是"形的界线"，自己能表示某种效力的线很少。文艺复兴期的大壁画中也全无一点对于线的研究。但到了后期印象派，因为如前所说，赛尚痕，谷诃，果冈等都注重心灵的"动"与"力"的表现，就取线来当作表现心灵的律动（rhythm）的唯一的手段了。试看谷诃的画，野兽派的马谛斯，房童根，马尔侃（马盖）（Marquez）的画，都有泼辣的线条。尤其是谷诃的风景画中，由许多线条演出一种可怕的势力，似燃烧，似瀑布。看到这种风景画，使人直接想起中国的南宗山水画。至于马谛斯，则线条更为单纯而显明，有"线的诗人"的称号。房童根用东洋的线来写《东洋的初旅》，骑驴，随僮，宛如赵大年的《归去来图》。中国有书画同源论，即谓书法与绘画同出一源，写字与作画本来是用同样的线条的。故线条一物，为中国画特有的表现手段，现今却在西洋的后期印象主义的绘画上逞其雄辩了。

（2）静物画的独立——在前面曾经说过，西洋画在十九世纪以前一向以人物为主题，差不多没有一幅作品不是人物画，十九世纪初的罢皮仲派（巴比松派）（Babyzon School）画家可洛（柯罗）（Corot）、米叶等渐作人物点景的风景描写，到了十九世纪末的印象派而始有独立的风景画。至于静物画，则在印象派时代尚不甚流行，莫南等不过偶为瓶、花、鱼等写生，然而静物的杰作可说完全没有。到了后期印象派，静物画方始成立。赛尚痕杰作中，有许多幅是静物——几只苹果，一块布，一个罐头，是赛尚痕的得意的题材。其后马谛斯等都有静物的杰作。故印象派可说是风景画独立的时代，后期印象派可说是静物画独立的时代。于是西洋绘画渐由人物的题材解放，而广泛地容纳自然界一切题材了。东洋画在这点上又是先觉者。中国画在汉代也以人物为中心，但唐代山水画早已独立，这在前面已经说过。至于静物画，在中国画上也是早已独立的。花鸟画有很古的历史，在汉代已有专家。六朝花鸟画更盛，顾恺之有名作《鹅鹋图》，《笋图》，《鸳鸟图》，为独立的花鸟画。自此以后，历代有花卉翎毛的名作，到了清初的恽南田而花鸟画大成。故所谓"四君子"——梅、兰、竹、菊，——向来为中国画上重要的题材，且有定为学画入门必由之路径者。一块石，一株菜，为中国画立轴的好材料。日本某漫画家曾讥讽地说：一张长条的立轴上疏朗朗地画三粒豆，定价六十元，看画的商人惊问道："一粒豆值二十元？"中国画取材比西洋画广泛，风景画与静物画早已独立而盛行，其原因究竟何在？探究起来，我又不得不赞美东方人的"自然观照"的眼的广大深刻！即"迁想妙得"或"感情移入"，原是东西洋艺术所共通具有的情形；然而西洋人褊狭得很，在十九世纪以前只能"迁想"或"移入"于同类"人"中；东洋人博大得多，早已具有"迁想"或"移入"于"非有情界"的山水草木花果中的广大的心灵，即所谓"能以万物为一体"者也。故静物画的发达，在创作心理上论来确是艺术进步的征候。即这是在一草一木中窥全自然，在个体中感到全体，即所谓"个中见全"，犹之诗人所咏的"一粒沙里看见世界，一朵野花里看见天国"。在每一幅静物画中显示着一个具足的小天地。

（3）单纯化——simplification，这与"线"互为因果。即因为要求自然形态的单纯化，故用简单的线来描写，因为用线为描写的工具，故所表现的愈加单纯。如前所述，西洋画向来重写实的技巧，致力于光与阴的表出，即立体的表出。自后期印象派以来，开始用线描写，同时就发生单纯化的现象。例如描美人的鼻子，在写实的描法上形象与明暗的调子非常复杂，但在中国画上只要像字母 L 地描一支曲尺。后期印象派画家也选用了这种表现法，删除细部的描写，省去立体的二面而仅画其一面，作图案风的表现。觉悟了艺术不是外界的物象的外面的写实之后，自然会倾向于这单纯化。因为既然不事物象的表面的忠实的描写，而以最后的情感的率直的表现为目的，则其表面上一切与特性无关系的琐碎的附属物当然可以删去，而仅将其能表示特性的点铺张，放大，用线描出，已经足以表现对于其物的内心的情感了。表现手段之最简单最便利者，莫如线。把情感的鼓动托于一根线而表出，是最爽快，自由，又最直接的表现的境地。所以在单纯化的表现上，线很重要。线不是物象说明的手段，是画家的感情的象征，是画家的感情的波动的记录。在后期印象派以后的画家中，这单纯化的艺术最高调的，莫如线的诗人马谛斯。马谛斯的人物画，颜貌

今夜故人来不来
亚尧先生 雅属
今夜故人来不来 教人立盡梧桐影
子恺

丰子恺
今夜故人来不来

的轮廓，衣裳的皱纹，都十分类似于中国画。

（4）畸形化——grotesque，也是中国画上所特有的一种状态。即如前述的头长一尺，身长二尺的寿星，横飞空中的兰叶，一望五六重的山水，种种不近实际情形的表现法，把中国画作成一个奇怪的世界，实际上所不能有的梦中的世界。这也与单纯化有连带的关系。线描法，单纯化，畸形化，都可说是根基于"特点扩张"的观照态度而来的，都是中国画所独得的特色。西洋画则向来忠于写实，不取这"特点扩张"的观照态度，所以线描法，单纯化，畸形化，根本不会鲜明地显出。二十余年前日本夏目漱石为中村不折的《俳画》作序，有这样的话："grotesque 一语虽然原是西洋语，但其趣味决不是西洋的，大抵限于日本、中国、印度的美术品上。"这句话似乎被西洋人听见了，他们想立刻收回这 grotesque 一语。于是谷诃作出丑恶可怕的自画像，果冈写出如

人
间
情
味

44

鬼的蛮人，马谛斯做了线的诗人而行极端的单纯化、畸形化的表现了。

下　感情移入与气韵生动

上文已就表面历述现代西洋画的中国画化的现象。深进一步，更可拿西洋现代的美学说与俄罗斯康定斯基的新画论来同中国上代的画论相沟通，而证明中国美术思想的先进。

近世西洋美学者黎普思（立普斯）（Theodor Lipps）有"感情移入"（"Einfühlungtheorie"）之说。所谓"感情移入"，又称"移感"，就是投入自己的感情于对象中，与对象融合，与对象共喜共悲，而暂入"无我"或"物我一体"的境地。这与康德所谓"无关心"（"disinterestedness"）意思大致相同。黎普思，服尔开忒（Yolkert）等皆竭力主张此说。这成了近代美学上很重大的一种学说，而惹起世界学者的注意。

不提防在一千四百年前，中国早有南齐的画家谢赫唱"气韵生动"说，根本地把黎普思的"感情移入"说的心髓说破着。这不是我的臆说，更不是我的发见，乃日本的中国上代画论研究者金原省吾，伊势专一郎，园赖三诸君的一致的说法。

现在先把"气韵生动"的意义解释一下：

谢赫的气韵生动说为千四百年来东洋绘画鉴赏上的唯一的标准。但关于这一语的解释，自来有种种说法。谢赫自己在其《古画品录》中这样说："画虽有六法，罕能尽该。而自古及今，各善一节。六法者何？一，气韵生动是也；二，骨法用笔是也；三，应物象形是也；四，随类赋彩是也；五，经营位置是也；六，传移模写是也。唯陆探微，卫协之备该之。"他把气韵生动列在第一，而以第二以下五项为达此目的的手段。　然而此外并不加何种说明。因此后之画家，各出己见，作种种的解释。郭若虚谓气韵由于人品。他说："谢赫云，画有六法（六法略）。六法之精论万古不移。然而骨法用笔以下五法可学而能；如其气韵，必在生知，固不可以巧密得之，以岁月达之。默会神会，不知然而然也。尝试论之，窃观古之奇迹，多轩冕之才贤，岩穴之上士，依仁游艺，探迹钩深，高雅之情，一寄于画也。人品既高，气韵不得不高。气韵既高，不得不生动。所谓神之又神而能精。凡画必周气韵，方号世珍。不尔，虽竭巧思，止与众工同事，虽曰画而非画。"（《图画见闻志》）他的主意是"人品高的人始能得此气韵"。后来的董其昌与他同一意见。张浦山谓气韵是生知的，他在《论画》中说："气韵有发于墨者，有发于笔者，有发于意者，有发于无意者，发于无意者为上，发于意者次之，发于笔者又次之，发于墨者为下。何谓发于墨？轮廓既就，以墨点染渲晕而成是也。何谓发于笔？干燥皴擦，力透而光自浮是也。何谓发于意？走笔回墨，我欲如是，而得如是，疏密多寡，浓淡干润，各得其当是也。何谓发于无意？当其凝神注想，流盼运腕，初不意如是，而忽然如是是也。谓之足，则实未足，谓之未足，则又无可增加。独得于笔情墨趣之外。盖天机之勃露也，惟静者能先知之。"这是一种生知论。苏东坡诗云："论画以形似，见与儿童邻。"倪云林也说："余之竹，聊以写胸中之逸气耳。岂复较其似与否，叶之繁与疏，枝之斜与直哉？或涂抹久之，他人视以为麻，以为芦。予亦不能强辩为竹。"这是生知论的更明显的解释。以上诸说，各有所发明；然解释"气韵生动"最为透彻，能得谢赫的真意的，要推清朝的方薰。方薰看中气韵生动中的"生"字，即流动于对象中的"生命"，"精神"，而彻底地阐明美的价值。他说："气韵生动，须将'生动'二字省悟。会得生动，则气韵自在。气韵以生动为第一义。然必以气为主。气盛则纵横挥洒，机无滞碍，其间气韵自生动。杜老云，元气淋漓幛犹湿，是即气韵生动。"（《山静居画论》）综以上诸说，气韵是由人品而来的，气韵是生而知之的，气韵以生动为第一义。由此推论，可知对象所有的美的价值，不是感觉的对象自己所有的价值，而是其中所表出的心的生命，人格的生命的价值。凡绘画须能表现这生命，这精神，方有为绘画的权利；而体验这生命的态度，便是美的态度。除此以外，美的经验不能成立。所谓美的态度，即在对象中发见生命的态度，即"纯观照"的态度。这就是沉潜于对象中的"主客合一"的境地，即前述的"无我"，"物我一体"的境地，亦即"感情移入"的境地。

园赖三以气韵生动为主眼而论艺术创作的心理。他说"气韵生动"是艺术的心境的最高点；须由"感情移入"更展进一步，始达"气韵生动"；他赞美恽南田的画论，谓黎普思的见解，是中国清初的恽南田所早已说破的。今介绍其大意于下。

凡写暴风，非内感树木振撼，家屋倾倒的威力，不能执笔：这是东洋画道上的古人的诚训。为什么不能执笔呢？普通人一定不相信。他们以为：只要注意写出为风所挠的树枝及乱云的姿态就是了；所谓内感风的威力等话，是空想的，不自然的，在风的景色的描写上没有必要。

只要看了在眼前摇曳的树枝及乱云，而取笔写出之。——画家的对于实

翠拂行人首
子恺

丰子恺
翠拂行人首

景，果然是这样的么？眼是只逐视觉印象的么？手真能创造艺术的么？这时候
的画家的心，能不放任于风暴之中而感到怯怕么？

我们必须考察作画的心情。立在狂风的旷野中，谁不慑伏于自然的威力
的伟大！慑伏于这伟大的人，一定都胆怯了。然而如叔本华所说，对于这暴
风的情景，我们一感到其为在我们日常的意志上所难以做到的大活动的时候，
我们的心就移变为纯粹观照的状态。于是暴风有崇高美之感了。凡暴风至少
须给我们以这种美感，方能使我们起作画的感兴。

试考察感得这美感时的我们的状态：在这时候，我们一定从对于暴风的慑
伏的状态中解脱，不复有对于暴风的压迫起恐惧之感，反而感到与暴风一同驰
驱的痛快了。

即美感的原因，是不处在受动的状态，而取能动的状态。同时这人自己移入暴风中，变为暴风，而与暴风共动。

为要说明这事实，黎普思唱"感情移入"说。感情移入不但是美感的原因，我们又可知其为创作的内的条件。这点征之于东洋画的精神，可得更精确的解说。

画龙点睛，非自性中有勇敢狞猛之气，不能为之。欲写树木，非亲感伸枝附叶之势不可。欲描花，非自己深感花的妍美不可。这是古人在画法上的教诫。——哀地（Eddy，A.J.）在其所著《立体派与后期印象派》中说，这是东洋艺术对于西洋艺术的特征的精髓。黎普思用以说明美感的感情移入说，倘能应用到创作活动上，就可不分东西洋的区别，而共通地被认为一切艺术的活动的根柢了。

谷诃在青年时代曾经这样叫："小小的花！这已能唤起我用眼泪都不能测知的深的思想！"那粗野可怕的谷诃，也会对一朵小花感到破裂心脏似的强大的势力！要是不然，他的画仅属乱涂，他不会叹息"生比死更苦痛"了。

映于人们眼中的谷诃的激烈，是从其对于一切势力的敏感而生的。我们所见的强烈，不是他的，乃是自然的威力的所作。谷诃在灿烂的外光中制作。他同太阳的力深深地在内部结合着。他的《回想录》中记着他的妹侃斯尼的话："他同夏天的太阳的光明一样地制作。花朵充满着威力而迫向他的画面。他描向日葵。"他如同发狂了！他感到了太阳，非自己也做太阳不可。勃莱克（布莱克）（Blake），彭士（彭斯）（Butns）也对于一朵花，一株树，一块石的存在感到无上的伟大与庄严。

中国的恽南田在其所著《瓯香馆画跋》中叙述作画的功夫，这样说着："作画须有解衣盘礴，旁若无人之意，然后化机在手，元气狼藉，不为先匠所拘，而游于法度之外，出入风雨，卷舒苍翠，模崖范壑，曲折中机，惟有成风之技，乃致冥通之奇。"

米叶，据美术史家谟推尔的传记，自己与农夫一样地常到罢皮仲（巴比松）（Barbyzon）的郊野中，穿着红的旧外套，戴着为风雨所蔽的草帽，踏着木靴，彷徨于森林原野之中。他同务农的两亲一样地天亮就起身到田野中。但他不牧羊，也不饲牛，当然不拿锄，只是把所携带的杖衬在股下，而坐在大地之上。他的武器只是观察的能力与诗的意向。他负手而倚在墙下，注看夕阳把蔷薇色的面帕遮蒙到田野和林木上去。日暮的祈祷的钟响出，农人们祈祷之后，向家路归去——他守视到他们去了，于是自己也跟了他们回去。

米叶具有何等虔敬静谧的心情！米叶的一日的工作，比田野中的劳动者更为辛苦！倘不看到他这一点，决不能知道他那超脱的《晚钟》（《Angelus》），《拾穗》（《Gleaners》）和力强的《播种》（《Sower》），及其他许多高超的作品如何作出。

米叶的工作不是"做"的，而是"感"的。他不但感到劳动的农夫的心情，又必投身入包围农夫的四周的大自然中，而彻悟到生活于大自然里的人类的存在的意义。然而他白天做了这重大的工作，还不足够。谟推尔又记录着他归家后晚上的工作："晚上他在洋灯下面翻读圣书。他的妻在旁缝纫。孩子们已经睡了。四周沉静下去。于是他掩了圣书而耽入梦想。……明天早晨就起来作画。"

非"参与造化之机"，不能创造艺术。

恽南田在画术上是深造的人，同时在画论上又最透彻地说破作画的真谛。他的《瓯香馆画跋》中，极明快地说出作画的心境——艺术的意识的根柢上最必要的心境，人类的最高的心境。他说："谛视斯境，一草，一树，一丘，一壑，皆灵想所独辟，总非人间所有。其意象在六合之表，荣落在四时之外。"又说："秋夜横坐天际，目之所见，耳之所闻，都非我有。身如枯枝之迎风萧聊，随意点墨，岂所谓'此中有真意'者非耶？"

这就是所谓"信造化之在我"，所谓"吾胸中之造化，时漏于笔尖"。这是黎普思的"感情移入"说所不能充分说明的，非常高妙的境地。黎普思的所谓"移入于物中的感情"，对于前者可以说明几分；所谓"精神的自己活动"，对于后者可以说明几分；然而都不能充分说明。这种心境，是创作的内的条件，这可说是由感情移入的状态更进一步的。

"信造化之在我"，故"吾胸中之造化时漏于笔尖"。马克斯·拉费尔（Max Raphael）谓"创作活动是内具使客观界生成的理法的，构成作用的机能"，最为得当。

"造物主的神，对于艺术家是儿子"这句话与南田的"藏山于山，藏川于川，藏天下于天下，有大力者负之而趋"也是相通的。感到世界正在造化出来，而自己参与着这造化之机的意识，是艺术家的可矜的感觉。然这感觉决不是自傲与固执所可私有的。如南田所说："总非人间所有"，必须辟除功利的意欲，方为可能。董其昌也说这是脱却胸中尘俗的、极纯粹的心境。

故欲得此心境，必须费很大的苦心，积很多的努力。艺术家的一喜一忧，都系维在此一道上。宋郭熙《林泉高致》中说："凡落笔之日，必于明窗净几焚香。左右有精笔妙墨。盥手涤砚，如见大宝，必神静意定，然后为之。"《东庄论画》中说："未作画前，全在养兴。或睹云泉，或观花鸟，或散步清吟，或焚香啜茗。俟胸中有得，技痒兴发，即伸纸舒毫。兴尽斯止，至有兴时续成之。自必天机活泼，迥出尘表。"董其昌也说要"读万卷书，行万里路"。这显然比"感情移入"说更展进一步。这是更积极的，自成一说的，即所谓客观地发现的。

现在还有一件要研究的事，即世界的精神化。"感情移入"既是美的观照的必要的内的条件，既是移入自己于对象中，移入感情活动于对象中的意义，则我们的美感的一原因，必然是对象的精神化。黎普思以人间精神的内的自己

丰子恺
天空任鸟飞

活动为美感的有力的原因，这活动被客观地移入于对象中，我们发见或经验到这情形，即得美感。这样说来，在对象的精神化一事中，可酿出快感；我们因了对象而受感动，因了被移入的精神而受感动，换言之，即自己受得自己所移入的。这正是从黎普思的感情移入说而来的美感。

但在创作活动中，这状态的对象的精神化还未充分。在真的艺术心看来，世界一定完全是活物，自然都是具有灵气的。因为创作活动，非假定精神的绝对性，到底不能充分实行。

创造的冲动，其根柢也托于大的精神——绝对精神上。所以创造的冲动的根元的发动，当然非待绝对精神的命令不可。

这样看来，创作的内的条件中最不可缺的，不是"感情移入"，而必然是由感情移入展开而触发绝对精神的状态。东洋艺术上早已发见的所谓"气韵生动"，大约就是这状态了。

在画家，"气韵生动"是作画的根本义，苦心经营，都为了这点。故关于气韵生动的本质，当然有诸家不同的意见。这可说是东洋画的中心问题。

根本地检查，彻底地决定"气韵生动"说的本质，不是我们的事业。我们只是确信"气韵生动"在创作的内的条件上是必要的，故仅就这一点而解释"气韵生动"。

艺术的意识有一特征，即 antinomy（矛盾）。约言之，例如所谓"哀伤的放佚"（"luxuries of grief"），所谓"甘美的悲愁"（"sweet sorrow"），又如"悲愁的悦乐"（"Die Wonne des Leides"）是很普遍的德语，屡见于哥德（歌德）（Goethe）的诗中。像艺术上的多矛盾冲突，实在可谓世间无匹的了。一方面有"为艺术的艺术"，他方面又有反对的"为人生的艺术"。例如前述的"个中全感"的心境，也是 antinomy 的意识。这正是艺术的意识的神秘性。

如恽南田所说，自然的物象总非人间之所有，而在于造化之神。这话正暗示着艺术的意识的特征的 antinomy 的意义。这意义用"感情移入"说来解释，到底不能充分说出。必须感到自然物象总非吾人所有，而其自身具有存在的意义，方才可以说自然为心的展开的标的。自然为我们的心的展开的标的，而促成我们的心的展开，于是自然与我们就发生不可分离的关系了。

"感情移入"说的意思，是说我们把移入于自然物象中的感情当作物象所有的客观的性质而感受，因而得到美感。更进一步，我们把自然当作我们的心的展开的原因而感受，就可把自然看作"绝对精神"了。何以故？因为在这时候我们必然是把自然看作我们的真的根元的。这是艺术的意识所必经的道程。倘视自然为绝对精神，为给我们以生气的，则自然就成为我们的美感的原因了。

倘更在自己中看出自然的势，于是就兴起像谷诃与米叶的感激了。"造化在我"的信念，便是这样发生的。这便是"气韵生动"的发现。

如上所述，把自然当作绝对精神观看，在自己中感到其生动——这话怎样符合于所谓"气韵生动"说？今再解释如下。

在真的艺术心看来，世界是活动，自然是具有灵气的。邓椿的《画继》中说："世徒知人之有神，而不知物之有神"，明示着艺术家的根本精神的"自然的生命观"，"世界的活物观"的意义，诚可谓明达之言！我们要对于自身抱生命观，是很容易的事。把人当作有生命的观看，比当作无生命的观看更为自然。精神是在我们自己中活动，又使我们生动的，这是人们所很容易感到的。然普通的思想，总以为精神是占座于人的身体中的，有身体才有精神，或精神发生于身体中。

但是在我们体中活动的精神，是始终于我们的体中的么？——心中呼起了这疑义之后，自然要向生动的直接经验以外或以上去找求使我们生动的存在的基础了。张彦远在《历代名画记》中说："生物之可状，须神韵而后全"，明明在说，描人物与动物的时候，可为其状的根元的，是神韵。这话可说是前述的邓椿说的根柢，是促醒对于宇宙的绝对精神的注意的。

在神韵中看出直接经验的生物的根元，其结果就是在泛神论中看出最后的基础。为世界的根元的绝对的神，是唯一而又无限的。神创造一切诸物。天地间没有一物不出自神的创造。神是唯一绝对的精神。——这样的说法是泛神论的半面。泛神论的别的半面，便是气韵生动说的最有力的支柱。即创造这等万物的唯一绝对的精神，必在个物中显现；凡存在于天地间的，不拘何物，皆可在其中看见神。所以人在自己中发见创造者，原是当然之理。

唯一绝对的精神，是创造这世界，显现世界中的一一的个物的。神在所创造的个物中普遍地存在着，神决不是超越世界而存在的。神"遍在"于世界中，但是"内在"于世界中的。

关于泛神论，有必须阐明的数事：所谓绝对精神显现于个物中，并非说个物就是绝对。并非说形体是绝对的。虽说绝对者"遍在"又"内在"于世界中，但并非无论何人都可容易地认知的。要在个物中看出其创造者，必须用功夫。在自己中感到绝对者的生动，是用功夫的最便利的方法。

"气韵生动"就是站在泛神论的立脚点上，而从个物中看出创造者的功夫。有以标榜人格主义为其功夫之一种的人，像席勒（Schiller）便是。高贵的人格是映出绝对者的最良的镜，只有在高贵的人格中可以感到气韵。郭思所谓"人品既高，气韵不得不高；气韵既高，不得不生动"（见《图画见闻志》），就是这意思。他如"脱去胸中尘俗，学气韵生动"的董其昌意见，及画论中所常见的"须脱俗气"的训诫，都是属于这人格主义的。

　　关于"气韵生动"的体验，"气韵必在生知"（《艺苑卮言》）的先验说，就是说气韵是属于先天性的，这是谢赫以来的根本思想。从泛神论的以神为世界的根元的立脚点看来，这正是因为气韵之源在于神的缘故。

　　说气韵是属于生知的，然则人们都能感到气韵的么？谁也可以全无准备而实际地得到气韵的生动么？神遍在万物中，又内在于自己中。但是并非人人都能在实际生活上经验到神的。要使潜在于内面的神生动，须要用功夫。要使气韵生动，须要用功夫。

　　董其昌说："气韵不可学。此在生知之，自有天授。然亦有可学处。"他又说发挥天赋的气韵的功夫，即——如前所揭——"读万卷书，行万里路，胸中脱去尘浊时，自然丘壑内营，立成郫鄂，随手写出，皆为山水传神。"

　　然则气韵是什么呢？气者，指太极一元之气，即宇宙的本体。气在本体论研究上是精神或心的意思。程子所谓造化不穷之生气，也是说明这唯心论或观念论的立脚点的。

　　"天下之物，本气所积成。即如山水，自重冈复岭，以至一木一石，无不有生气贯其间。"（《芥舟学画编》）这以精神为形成世界的主体的思想，更进一步，至于"一草一树一丘一壑皆灵想所独辟"（《瓯香馆画跋》），与视"绝对精神"为创造世界的主力，而在一草一树中看出这绝对精神的思想（这是最自然的进径），气韵就变成艺术的活动的强的冲动力了。换言之，即入了泛神论的地步，气韵就是艺术创作的内的条件。

　　原来气韵生动不是简单的世界观，乃是艺术家的世界观，暗示他，刺激他，使他活动的世界观。气韵生动到了创作活动上而方才能表明其意义，发挥其生命。故气韵生动可名之为创作活动的根本的精神的动力。

　　"山形，树态，受天地之气而成，墨渖，笔痕，托心腕而出时，则气在是，亦即势在是矣。"（《芥舟学画编》）"能使山气欲动，青天中风雨变化，气韵藏于笔墨。笔墨都成气韵。"（《瓯香馆画跋》）这样看来，气韵是指导创作活动的根本的精神，支配作家的心，入于笔墨中，而支配笔墨。

气韵生动是艺术的活动的根元。倘不经验气韵生动，而茫然取笔，就是所谓因于形似，拘于末节，到底不能作出真的艺术。

从气韵生动的立脚点看来，形似真是琐事末节而已。但这支配艺术的活动的气韵生动，其自身有什么规律？抑全是放肆的么？

《芥舟学画编》的著者说："荆关虽有笔，不足以论气韵之佳。故作者当先究心于条理脉络之间，不使分毫扞格，务须如织者之必丝丝入扣。"又说："夫条理，是即生气之可见者。"气韵在放肆的心决不是生动的。气韵是自律者。

"以笔直取万物之形，洒然自腕脱出而落于素，不假扭捏，无事修饰，自然形神俱得，意致流动，是谓得画源。"气韵不是由外物强制而成的，乃是自然的，自己流动的，气韵与势结合，取必然的过程而表现。即所谓"气成势，势以御气。势可见，而气不可见。故欲得势，必先培养其气。气能流畅，则势自合拍"。即其机会来到的时候，用了猛然的势而突进。这全是所谓"神机所到，不事迟回顾虑者，以其出于天也"。气韵生动因了内的必然而动。按照了其自己所立的非个人的（impersonal），即绝对的自存原理而发动。

气韵生动是依照内的必然的绝对的自存原理而动的，故可不烦形似，而支配形似。从气韵生动的观点看来，艺术的活动真是何等自由而融通无碍的事业！艺术的形式与内容的问题，也是极自然的。

我们把气韵生动解释到了这地步，自然要想起了现代俄罗斯的康定斯奇（康定斯基）（Kandinsky）的新画论：康定斯奇是现代新兴艺术的"构图派"（"compositionists"）的倡导者。他在绘画中所企图的，是精神的极端的颤撼。要表现这精神的颤撼的时候，外面的形式与手段都是阻碍物，故非全然拒斥不可。他的思想，以为引导联想向物体或外界的对象的联络的道，非一切截断不可。他是照这思想而计划，实行，尝试绘画的革新。

"艺术上的精神的方面"正是康定斯奇的主眼。他以为这是形成作品的精髓的，这是创作活动的指导者。这因了内的必然的道程而作成内的"纯粹绘画的构图"（"Das Reinma-lerische Komposition"）。康定斯奇对于"内的必然"（"Innere Notwendigkeit"）尤为强调。他的画中，有"形的言语"（"Formen-sprache"）与"色的言语"（"Farben-sprache"）向我们示告一种神的精神。他所见的，艺术的世界是隔着廓然的城壁而与自然对抗着的王国，有精神的"内面的响"（"Innere Klang"）在演奏微妙的音乐。仅就这点看来，已可惊讶康定斯奇的画论与中国上代的气韵生动说非常近似。

　　唐朝的张彦远对于形似与气韵的关系曾这样说："古之画……以形似之外求其画……今之画，假令得形似，气韵不生动。以气韵求其画，则形似在其间矣。"所谓得形似就是写实的意思。故以气韵生动为主眼而看来，专事写实的画到底不是上乘。因为如荆浩《笔法记》所述，"似者，得其形而遗其气"的缘故。

　　《林泉高致》中关于这功夫这样说着："学画花，以一株花置深坑之中，临其上而瞰之，则得花之四面。学画竹，取一枝竹，月夜照其影于素壁上，则竹之真形出。学画山水，何异于此？盖身即山川而取之，即见山川之意度。真山水之川谷，远望之以取其势，近看之以取其质。"功夫的主眼，端在于在自然物象中感得绝对精神。形似不为形似自己而存在，乃是为气韵而存在的。写生倘不写出气韵，便是死物。故从气韵生动的立脚点看来，作画全然是表现。表现无非是根据绝对精神的要求的。

　　康定斯奇的革新运动是托根于表现主义的。他的纯粹绘画是"内面的响"的表现。物的形都是其内容的表现。他在"精神的方面"看出艺术的根据，依照内的必然而表现自己。对于形式，他企求极端的革命，故其作品的题曰都用"构图（composition）第几号"，或"即兴（improvisation）第几号"，竭力从外界

丰子恺　落红

的对象上游离，而挑发内面的纯粹精神的响。在一方面看来，他是从近代音乐得到暗示的，实在可谓近代精神的勇敢的选手；但是在他方面看来，他的画论与中国的气韵生动说有这样密切的关系，因此更可确知"气韵生动"一说，不问时之古今，洋之东西，永为艺术创作的重要的条件。

以上已将中国美术对于近代艺术的技法上的影响，及思想上的先觉陈述过了。约言之，中国画在表面的技术上的特色，是风景画与静物画的优秀；在内容的思想上的特色，是"气韵生动"说的先觉。而后者又为前者的根据，故中国美术的主要的特色，归根于"气韵生动"。日本南画家桥本雪关氏说：山水画与花鸟画是东洋人的创见，在千余年前早已发达。由此可知我们的祖先怀着何等清醇淡雅的思想！这对于肉感的泰西人的艺术实在是足矜的！对于一株树，一朵花，都能用丰富的同情来表现其所有的世界，花鸟画所表现的是花鸟的国土，山水画所表现的是山水的国土。西洋人的思想，因于唯物的观念，与理知的科学的范围，不能脱出一步；反之，东洋画的精神不关科学的实体的精微，不求形似逼真，但因有气韵的表出，而其逼真反为深刻。因此东洋画在艺术上占有特殊的地位。

最后，我要谈谈中国美术上所特有的书法与金石，并述对于现在的中国画的疑问。

（1）书法与金石——东洋所特有的书法美术，又是东洋人的可矜点。恐怕这是使东洋人觉悟"气韵生动"的至理的一助。字由各种线条组成，除古代象形文字以外，普通都是在形状上不表示什么意义的、纯粹的线的构成。鉴赏者仅据这等线的布置、势力、粗细、浓淡、曲直，而辨别书法的美术的滋味。这实在就是现代俄罗斯的康定斯奇的构成主义的"纯粹绘画"的一种！我想来，如果不懂康定斯奇的"纯粹绘画"，可由中国的书法鉴赏练习入手。凡能对于纯粹的形状（不描写自然物象的形状）感到各种不同的滋味，即得书法鉴赏的门径，即得新兴美术鉴赏的门径了。纯粹的形状，都是示人以一种意义与感情的。然而这意义与感情非常抽象、暧昧，犹如"冷暖自知"，而不可以言语形容。勉强要用言语来说，所说的也是肤浅的，不详切的。字都具有表情，同人的面孔一样，一个字有一种相貌。

然而这是就一个个的字而论的。在字的集团中，更有一种微妙的一贯之气，由各行各字各笔组成的一幅字，似乎是在演奏一曲大交响乐的管弦乐队，琴、笛、鼓、喇叭，各司其职，各尽其用，而合演融和谐调的大交响乐

(symphony)，缺一就不行。这就是绘画上的"多样统一"，"个中全感"，即"气韵生动"的现象，除了"气韵生动"以外，更没有方法可以说明这微妙的境地了。

书法的设备很简单，且创作与鉴赏的机会很多。写好字的人，在一张明信片，一个信壳，甚或账簿上的一笔账中，都作着灵巧的结构，表着美满的谐调。在写信、记账等寻常生活中恣行"气韵生动"的创作，时亲艺术的法悦，实在是东洋人所独享的特权。

金石，也是东洋特有的一种轻便小艺术品。在数分见方的小空间中，布置，经营，钻研，创造一个完全无缺的具足的世界，是西洋人所不能梦见的幽境。

（2）对于现在的中国画的疑问——我对于现在的中国画的人物题材，有一点怀疑。二十世纪的中国上海人，画中国画时一定要描写古代的纶巾、道袍、红袖、翠带，配以杖藜、红烛、钿车、画舫、茅庐等古代的背景，究竟是否必要？据我的感想，洋装人物、史的克（手杖）、电灯、汽车、轮船、洋房，照理也可为中国画题材，用淋漓的笔墨来描在宣纸上。我想古人所画的也许是那时代的时装及真的日常用品。那么我们现在的时装与日常用品为什么不许入画呢？这大概是因了现在的学中国画者欢喜临摹古本而来的结果吧？然而四君子（梅兰竹菊）与山水云烟石头树木（一切自然物）是没有时装与古装的，不妨临摹古人之作；人物与人造物，如果一味好古，似乎因袭太深了。有人说：为求画品的清逸，故洋装、汽车、洋房一概不要，而取现世所无的古装人物与古代器物。但我以为清逸在乎描写法上，而不在乎题材上。试思同是一株菜或几个莱菔，在中国的立幅上与在静物写生的油画上，趣味何等悬殊！可知中国画的表现，一定有一个诀窍。如开篇所述，中国画中的兰花不像真的兰花，山水不像真的山水，是梦中所见的兰花与山水。这里面一定有一个变化的诀窍，犹如西洋图案法上的"便化"。这诀窍的原则如何，我不能确知，推想起来，大概不外乎前述的"单纯化"（"simplification"），"畸形化"（"grotesque"）的方法。我们只要拿古人的自然描写的画来同真的自然的实物对看而研究，想来必能发见这"中国画化"之"道"。用这"道"来"点化"洋装人物、汽车、洋房，这等一定也可入中国画而有清逸之气了。如果我们为求清逸而描写古人的世界，则古人更描写谁？这道理似乎说不过去。况且生活与艺术，融合方为自然。健全伟大的艺术，必是生活的反映。今为求清逸而描写现世所无的、与生活无关的古迹，无论其作品何等幽雅清逸，总像所谓"温室中的花"，美而无生气。我没有学过中国画，然读古人画论，深信中国画亦须从"写生"着手，不可一味临摹古人。不过这写生，不像是西洋画地坐在模特儿面前一笔一笔地描写的；乃是积观察思维的经验，蕴藏于胸中，一旦发而为画的。所以说画家要"读万卷书，行万里路"。

　　附记：此文写于千九百二十六七年间，曾载第二十七卷第一号《东方杂志》（署名婴行）。现在稍加修改，附刊在此书卷尾，为其与前篇略有关联之处。

一九三四年二月五日记。

（发表于 1930 年 10 月《东方杂志》，选自《丰子恺文集》第 2 卷。）

从梅花说到美

　　梅花开了！我们站在梅花前面，看到冰清玉洁的花朵的时候，心中感到一种异常的快适。这快适与收到附汇票的家信时或得到 full mark（满分）的分数时的快适，滋味不同；与听到下课铃时的快适，星期六晚上的快适，心情也全然各异。这是一种沉静、深刻而微妙的快适。言语不能说明，而对花的时候，各人会自然感到。这就叫做"美"。

　　美不能说明而只能感到。但我们在梅花前面实际地感到了这种沉静深刻而微妙的美，而不求推究和说明，总不甘心。美的本身的滋味虽然不能说出，但美的外部的情状，例如原因或条件等，总可推究而谈论一下，现在我看见了梅花而感到美，感到了美而想谈美了。

　　关于"美是什么"的问题，自古没有一定的学说。俄罗斯的文豪托尔斯泰曾在其《艺术论》中列述近代三四十位美学研究者的学说，而各人说法不同。要深究这个问题，当读美学的专书。现在我们只能将古来最著名的几家的学说，在这里约略谈论一下。

　　最初，希腊的哲学家苏格拉底这样说："美的东西，就是最适合于其用途及目的的东西。"他举房屋为实例，说最美丽的房屋，就是最合于用途，最适于住居的房屋。这的确是有理由的。房子的外观无论何等美丽，而内部不适于居人，决不能说是美的建筑。不仅房屋为然，用具及衣服等亦是如此。花瓶的样子无论何等巧妙，倘内部不能盛水插花，下部不能稳坐桌子上，终不能说是美的工艺品。高跟皮鞋的曲线无论何等玲珑，倘穿了走路要跌交，终不能说是美的装束。

"美就是适于用途与目的。"苏格拉底这句话，在建筑及工艺上固然讲得通，但按到我们的梅花，就使人难解了。我们站在梅花前面，实际地感到梅花的美。但梅花有什么用途与目的呢？梅花是天教它开的，不是人所制造的，天生出它来，或许有用途与目的，但人们不能知道。人们只能站在它前面而感到它的美。风景也是如此：西湖的风景很美，但我们决不会想起西湖的用途与目的。只有巨人可拿西湖来当镜子吧？

这样想来，苏格拉底的美学说是专指人造的实用物而说的。自然及艺术品的美，都不能用他的学说来说明。梅花与西湖都很美，而没有用途与目的；姜白石（姜夔）的《暗香》与《疏影》为咏梅的有名的词，但词有什么用途与目的？苏格拉底的话，很有缺陷呢！

苏格拉底的弟子柏拉图，也是思想很好的美学者。他想补足先生的缺陷，说"美是给我们快感的"。这话的确不错，我们站在梅花前面，看到梅花的名画，读到《暗香》、《疏影》，的确发生一种快感，在开篇处我早已说过了。

然而仔细一想，这话也未必尽然，有快感的东西不一定是美的。例如夏天吃冰淇淋，冬天捧热水袋，都有快感。然而吃冰淇淋与捧热水袋不能说是美的。肴馔入口时很有快感，然厨司不能说是美术家。罗马的享乐主义者们中，原有重视肴馔的人，说肴馔是比绘画音乐更美的艺术。但这是我们所不能首肯的话，或罗马的亡国奴的话。照柏拉图的话做去，我们将与罗马的亡国奴一样了。柏拉图自己蔑视肴馔，这样说来，绘画音乐雕刻等一切诉于感觉的美术，均不足取了（因为柏拉图是一个轻视肉体而贵重灵魂的哲学家，肴馔是养肉体的，所以被蔑视）。故柏拉图的学说，仍不免有很大的缺陷。

于是柏拉图的弟子亚理斯多德，再来修补先生的学说的缺陷。但他对于美没有议论，只有对于艺术的学说。他说"艺术贵乎逼真。"这也的确是卓见。诸位上图画课时，不是尽力在要求画得像么？小孩子看见梅花，画五个圈，我们看见了都赞道："画得很好。"因为很像梅花，所以很好，照亚理斯多德的话说来，艺术贵乎自然的模仿，凡肖似实物的都是美的。这叫做"自然模仿说"，在古来的艺术论中很有势力，到今日还不失为艺术论的中心。

然而仔细一想，这一说也不是健全的。倘艺术贵乎自然模仿，凡肖似实物

小桌呼朋三面坐 留给一面与梅花 子恺画

丰子恺　与梅同聚

的都是美的，那么，照相是最高的艺术，照相师是最伟大的美术家了。用照相照出来的景物，比用手画出来的景物逼真得多，则照相应该比绘画更贵了。然而照相终是照相，近来虽有进步的美术照相，但严格地说来，美术照相只能算是摄制的艺术，不能视为纯正的艺术。理由很长，简言之：因为照相中缺乏人的心的活动，故不能成为正格的艺术。画家所画的梅花，是舍弃梅花的不美的点，而仅取其美的点，又助长其美，而表现在纸上的。换言之，画中的梅花是理想化的梅花。画中可以行理想化，而照相中不能。模仿与理想化——此二者为艺术成立的最大条件。亚里士多德的话，偏重了模仿而疏忽了理想化，所以也不是健全的学说。

以上所说，是古代最著名的三家的美学说。近代的思想家，对于美有什么新意见呢？德国有真善美合一说及美的独立说；二说正相反对。略述如下：

近代德国美学家包姆加敦（鲍姆加登）（Baumgarten，1714—1762）说："圆满之物诉于我们的感觉的时候，我们感到美。"这句话道理很复杂了。所谓圆满，必定有种种的要素。例如梅花，仅乎五个圆圈，不能称为圆满。必有许多花，又有蕊，有枝，有干，或有盆。总之，不是单纯而是复杂的。但一味复杂而没有秩序，例如在纸上乱描了几百个圆圈，又不能称为圆满，不成为画。必须讲究布置，而有统一，方可称为圆满。故换言之，圆满就是"复杂的统一"。做人也是如此的：无论何等善良的人，倘过于率直或过于曲折，决不能有圆满的人格。必须有丰富的知识与感情，而又有统一的见解的人，方能具有圆满的人格。我们用意志来力求这圆满，就是"善"；用理知来认识这圆满，就是"真"；用感情来感到这圆满，就是"美"。故真、美、善，是同一物。不过或诉于意志，或诉于理知，或诉于感情而已。——这叫做真善美合一说。

反之，德国还有温克尔曼（Wincklemann，1717—1768）和雷迅（莱辛）（Lessing，1729—1781）两人，完全反对包姆加敦，说美是独立的。他们说："美与真善不同。美全是美，除美以外无他物。"

但近代美学上最重要的学说，是"客观说"与"主观说"的二反对说，前者说美在于（客观的）外物的梅花上，后者说美在于（主观的）看梅花的人的心中。这种问题的探究，很有趣味，现在略述之如下：

美的客观说，始创于英国。英国画家霍格斯（贺加斯）（Hogarth，1697—1764）说："物的形状，由种种线造成。线有直线与曲线。曲线比直线更美。"现今研究裸体画的人，有"曲线美"之说。这话便是霍格斯所倡用的。

霍格斯说："曲线所成的物，一定美观。故美全在于事物中。"倘问他："梅花为什么是美的？"他一定回答："因为它有很好的曲线。"

美的客观说的提倡者很多。就中有的学者，曾指定美的具体的五条件，说法更为有趣。今略为申说之：

第一，形状小的——美的事物，大抵其形状是小的。女人比男人，身体大概较小。故女人大概比男人为美。英语称女性为 fair sex 即"美性"。中国文学中描写美人多用小字，例如"娇小"、"生小"，称女子为"小姐"、"小鬟"，女子的名字也多用"小红"、"小苹"等。因为小的大都可爱。孩子们欢喜洋团团，大人们欢喜宝石、象牙细工，大半是因其小而可爱的原故。我们看了梅花觉得美，也半是为了梅花形小的原故。假如有像伞一般大的梅花，我们见了一定只觉得可惊，不感到美。我们看见婴孩，总觉得可爱。但假如婴孩同白象一样大，我们就觉得可怕了。

第二，表面光滑的——美的事物，大概表面光滑。这也可先用美人来证明。美人的第一要件是肌肤的光泽。故诗词中有"玉体"、"玉肌"、"玉女"等语。我们所以爱玉，爱宝，爱大理石，爱水晶，也是爱它们的光滑。爱云，爱雪，爱水，也是为了洁净无瑕的原故。化妆品——雪花膏、生发油、蜜，大都是以使肤发光滑为目的的。

第三，轮廓为曲线的——这与霍格斯所说相同。曲线大概比直线为可爱。试拿一个圆的玩具和一个方的玩具同时给小孩子看，请他选择一件，他一定取圆的。人的颜面，直线多而棱角显然，不及曲线多而带圆味的好看。矗立的东洋建筑，上端加一圆的 dome（圆屋顶），比平顶的好看得多。西湖的山多曲线，故优美。云与森林的美，大半在于其周围的曲线。美人的脸必由曲线组成。下端圆肥而膨大的所谓"瓜子脸"，有丰满之感，上端膨大而下端尖削的"倒瓜子脸"，有清秀之感。孩子的脸中倘有了直线，这孩子一定不可爱。

第四，纤弱的——纤弱与小相类似，可爱的东西，大概是弱的。例如鸟、白兔、猫，大都是弱小的。在人中，女子比男子弱，小孩比大人弱。弱了反而可爱。

第五，色彩明而柔的——色彩的明，换言之，就是白的，淡的。谚云"白色隐七难"；故女子都欢喜擦粉。色的柔，就是明与暗的程度相差不可过多。由明渐渐地暗，或由暗渐渐地明。称为"柔的调子"。柔的调子大都是美的。物体受着过强的光，或过于接近光源，其明暗判然，即生刚调子。刚调子不及柔调子的美观。窗上用窗帷，电灯泡用毛玻璃，便是欲减弱光的强度，使光匀和，在室中的人物上映成柔和的调子。女子不喜立在灯的近旁或太阳光中，便是欲避去刚调子。太阳下的女子罩着薄绢的彩伞，脸上的光线异常柔美。

我们倘问这班学者："梅花为什么是美的？"他们一定回答："梅花形小，瓣光泽，由曲线包成，纤弱，色又明柔，故美。"这叫做"美的客观说"。这的确有充实的理由。

反之，美的主观说，始倡于德国。康德（Kant，1724—18o4）便是其大将。据康德的意见，美不在于物的性质，而在于自己的心的如何感受。这话也很有道理：人们都觉得自己的子女可爱，故有语云："癞痢头儿子自己的好。"人们都觉得自己的恋人可爱，故有语云："情人眼里出西施。刀这种话中，含有很深的真理。法兰西的诗人波独雷尔（波德莱尔）（Baudelaire）有一首诗，诗中描写自己死后，死骸上生出蛆虫来，其蛆虫非常美丽。可知心之所爱，蛆虫也会美起来。我们站在梅花前面，而感到梅花的美，并非梅花的美，正是因为我们怀着欣赏的心的原故。作《暗香》、《疏影》的姜白石站在梅花前面，其所见的美一定比我们更多。计算梅花有几个瓣与几个蕊的博物学者，对梅花全不感到其美。挑了盆梅而在街上求售的卖花人，只觉得重的担负。

感到美的时候，我们的心情如何？极简要地说来，即须舍弃理知的念头而仅用感情来迎受。美是要用感情来感到的。博物先生用了理知之念而对梅花，卖花人用了功利之念而对梅花，故均不能感到其美。故美的主观说，是不许人们想起物的用途与目的的。这与前述的苏格拉底的实用说恰好相反，但这当然是比希腊时代更进步的思想。

康德这学说，名为"无关心说"（"disinterestedness"）。无关心，就是说美的创作或鉴赏的时候不可想起物的实用的方面，描盆景时不可专想吃苹果，看展览会时不可专想买画，而用欣赏与感叹的态度，把自己的心没入在对象中。

以上所述的客观说与主观说，是近代美学上最重要的二反对说。每说各有其根据。禅家有"幡动，心动"的话，即看见风吹幡动的时候，一人说是幡动，又一人说是心动。又有"钟鸣，撞木鸣"的话，即敲钟的时候，或可说钟在发音，或可说是撞木在发音。究竟是幡动抑心动？钟鸣抑撞木鸣？照我们的常识想来，两者不可分离，不能偏说一边，这是与"鸡生卵，卵生鸡"一样的难问题。应该说："幡与心共动，钟与撞木共鸣。"这就是德国的席勒尔（席勒）（Schiller，1759—1805）的"美的主观融合说"。

融合说的意见：梅花原是美的。但倘没有能领略这美的心，就不能感到其美。反之，颇有领略美感的心，而所对的不是梅花而是一堆鸟粪，也就不能感到美。故美不能仅用主观或仅用客观感得。二者同时共动，美感方始成立。这是最充分圆满的学说，世间赞同的人很多。席勒尔以后的德国学者，例如海格尔（黑格尔）（Hegel），叔本华（Schopenhauer），哈特曼（Hartmann）等，都是信从这融合说的。

以上把古来关于美的最著名的学说大约说过了。但这不过是美的外部的情状，不是美本身的滋味。美的滋味，在口上与笔上决不能说出，只得由各人自己去实地感受了。

十八（1929）年岁暮，《中学生》"美术讲话"。

（发表于1930年2月《中学生》第2号，选自《丰子恺文集》第2卷。）

美与同情

有一个儿童，他走进我的房间里，便给我整理东西。他看见我的表面合覆在桌子上，给我翻转来。看见我的茶杯放在茶壶的环子后面，给我移到口子前面来。看见我床底下的鞋子一顺一倒，给我掉转来。看见我壁上的立幅的绳子拖出在前面，搬了凳子，给我藏到后面去。我谢他：

"哥儿，你这样勤勉地给我收拾！"

他回答我说：

"不是，因为我看了那种样子，心情很不安适。"是的，他曾说："表面合覆在桌子上，看它何等气闷！""茶杯躲在它母亲的背后，教它怎样吃奶奶？""鞋子一顺一倒，教它们怎样谈话？""立幅的辫子拖在前面，像一个鸦片鬼。"我实在钦佩这哥儿的同情心的丰富。从此我也着实留意于东西的位置，体谅东西的安适了。它们的位置安适，我们看了心情也安适。于是我恍然悟到，这就是美的心境，就是文学的描写中所常用的看法，就是绘画的构图上所经营的问题。这都是同情心的发展。普通人的同情只能及于同类的人，或至多及于动物；但艺术家的同情非常深广，与天地造化之心同样深广，能普及于有情非有情的一切物类。

我次日到高中艺术科上课，就对她们作这样的一番讲话：

世间的物有各种方面，各人所见的方面不同。譬如一株树，在博物家，在园丁，在木匠，在画家，所见各人不同，博物家见其性状，园丁见其生息，木匠见其材料，画家见其姿态。

但画家所见的，与前三者又根本不同：前三者都有目的，都想起树的因果关系，画家只是欣赏目前的树的本身的姿态，而别无目的。所以画家所见的方面，是形式的方面，不是实用的方面。换言之，是美的世界，不是真善的世界。美的世界中的价值标准与真善的世界中全然不同。我们仅就事物的形状色彩姿态而欣赏，更不顾问其实用方面的价值了。所以一枝枯木，一块怪石，在实用上全无价值，而在中国画家是很好的题材。无名的野花，在诗人的眼中异常美丽。故艺术家所见的世界，可说是一视同仁的世界，平等的世界。艺术家的心，对于世间一切事物都给以热诚的同情。

故普通世间的价值与阶级，入了画中便全部撤销了。画家把自己的心移入于儿童的天真的姿态中而描写儿童，又同样地把自己的心移入于乞丐的病苦的表情中而描写乞丐。画家的心，必常与所描写的对象相共鸣共感，共悲共喜，共泣共笑，倘不具备这种深广的同情心，而徒事手指的刻划，决不能成为真的画家。即使他能描画，所描的至多仅抵一幅照相。

画家须有这种深广的同情心，故同时又非有丰富而充实的精神力不可。倘其伟大不足与英雄相共鸣，便不能描写英雄，倘其柔婉不足与少女相共鸣，便不能描写少女。故大艺术家必是大人格者。

艺术家的同情心，不但及于同类的人物而已，又普遍地及于一切生物无生物，犬马花草，在美的世界中均是有灵魂而能泣能笑的活物了。诗人常常听见子规的啼血，秋虫的促织，看见桃花的笑东风，蝴蝶的送春归，用实用的头脑看来，这些都是诗人的疯话。其实我们倘能身入美的世界中，而推广其同情心，及于万物，就能切实地感到这些情景了。画家与诗人是同样的，不过画家注重其形色姿态的方面而已。没有体得龙马的泼力，不能画龙马，没有体得松柏的劲秀，不能画松柏。中国古来的画家都有这样的明训。西洋画何独不然？我们画家描一个花瓶，必其心移入于花瓶中，自己化作花瓶，体得花瓶的力，方能表现花瓶的精神。我们的心要能与朝阳的光芒一同放射，方能描写朝阳；能与海波的曲线一同跳舞，方能描写海波。这正是"物我一体"的境涯，万物

天地为宝库
园林是多龙

丰子恺　园为鸟笼

皆备于艺术家的心中。

　　为了要有这点深广的同情心，故中国画家作画时先要焚香默坐，涵养精神，然后和墨伸纸，从事表现。其实西洋画家也需要这种修养，不过不曾明言这种形式而已。不但如此，普通的人，对于事物的形色姿态，多少必有一点共鸣共感的天性。房屋的布置装饰，器具的形状色彩，所以要求其美观者，就是为了要适应天性的缘故。眼前所见的都是美的形色，我们的心就与之共感而觉得快适；反之，眼前所见的都是丑恶的形色，我们的心也就与之共感而觉得不快。不过共感的程度有深浅高下不同而已。对于形色的世界全无共感的人，世间恐怕没有；有之，必是天资极陋的人，或理知的奴隶，那些真是所谓"无情"的人了。

　　在这里我们不得不赞美儿童了。因为儿童大都是最富于同情的，且其同情不但及于人类，又自然地及于猫犬，花草，鸟蝶，鱼虫，玩具等一切事物，他们认真地对猫犬说话，认真地和花接吻，认真地和人像（玩偶，娃娃）(doll)玩耍，其心比艺术家的心真切而自然得多！他们往往能注意大人们所不能注意的事，发见大人们所不能发见的点。所以儿童的本质是艺术的。换言之，即人类本来是艺术的，本来是富于同情的。只因长大起来受了世智的压迫，把这点心灵阻碍或销磨了。惟有聪明的人，能不屈不挠。外部即使饱受压迫，而内部仍旧保藏着这点可贵的心。这种人就是艺术家。

西洋艺术论者论艺术的心理，有"感情移入"之说。所谓感情移入，就是说我们对于美的自然或艺术品，能把自己的感情移入于其中，没入于其中，与之共鸣共感，这时候就经验到美的滋味。我们又可知这种自我没入的行为，在儿童的生活中为最多。他们往往把兴趣深深地没入在游戏中，而忘却自身的饥寒与疲劳。圣书中说：你们不像小孩子，便不得进入天国。小孩子真是人生的黄金时代！我们的黄金时代虽然已经过去，但我们可以因了艺术的修养而重新面见这幸福，仁爱，而和平的世界。

十八（1939）年九月廿八日为松江女中高中一年生讲述。

（发表于 1930 年 1 月《中学生》第 1 号，选自《丰子恺文集》第 2 卷。）

新艺术

世间盛传"新艺术"这个名词。浅虑的人，就在现在的新艺术与过去的旧艺术之间划了一条不可超越的界线，以为过去的都是无用的废物了。其实并不如此。艺术的分新旧，是仅就其表面而说的。艺术的表面跟了时代而逐渐变相，现在的为新，过去的为旧；但"艺术的心"是永远不变的。这犹之人的服装因了各时代的制度而改样，或为古装，或为时装；但衣服里面的肉体是永远不变的。脱去了衣服，古人与今人都是同样的人，无所谓古今，同理，不拘泥其表面，而接触其内部的精神，艺术也是永远不变，无所谓新艺术与旧艺术的。

"艺术的心"永远不变，故艺术可说是永远"常新的"。

自来的大画家，都是从自然受得深刻的灵感，因而成就其为大画家的。但受得的情形，各人不同，因而其所表现的艺术，样式也不同；于是绘面上就有种种的画派，伟大广博的自然，具有种种方面。从自然的形象方面受得灵感，而创作绘画，便成为"写实派"；从自然的色彩方面受得灵感，而创作绘画，便成为"印象派"；从自然的构成方面受得灵感，而创作绘画，便成为"表现派"。各派时代不同，表现异样；但在对于自然的灵感这一点上，各画家是相同的。

现今的艺术界中，流行着表现派的画风。有一班青年的艺人，以为表现主义是二十世纪的特产，这才适合于二十世纪新青年的精神；于是大家做了Cézanne（塞尚）与Matisse（马蒂斯）的崇拜者。提起笔来，就在画布上飞舞线条，夸弄主观，以为非此便不新，非新便不是二十世纪的青年艺术家了。这全是浅见。他们没有完备健全的"艺术的心"，他们所见的只是艺术的表面。他们的艺术，犹之一个服装徒尚时髦而体格不健全的人。这人无论如何讲究服装，终于妆不出好看的模样来。反之，若先有了强健美满的体格，则御无论何种服装，都有精神，正不必拘于老式与时髦了。

这所谓体格，在艺术上便是"艺术的心"。故青年欲研究艺术，必先培养其"艺术的心"。何谓"艺术的心"？简言之，就是前述的"灵感"。

艺术创作的时候，必先从某自然中受得一种灵感，然后从事表现。全无何等灵感而动手刻划描写，其工作不成为艺术，而仅为匠人之事。倘学画的人只知多描，学诗的人只知多作，而皆闲却了用心用眼的工夫，其事业便舍本而逐末，而事倍功半了。在艺术创作上，灵感为主，而表现为从，即观察为主，而描写为从；亦即眼为主而手为从。故勤描写生，不如多观自然；勤调平仄，不如多读书籍。胸襟既广，眼力既高，手笔自然会进步而超越起来。所以古人学画，有"读万卷书，行万里路"的训话。可知艺术完全是心灵的事业，不是技巧的工夫。西洋有格言道：

> 凡艺术是技术，但仅乎技术，不是艺术。

仅乎技术不是艺术，即必须在技术上再加一种他物，然后成为艺术。这他物便是"艺术的心"。有技术而没有"艺术的心"，不能成为艺术，有"艺术的心"而没有技术，亦不能成为艺术。但两者比较起来，在"人生"的意义上，后者远胜于前者了。因为有"艺术的心"而没有技术的人，虽然未尝描画吟诗，但其人必有芬芳悱恻之怀，光明磊落之心，而为可敬可爱之人。若反之，有技术而没有艺术的心，则其人不啻一架无情的机械了。于此可知"艺术的心"的可贵。

日本已故文学者夏目漱石在其《草枕》中有这样的话："诗思不落纸，而铿锵之音，起于胸中。丹青不向画架涂抹，而五彩绚烂，自映心眼。但能如是观看所处之世，而在灵台方寸之镜箱中摄取浇季涸浊之俗世之清丽之影，足矣，故无声之诗人虽无一句，无色的画家虽无尺缣；但其能如是观看人生，其能解脱烦恼，其能如是出入于清净界，以及其能建此不同不二之乾坤，其能扫荡我利私欲之羁绊，——较千金之子、万乘之君、一切俗界之宠儿为幸福也。"

这里所谓"解脱烦恼"，"出入于清净界"，"建此不同不二之乾坤"，"扫荡我利私欲"诸点，皆"艺术的心"所独到的境地。艺术的高贵的超现实性，即在于此。高尚的艺术，所以能千古不朽而"常新"者，正为其具有这高贵的超现实性的原故。

故研究艺术，宜先开拓胸境，培植这"艺术的心"。心广则眼自明净，于是尘俗的世间，在你眼中常见其为新鲜的现象；而一切大艺术，在你也能见其"常新"的不朽性，而无所谓新艺术与旧艺术的分别了。

（发表于 1932 年 9 月《艺术旬刊》第 1 卷第 2 期，选自《丰子恺文集》第 2 卷。）

音乐与人生

一定有多数的学生感到：上音乐课——唱歌——比上别的课更为可亲，音乐教室里的空气比别处的空气更为温暖。即此一点，已可窥见音乐与人生关系的深切。艺术对于人心都有很大的感化力。音乐为最微妙而神秘的艺术。故其对于人生的潜移默化之力也最大。对于个人，音乐好像益友而兼良师；对于团体生活，音乐是一个无形而有力的向导者。

个人所受于音乐的惠赐，主要的是慰安与陶冶。

我们的生活，无论求学、办事、做工，都要天天运用理智，不但身体勤劳，精神上也是很辛苦的。故古人有"世智"、"尘劳"等话。可见我们的理智生活很多辛苦，感情生活是常被这世智所抑制而难得舒展的。给我以舒展感情生活的机会的，只有艺术。而艺术中最流动的、活泼的音乐，给我们精神上的慰安尤大。故生活辛劳的人，都自然地要求音乐。像农夫有田歌，舟人有棹歌，做母亲的有摇篮歌，一般劳动者都喜唱山歌，便是其实例。他们一日间生活的辛苦，可因这音乐的慰安而恢复。故外国的音乐论者说："music as

丰子恺　此路不通

food"。其意思就是说，音乐在人生同食物一样重要。食物是营养身体的，音乐是营养精神的，即"音乐是精神的食粮"。

音乐既是精神的食粮，其影响于人生的力当然很大。良好的音乐可以陶冶精神，不良的音乐可以伤害人心。故音乐性质的良否，必须审慎选择。譬如饮料，牛乳的性质良好，饮了可使身体健康；酒的性质不良，饮了有害身体。音乐也如此，高尚的音乐能把人心潜移默化，养成健全的人格；反之，不良的音乐也会把人心潜移默化，使他不知不觉地堕落。故我们必须慎选良好的音乐，方可获得陶冶之益。古人说，"作乐崇德"。就是因为良好的音乐，不仅慰安，又能陶冶人心，而崇高人的道德。学校中定音乐为必修科，其主旨也在此。所以说，音乐对于个人是益友而兼良师。

团体所受于音乐的支配力更大。吾人听着或唱着一种音乐时，其感情同化于音乐的曲趣中。故大众同听或同唱一种音乐时，大众的感情就融洽。团结的精神便一致。爱国歌可使万民慷慨激昂，军歌可使三军勇往直前，追悼歌可使大众感慨流泪，便是音乐的神秘的支配力的显示。古人有"乐以教和"的话，其意思就是说，音乐能使大众的心一致和洽。故自来音乐的发达与否，常与民族的盛衰相关，其例证很多：我国古时周公制礼作乐，而周朝国势全盛，罗马查理大帝（Charlemagne，768—814）的统一欧洲，正是"格列高里式歌谣（格里哥利圣咏）"（上代罗马法王（教皇）Gregory Ⅰ（格里哥利一世）所倡的音乐）发达的时代。普法战争以前的德国，国势非常强盛。当时国内音乐也非常发达，裴德芬（贝多芬）（Beethoven）、修裴尔德（舒柏特）（Schubert）、孟特尔仲（门德尔松）（Mendelssohn）、修芒（舒曼）（Schnmann）、勃拉姆斯（Brahms）等大音乐家辈出，握世界音乐的霸权。又如西班牙国力衰弱时，国内不正当的俗乐非常流行，日本江户时代盛行淫荡的俗乐，国势就很衰弱。凡此诸例，虽然不能确定音乐的盛衰是民族盛衰的原因，但至少是两者互相为因果的。郑卫的音乐被称为"亡国之音"。可知音乐可以兴国，也可以亡国。所以说，音乐对于团体是有力的向导者。

今日的中国，正需要着这有力的向导者。我们的民族精神如此不振，缺乏良好的大众音乐是其一大原因。欲弥补这缺陷，需要当局的提倡、作家的努力和群众的理解。这册教科书的效用只及于最后的一项而已。

（载于《开明音乐教本·乐理篇》〔丰子恺、裘梦痕合著〕1935 年初版本，选自《丰子恺文集》第 3 卷。）

漫画艺术的欣赏

"漫画"式样很多，定义不一。简单的，小形的，单色的，讽刺的，抒情的，描写的，滑稽的……都是漫画的属性。有一于此，即可称为漫画。有人说，现在漫画初兴，所以有此混乱现象；将来发达起来，一定要规定"漫画"的范围和定义，不致永远如此泛乱。但我以为不规定亦无不可，本来是"漫"的"画"规定了也许反不自然。只要不为无聊的笔墨游戏，而含有一点"人生"的意味，都有存在的价值，都可以称为"漫画"的。因此，要写一般的漫画欣赏的文章，必须有广大的收罗，普遍地举例，方能说得周到。这事很难，在我一时做不到。

但欣赏漫画与制作漫画，并不是判然的两件事。可以照自己的好尚而描画，当然也可以照自己的好尚而谈画。且让欢喜看我的画的人听我的谈画吧。于是我匆匆地写这篇文章来应《中学生》的征稿。

古人云："诗人言简而意繁。"我觉得这句话可以拿来准绳我所欢喜的漫画。我以为漫画好比文学中的绝句，字数少而精，含义深而长。举一例：

"寥落故行宫，宫花寂寞红。白头宫女在，闲坐说玄宗。"这二十个字，取得非常精采。凡是读过历史的人，读了这二十个字都会感动。开元、天宝之盛，罗袜马嵬之变，以及人世沧海桑田之慨，衰荣无定之悲，一时都涌起在读者的心头，使他尝到艺术的美味。昔人谓五绝"如四十个贤人，着一个屠沽不得"。这话说得有理。不过拿屠沽来对照贤人，不免冤枉。难道做屠沽的皆非贤人？所以现在不妨改他一下，说五绝"如二十个贤人，着一个愚人不得"。我们试来研究这首五绝中所取的材料，有几样物事。只有四样："行宫"，"花"，"宫女"，和"玄宗"。不过加上形容："寥落的""古的"行宫，"寂寞地红着的"宫花，"白头的"宫女，"宫女闲坐谈着的"玄宗。取材少而精，含义深而长，真可谓"言简意繁"的适例。漫画的取材与含义，正要同这种诗一样才好。胡适之先生论诗材的精采，说："譬如把大树的树身锯断，懂植物学的人看了树身的横断面，数了树的年轮，便可知道树的年纪。一人的生活，一国的历史，一个社会的变迁，都有一个纵剖面和无数横断面。纵剖面须从头看到尾才可看见全部。横断面截开一段，若截在紧要的所在，便可把这个横断面代表这一人，或这一国，或这一个社会。这种可以代表全部分的，便是我所谓最精采的。"我觉得这譬喻也可以拿来准绳我所欢喜的漫画。漫画的表现，正要同树的横断面一样才好。

然而漫画的表现力究竟不及诗。它的造形的表现不够用时，常常要借用诗的助力，侵占文字的范围。如漫画的借重画题便是。照艺术的分类上讲，诗是言语的艺术，画是造形的艺术。严格地说，画应该只用形象来表现，不必用画题，同诗只用文字而不必用插画一样。诗可以只用文字而不需插画，但漫画却难于仅用形象而不用画题。多数的漫画，是靠着画题的说明的助力而发挥其漫画的效果的。然而这也不足为漫画病。言语是抽象的，其表现力广大而自由；形象是具象的，其表现力当然有限制。例如"白头宫女在，闲坐说玄宗"，诗可以简括地用十个字告诉读者，使读者自己在头脑中画出这般情景来。画就没有这样容易，而在简笔的漫画更难。倘使你画一个白头老太婆坐着，怎样表出她是宫女呢？倘使你把她的嘴巴画成张开了说话的样子，画得不好，看者会错认她在打呵欠。况且怎样表明她在说玄宗的旧事呢？若用漫画中习用的手法，从人物的中发出一个气泡来，在气泡里写字，表明她的说话，那便是借用了文学的工具。况且写的字有限，固定了某一二句话，反而不好。万不及"说玄宗"三个字的广大。就是上面两句，"寥落古行宫，宫花寂寞红"，用漫画也很难画出。你画行宫，看者或将误认为邸宅。你少画几朵花，怎能表出它们是"宫花"，而在那里"寂寞红"呢？

所以画不及诗的自由。然而也何必严禁漫画的借用文字为画题呢？就当它是一种绘画与文学的综合艺术，亦无不可。不过，能够取材精当，竭力谢绝文字的帮忙，或竟不借重画题，当然是正统的绘画艺术，也是最难得的漫画佳作。

借日本老画家竹久梦二先生的几幅画来作为说例吧。

有一幅画，描着青年男女二人，男穿洋装，拿史的克（手杖），女的穿当时的摩登服装，拉着手在路上一边走，一边仰起头来看一间房子门边贴着的召租。除了召租的小纸札上"Kashima Ari"（"内有贷间"）五字（日本文有五

丰子恺　花生米不满足

个字）而外，没有别的文字。这幅画的取材我认为是很精采的。时在日本明治末年，自由恋爱之风盛行，"Love is best"（"爱情至上"）的格言深印在摩登青年的脑中。画中的男女，看来将由（或已由）love更进一步，正在那里忙着寻觅他们的香巢了。"贷间"就是把房间分租，犹如上海的"借亭子间"之类。这召租虽然也是文字，但原是墙上贴着的，仍不出造形的范围，却兼有了画题的妙用。

去年夏天我也曾写过一幅同类的画：画一条马路，路旁有一个施茶亭，亭的对面有一所冰淇淋店。这边一个劳动者正在施茶亭畔仰起了头饮茶；那边青年男女二人挽着手正在走进冰淇淋店去。画中只有三个文字，冰淇淋店门口的大旗上写着一个"冰"字，施茶亭的边上写着"施茶"二字，都是造型范围内的文字，此外不用画题。这画的取题可说是精彩的。但这不是我自己所取，是我的一个绘画同好者取来借给我的。去年夏天他从上海到我家，把所见的这状态告诉我，劝我描一幅画，我就这样写了一幅（现在这画被收集在开明书店出版的画集《人间相》中）。

梦二先生的画有许多不用画题，但把人间"可观"的现象画出，隐隐地暗示读者一种意味。"可观"二字太笼统，但也无法说得固定，固定了范围便狭。隐隐的暗示，可有容人想象的余地。例如有一幅描着一个女子独坐在电灯底下的火钵旁边，正在灯光下细看自己左手的无名指上的指环。没有画题。但这现象多么"可观"！手上戴着盟约的指环的人看了会兴起切身的感动。没有这种盟约指环的人，会用更广泛自由的想象去窥测这女子的心事。——这么说穿了也乏味。总之，这是世间万象中引人注目的一种状态。作者把它从万象中提出来，使它孤立了，成为一幅漫画，就更强烈地引人的注目了。日常生活中常有引人注目的现象，可以不须画题，现成地当作漫画的材料，只要画的人善于选取。梦二作品中还有许多可爱的例。有一幅描着一株大树，青年男女二人背向地坐在大树左右两侧的根上，大家把脸孔埋在两手中，周围是野草闲花。这般情状也很牵惹人目。有一幅描着一个军装的青年武夫，手里拿一册书，正在阅读，书的封面向着观者，但见题着"不如归"三字。取材也很巧妙（《不如归》是当时大流行的一册小说，描写军阀家庭中恋爱悲剧的。这小说在当时的日本，正好像《阿Q正传》在现在的中国）。又有一幅描着一个身穿厨房用的围裙的女子，手持铲刀，仓皇地在那里追一只猫。猫的大半身已逃出画幅的周围线之外，口中衔着一个大鱼。这是寻常不过的题材，但是一种不言而喻的紧张的情景，会强力挽留观者的眼睛，请他鉴赏一下，或者代画中人叫一声"啊哟！"又有一幅描着乡村的茅屋和大树，屋前一个村气十足的女孩，背上负着一个小弟弟，在那里张头张脑地呆看，她的视线所及的小路上，十足摩登的青年男女二人正在走路。这对比很强烈。题曰"东京之客"。其实不题也已够了。

没有画题，造型美的明快可喜。但画题用得巧妙，看了也胜如读一篇小品文。梦二先生正是题画的圣手，这里仍旧举他的作例来谈吧。他的画善用对比的题材，使之互相衬托。加上一个巧妙的题曰，犹如画龙点睛，全体生动起来。有一幅描着车站的一角，待车的长椅上坐着洋装的青年男女二人，交头接耳地在那里谈话，脸上都显出忧愁之色。题曰《不安的欢乐》。有一幅描着一个天真烂漫的少女，坐在椅子上，她的手搁在椅子靠背上。她的头倾侧着。题曰《美丽的疲倦》。有一幅描着一个少妇，手中拿着一厚叠的信笺，脸上表出笑容，正在热中地看信；桌上放着一张粘了许多邮票的信壳。题曰《欢喜的欠资》。有一幅描着一个顽固相十足的老头儿，正在看一封长信。他身旁的地上（日本人是席地而坐的，故这地上犹如我们的桌上）一张信壳，信壳的封处画着两个连环的心形（这是日本流行的一种装饰的印花，情书上大都被贴上一张）。他的背后的屏风旁边，露出一个少女的颜貌来，她蹙蹙着，正在偷窥这老头儿的看信。题曰《冷酷的第三者》。以上诸画题是以对比胜的。还有两幅以双关胜的：一幅描着一个青年男子正在弹六弦琴，一个年青女子傍在他身旁闭目静听。题曰《高潮》。一幅描着伛偻的老年夫妇二人，并着肩在园中傍花随柳地缓步。题曰《小春》。

还有些画题，以心理描写胜。例如有一幅描着夏日门外，一个老太婆拿着一把小尖刀，正在一个少年的背上挑痧。青年缩着颈，痉着手足，表示很痛的样子。他的前方画着一个夕阳。题曰《可诅咒的落日》。要设身处地地做了那个青年，方才写得出这个画题。有一幅，描着一个病院的售药处的内面，窗洞里的桌上放着许多药瓶，一个穿白衣的青年的配药女子坐在窗洞口，正在接受窗洞板上的银洋。题曰《药瓶之色与银洋之声》。作者似在怜惜这淡装少女的生活的枯寂，体贴入微地在这里代她诉述。有一幅描着高楼的窗的内部，倚在窗上凝望的一个少女的背影。题曰《再会》。有一幅描着一个女子正在看照片，题曰《Kiss（接吻）前的照片》。还有一幅描着一个幼女正在看照片，题曰《亡母》。这等画倘没有了画题，平淡无奇。但加上了这种巧妙的题字，就会力强地挑拨看者的想象与感慨。他有时喜用英语作题曰。描旷野中一株大树

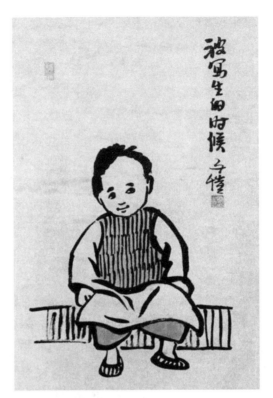

丰子恺　被写生的时候

根上站着一个青年学生，题曰《Alone（孤独）》。描两个青年恋人在那里私语，题曰《Ever，Never（永远，永不）》。描两个天真烂漫的小学生背着书包在路上走，挽着臂的一对青年爱侣同他们交手过，小学生不睬他们，管自仰着头走路，题曰《We Are Still Young（我们还年轻）》。用英文作题，不是无谓的好奇。有的取其简洁，翻译了要减少趣味，例如前二幅。有的取其隐晦，翻译了嫌其唐突，例如后一幅。

"言简而意繁"这句话，对于梦二一派的漫画最为适用。自己欢喜这一派，上面就举了许多梦二的例。对于别种的漫画，我也并非全无趣味。例如武器似的讽刺漫画，描得好的着实有力！给人的感动比文字强大得多呢！可惜我见闻狭小，看了不忘的画没有几幅。为调节上述诸例的偏静，也就记忆所及举几幅讽刺画在这里谈谈。某西洋人描的一幅，描一个大轮子正在旋转来。许多穿燕尾服的人争先恐后地爬到这轮子上去。初爬的用尽气力在那里攀附。已爬上的得意洋洋。爬在顶高地方的人威风十足，从顶高处转下去的人搔着头皮。将被转到地上的人仓皇失措。跌落在地上的人好像死了。爬上来的地方，地上写着"Today（今天）"，跌下去的地方，地上写着"Tomorrow（明天）"。形容政治舞台可谓尽致。某日本人描的一幅，描着一个地球，地球上站着一个人，一手捏住鼻头，一手拿一把火钳，把些小人从地球上夹起来，丢到地球外面去。小人有的洋装而大肚皮，有的军装而带手枪。还有一幅，描着一个舞台，许多衣上写着姓名的政客在那里做戏。他们的手足上都缚着线，线的一端吊在舞台上面，一个衔着雪茄烟的大肚皮洋装客正在拉线。这种画，都能短刀直入地揭破世间的大黑幕。在中国现在的杂志上，也常看到讽刺漫画的佳作。可惜我的记忆不好，一时想不起来。举了这几个例就算了。

常有人写信来，问我漫画学习如何入手。没有一一详复的时与力，抱歉得很！现在借这里带便作一总复：漫画是思想美与造型美的综合艺术，故学习时不能像普通学画地单从写生基本练习入手。它的基本练习有二方面：一方面是技术的修练，与普通学画同，练习铅笔静物写生，木炭石膏模型写生，或人体写生。另一方面是思想的修练，如何修练，却很难说。因为这里包括见闻，经验，眼光，悟性等人生全体的修养，不是一朝一夕的能事，勉强要说，只得借董其昌的话："读万卷书，行万里路。"总之，多读读书，多看看世间，都是漫画的基本练习。这又同诗一样：例如开头所举的一首绝句，倘不曾读过历史，不知道唐玄宗的故事，读了这二十个字莫名其妙。听说外国人翻译这首诗，曾把玄宗两字误译为"玄妙的宗教"。亏他们欣赏的！欣赏非有各方面的修养不可，则创作的需要广泛的修养，不待言了。

廿四（1935）年五月七日作，曾载《中学生》。

（选自《丰子恺文集》第3卷）

平凡

艺术贵乎善巧，而善重于巧，故求丰富之内容，而不求艰深之技巧。故曰平凡。

平凡非浅薄，乃深入而浅出，凡人之心必有所同然。故取其同然者为内容，而作艺术的表现，则可使万人共感，因其客观性既广而感动力又大也，至于表现之形式，则但求能传情达意，不以长大复杂富丽为工。故曰平凡的伟大。

吾国绝诗,言简意繁,辞约义富,可谓平凡伟大艺术品之适例。"床前明月光,疑是地上霜。举头望明月,低头思故乡。""木末芙蓉花,山中发红萼。涧户寂无人,纷纷开且落。"所咏皆极寻常之事,而含意无穷,耐人思索。至如"春种一粒粟,秋收万颗子。四海无闲田,农夫犹饿死。""长安买花者,数枝千万钱。道旁有饥人,一钱不相捐。"则形式浑似白话,内容普遍动人,乃托尔斯泰所谓最高之艺术。

绘画、音乐与文学,在人间经过数千年之发展,其技术已入专门之域。故学画学琴,三年仅得小成,学文学诗,则十年窗下未必成功。今学校以每周一二小时之教学,而求各种艺术之技法,犹操豚蹄盂酒而求穰穰满家,所持者狭而所欲者奢,必无所得。今日艺术教学之沉疴,即在于此。故为教育,非择取平凡之艺术不为功。教育的艺术,不求曲高和寡,而求深入浅出。

托尔斯泰论艺术,推崇单纯明快与寻常,而反对高深之技巧,指为催眠,斥为害群。杜塞聪明而返原始生活,统制智慧,以求精神共产,其旨殊欠中肯。但为教育,其说亦有可取。盖托翁笃信基督,其论艺术力斥淫荡与浪费,而以爱为本,以善为归。从事艺术教育者,皆有一读其书之必要。

(本篇为1939年作者在广西宜山浙江大学所编的"艺术教育"油印讲义第13节,选自《丰子恺文集》第4卷。)

精神的粮食

人生目的为何?从伦理的哲学的言之,要不外乎欲得理想的生活。亦即欲得快乐的生活。换言之,欲满足种种欲望。人欲有五:食欲,色欲,知欲,德欲,美欲是也。食色二欲为物质的,为人生根本二大欲。但人决不能仅此满足即止,必进而求其它精神的三大欲之满足。此为人生快乐的向上,向上不已,食色二欲中渐渐混入美欲,终于由美欲取代食色二欲,是为欲之升华。升华之极,轻物质而重精神。所欲有甚于生,人生即达于"不朽"之理想境域。故精神的粮食,有时更重于物质的粮食。浅而言之,儿童之求游戏有时甚于求食。囚犯之苦寂寞有时甚于饥寒。反之,发奋忘食,闻乐不知肉味,亦不独孔子为然,人皆有之,不过程度有差等耳。今人职业与事业不符者,苦痛万状。因职业只供物质的粮食,而不供精神的粮食也。

以艺术为粮，则造型美术如食物，诗文、音乐如饮料，演剧、舞蹈如盛筵。

于艺术中求五味，则闲适诗，纯绘画（图案，四君子等），纯音乐（Bach（巴赫））等作品，注重形式，悦目赏心，其味如甜。记叙，描写，抒情之诗；史画，院画，诗画，描写乐，标题乐及歌曲，兼重内容，言之有物，其味如咸。讽喻诗，宣传画（poster），漫画，军乐，战歌，动心忍性，其味如辣。感伤诗，浪漫画，哀乐，夜曲，清幽隽永，其味如酸。至于淫荡之诗，恶俗之画，靡靡之音，则令人呕吐，其味如臭矣。

（本篇为1939年作者在广西宜山浙江大学所编的"艺术教育"油印讲义第14节，选自《丰子恺文集》第4卷。）

艺术的效果

艺术的效果，法国美学者特索亚（德索瓦）（Dessoir）曾经详述艺术的职能，说有精神的，社会的，习俗的三种。精神的职能，便是说艺术及于人的精神修养的效果。社会的职能，便是说艺术及于人类的社会组织的效果。习俗的职能，便是说艺术及于人的生活习惯的效果。这样说法很是周详。但我现在欲避去烦琐，作简要的说明。因为对于艺术初学者及非专门者，详论反而无用。而且特氏之说，过分偏重艺术的直接的效果，未免太狭隘了。

艺术常被人视为娱乐的消遣的玩物。这样看来，艺术的效果也就只是娱乐与消遣了。有人反对此说，为艺术辩诬，说艺术是可以美化人生，陶冶心灵的。但他们所谓"美化人生"，往往只是指说房屋衣服的装饰；他们所谓"陶冶心灵"，又往往是附庸风雅之类的浅见。结果把艺术看作一种虚空玄妙不着边际的东西。这都是没有确实地认识艺术的效果之故。

艺术及于人生的效果，其实是很简明的：不外乎吾人对艺术品时直接兴起的作用，及研究艺术之后间接受得的影响。前者可称为艺术的直接效果，后者可称为艺术的间接效果。因为前者是"艺术品"的效果，后者是"艺术精神"的效果。

直接效果，就是我们创作或鉴赏艺术品时所得的乐处。这乐处有两方面。第一是自由，第二是天真。试分述之：

研究艺术（创作或欣赏），可得自由的乐趣。因为我们平日的生活，都受

丰子恺　不宠无惊过一生

环境的拘束。所以我们的心不得自由舒展。我们对付人事，要谨慎小心，辨别是非，打算得失。我们的心境，大部分的时间是戒严的。惟有学习艺术的时候，心境可以解严，把自己的意见，希望与理想自由地发表出来。这时候我们享受一种慰安，可以调济平时生活的苦闷。例如世间的美景，是人们所爱乐的。但是美景不能常出现。我们的生活的牵制又不许我们去找求美景。我们心中欲看美景，而实际上不得不天天厕身在尘嚣的都市里，与平凡污旧而看厌了的环境相对。于是我们要求绘画了。我们可在绘画中自由描出所希望的美景。雪是不易保留的。但我们可使它终年不消，而且并不冷。虹是转瞬就消失的，但我们可以使它永远常存，在室中，在晚上，也都可以欣赏。鸟见人要飞去的，但我们可以使它永远停在枝头，人来不惊。大瀑布是难得见的，但我们可以把它移到客堂间或寝室里来。上述的景物，无论自己描写，或欣赏别人的描写，同样可以给人心以自由之乐。这是就绘画讲的。更就文学中看：文学是时间艺术，比绘画更为生动。故我们在文学中可以更自由地高歌人生的悲欢，以遣除实际生活的苦闷。例如我们世间常有饥寒的苦患。我们想除掉它，而事实上未能实现。于是在文学中描写丰足之乐，使人看了共爱，共勉，共图这幸福的实现。古来无数描写田家乐的诗便是其例。又如我们的世间常有战争的苦患。我们想劝世间的人不要互相侵犯，大家安居乐业。而事实上不能做到。于是我们就在文学中描写理想的幸福的社会生活，使人看了共爱，共勉，共图这种幸福的实现。陶渊明的《桃花源记》便是一例。我们读到"豁然开朗。土地平旷，屋舍俨然。有良田美池，桑竹之属。阡陌交通，鸡犬相闻。……黄发垂髫，并怡然自乐"等文句，心中非常欢喜，仿佛自己做了渔人或者桃花源中的一个住民一样。我们还可在这等文句以外，想象出其他的自由幸福的生活来，以发挥我们的理想。有人说这些文学是画饼充饥，聊以自慰而已。其实不然，这是理想的实现的初梦。空想与理想不同。空想原是游戏似的，理想则合乎理性。只要方向不错，理想不妨高远。理想越高远，创作欣赏时的自由之乐越多。

其次，研究艺术，可得天真的乐趣。我们平日对于人生自然，因为习惯所迷，往往不能见到其本身的真相。惟有在艺术中，我们可以看见万物的天然的真相。例如我们看见朝阳，便想道，这是教人起身的记号。看见田野，便想道，这是人家的不动产。看见牛羊，便想道，这是人家的畜牧。看见苦人，便想道，他是穷的原故。在习惯中看来，这样的思想原是没有错误的；然而都不是这些事象的本身的真相。因为除去了习惯，这些都是不可思议的现象，岂可如此简单地武断？朝阳，分明是何等光明灿烂，神秘伟大的自然现象！岂是为了教人起身而设的记号？田野，分明是自然风景之一部分，与人家的产业何关？牛羊，分明自有其生命的意义，岂是为给人杀食而生？穷人分明是同样的人，为什么偏要受苦呢？原来造物主创造万物，各正性命，各自有存在的意义，当初并非为人类而造。后来"人类"这种动物聪明进步起来，霸占了这地球，利用地球上的其他物类来供养自己。久而久之，成为习惯，便假定万物是为人类而设：果实是供人采食而生的，牛羊是供人杀食而生的，日月星辰是为人报时而设的，甚而至于在人类自己的内部，也由习惯假造出贫富贵贱的阶级来，视为当然。这样看来，人类这种动物，已被习惯所迷，而变成单相思的状态，犯了自大狂的毛病了。这样说来，我们平日对于人生自然，怎能看见其本身的真相呢？艺术好比是一种治单相思与自大狂的良药。惟有在艺术中，人类解除了一切习惯的迷障，而表现天地万物本身的真相。画中的朝阳，庄严伟大，永存不灭，才是朝阳自己的真相。画中的田野，有山容水态，绿笑红馨，才是大地自己的姿态。美术中的牛羊，能忧能喜，有意有情，才是牛羊自己的生命。诗文中的贫士，贫女，如冰如霜，如玉如花，超然于世故尘网之外。这才是人类本来的真面目。所以说，我们惟有在艺术中，可以看见万物的天然的真相。我们打叠了日常生活的传统习惯的思想，而用全新至净的眼光来创作艺术，欣赏艺术的时候，我们的心境豁然开朗，自由自在，天真烂漫。好比做了六天工作逢到一个星期日，这时候才感到自己的时间的自由。又好比长夜大梦一觉醒来，这时候才回复到自己的真我。所以说，我们创作或鉴赏艺术，可得自由与天真的乐处。这是艺术的直接的效果，即艺术品及于人心的效果。

间接的效果，就是我们研究艺术有素之后，心灵所受得的影响。换言之，就是体得了艺术的精神，而表现此精神于一切思想行为之中。这时候不需要艺术品，因为整个人生已变成艺术品了。这效果的范围很广泛。简要地说，可指出两点。第一是远功利，第二是归平等。

如前所述，我们对着艺术品的时候，心中撤去传统习惯的拘束，而解严开放，自由自在，天真烂漫。这种经验积得多了，我们便会酌取这种心情来对付人世之事，就是在可能的范围内把人世当作艺术品看。我们日常对付人世之事，如前所述，常是谨慎小心，辨别是非，打算得失的。换言之，即常以功利为第一念的。人生处世，功利原是不可不计较，太不计较是不能生存的。但一味计较功利，直到老死，人的生活实在太冷酷而无聊，人的生命实在太廉价而糟蹋了。所以在不妨害实生活的范围内，能酌取艺术的非功利的心情来对付人世之事，可使人的生活温暖而丰富起来，人的生命高贵而光明起来。所以说，远功利，是艺术修养的一大效果。例如对于雪，用功利的眼光看，既冷且湿，又不久留，是毫无用处的。但倘能不计功利，这一片银世界实在是难得的好景，使我们的心眼何等地快慰！又如田畴，功利地看来，原只是作物的出产地，衣食的供给处。但从另一方面看，这实在是一种美丽的风景区。懂得了这看法，我们对于阡陌，田园，以至房室，市街，都能在实用之外讲求其美观，可使世间到处都变成风景区，给我们的心眼以无穷的快慰。而我们的耕种的劳作，也可因这非功利的心情而增加兴趣。陶渊明躬耕诗有句云："虽未量岁功，即事多所欣"，便是在功利的工作中酌用非功利的态度的一例。

最后要讲的艺术的效果，是归平等。我们平常生活的心，与艺术生活的心，其最大的异点，在于物我的关系上。平常生活中，视外物与我是对峙的。艺术生活中，视外物与我是一体的。对峙则物与我有隔阂，我视物有等级。一体则物与我无隔阂，我视物皆平等。故研究艺术，可以养成平等观。艺术心理中有一种叫做"感情移入"（德名 Einfühlung，英名 empathy）。在中国画论中，即所谓"迁想妙得"。就是把我的心移入于对象中，视对象为与我同样的人。于是禽兽，草木，山川，自然现象，皆有情感，皆有生命。所以这看法称为"有情化"，又称为"活物主义"。画家用这看法观看世间，则其所描写的山水花卉有生气，有神韵。中国画的最高境"气韵生动"，便是由这看法而达得的。不过画家用形象色彩来把物象有情化，是暗示的；即但化其神，不化其形。故一般人不易看出。诗人用言语来把物象有情化，明显地直说，就容易看出。例如禽兽，用日常的眼光看，只是愚蠢的动物。但用诗的眼光看，都是有理性的人。如古人诗曰："年丰牛亦乐，随意过前村。"又曰："惟有旧巢燕，主人贫亦归。"推广一步，植物亦皆有情。故曰："岸花飞送客，樯燕语留人。"又曰："可怜汶上柳，相见也依依。"再推广一步，矿物亦皆有情。故曰："相看两不厌，只有敬亭山。"又曰："人心胜潮水，相送过浔阳。"再推广一步，自然现象亦皆有情。故曰："举杯邀明月，对影成三人。"又曰："春风知别苦，不遣柳条青。"此种诗句中所咏的各物，如牛，燕，岸花，汶上柳，敬亭山，潮水，明月，春风等，用物我对峙的眼光看，皆为异类。用物我一体的眼光看，均是同群。故均能体恤人情，可与相见，相看，相送，甚至对饮。这是艺术上最可贵的一种心境。习惯了这种心境，而酌量应用这态度于日常生活上，则物我对敌之势可去，自私自利之欲可熄，而平等博爱之心可长，一视同仁之德可成。就事例讲：前述的乞丐，你倘用功利心，对峙心来看，这人与你不关痛痒，对你有害无利。急宜远而避之，叱而去之。若有人说你不慈悲，你可振振有词："我有钞票，应该享福。他没有钱，应该受苦。与我何干？"世间这样存心的人很多。这都是功利迷心，我欲太深之故。你倘能研究几年艺术，从艺术精神上学得了除去习惯的假定，撤去物我的隔阂的方法而观看，便见一切众生皆平等，本无贫富与贵贱。唐朝的诗人杜牧有幽默诗句云："公道世间惟白发，贵人头上不曾饶。"看似滑稽，却很严肃。白发是天教生的。可见天意本来平等。不平等是后人造作的。学艺术是要恢复人的天真。

（本篇为 1941 年 7 月桂林文化供应社香港初版本《艺术修养基础》之上编"艺术总说"之第九章，选自《丰子恺文集》第 4 卷。）

雪舟的生涯与艺术

一、雪舟的生涯

雪舟姓小田，名等杨，是十五世纪日本最伟大的画家。他的别号很多，像备溪斋、雪谷轩、米元山主、渔樵斋、扶桑、紫阳、杨智客等，但是一般都称他为雪舟。他是日本备中赤滨人，生于一四二〇年即日本应永十七年，正是日本所谓室町时代，十二三岁的时候就在井山的宝福寺里做了和尚。然而他从小喜欢绘画，不肯修行佛法。他的师父屡次训诫他，要他摒除绘画而修佛法，他始终不听。后来师父看见他的画技非常高明，知道他富有美术天才，就不再干涉他，让他做一个"画僧"。当时在日本，僧人长于绘画的很多，画僧是当时日本艺苑的一种特色。

后来雪舟离开宝福寺，来到京都，入当时有名的相国寺，从洪德禅师为师。以后他又到镰仓，向当地建长寺的画僧玉隐永玙学画。雪舟的别号之一渔樵斋，就是他的禅师兼画师玉隐永玙给他取的。当时日本有两个大名鼎鼎的画僧，一个叫如拙，一个叫周文。这两人年纪比雪舟稍长些，在画坛上出名也比雪舟早些。雪舟的绘画就是师法这两人的。周文也是相国寺的禅僧。雪舟曾经直接向周文学习画技，然而青出于蓝，他的艺术的成就比上述两人更大。如拙——周文——雪舟，是当时日本画坛上一脉相承的三位主将，也是日本美术史上极重要的一个画派，叫做"宋元水墨画派"。这画派到了雪舟而集大成，所以雪舟是日本宋元水墨画派的代表人物。

日本应仁元年，即公元一四六七年，雪舟四十八岁的时候，日本政府派使者西渡中国，雪舟就和他的弟子秋月搭船来到大陆上。他一向研究中国画道，现在来到中国，希望到这水墨画的发祥地来穷其源泉。这一年是中国明宪宗成化三年，正是中国画院最隆盛的时期。所谓画院，是朝廷任命画家为职官的地方。中国五代时就有这制度。到了宋朝，画院更盛，政府设置翰林图书院，罗致天下画家，封赠官衔，优加秩禄，规模甚大。元朝不设画院。明朝恢复了宋朝的旧制，盛况不减于宋朝。宪宗以前的宣宗时代，有宣德画院，其中有当时名画家倪端、戴文进、李在、谢环、石锐、周文靖等。宪宗的成化画院里有吴伟、吕纪、吕文英、王谔、林时詹等画家。宣宗和宪宗以后的孝宗，都自己擅长绘画，宪宗亦酷爱绘画。世界上从古以来对于绘画的看重，恐怕无过于这时候的中国了。雪舟来到中国，躬逢其盛。他到了北京，就向宣德画院的画家李在学习。李在是南宋马远、夏珪一派的画家，正是日本的水墨画所宗的一派。雪舟又向其他画家如张有声等学习。元代画家高克恭是雪舟所私淑的。

雪舟离开北京，南游江浙，来到宁波，就在宁波四明山天童寺当了和尚，名为天童第一座。他一面做和尚，一面抚摹中国古来大画家如马远、夏珪等的真迹，深深地探究了宋元画道的要义，同时他又从事创作，大大地发挥他的画才。然而雪舟认为仅仅学习中国大画家的笔墨，不能满足他渡海西来追求良师的愿望。他是富有天才的人，他看到了中国历代绘画杰作，尤其是看到了大陆上的名山大川的风光，就在画道上恍然大悟，认为"师在于我，不在于他"，中土的大自然景色是更可贵的良师。于是他一面观摩中国历代的大作，一面遨游大陆上的名山大川，直接师法现实。此后他的画技大大地进步，到处获得中国人的称誉。宪宗皇帝闻其名，曾经"敕令"雪舟入宫，任命他绘制礼部院中堂的壁画。画成之后，明朝君臣对这壁画大加赞赏。当时的士大夫争先恐后地敬求雪舟的墨宝，雪舟的名声大噪于中国。雪舟在中国所作的画，大都用扶桑、紫阳、等杨等笔名。

一四七〇年，雪舟五十一岁的时候离开中国，回到日本。他在本国的丰后地方建造一所楼阁，叫"天开图画阁"。他就住在这里面研究绘画，把中国的画道传授给学者。百年来支配日本画坛的宋元水墨画，由于雪舟的宣扬，更加普遍盛行，技术亦更加进步，日本水墨画到这时候可谓登峰造极了。后来雪舟离开丰后，到山口地方隐居。他晚年迁居到石见国，住在益田的大喜庵里，就在这庵里"示寂"，时在日本永正三年八月八日，即公历一五〇六年，享年八十七岁。

雪舟的生涯大约如上。他是日本室町时代最有名的画家，同时又以造庭著名于时。造庭就是布置庭园，日本人一向很讲究这种技术。庭园的布置法，与画道相通，所以这位名画家又是造庭名手。当时在日本，雪舟设计的庭园处处皆有。

相逢意氣為君飲
繫馬高樓垂柳邊

於杭州西湖 豐子愷畫

丰子恺　相逢

最后，还有一个和雪舟留明有关的逸话，也可以表示这位大画家的性行：他在中国的时候，有人请他画一幅日本风景图，他就写了一幅日本田之浦的清见寺风景图以应雅属。后来雪舟回国，有一次经过清见寺，看见寺的附近并没有宝塔，而他在中国时所写的那幅画里是有一个宝塔。这宝塔是原来有过而后来坍塌了的，还是根本没有而由画家想象出来的，不得而知。总之，画和现实不符了。雪舟认为这是他的绘画上的一个大缺憾。为了弥补这缺憾，他就自己拿出钱来，在离开清见寺十九町（町是日本尺度名称，一町约合一○九公尺）的地方建造了一个宝塔。他认为这样才完成了他对那幅画的责任。这是很有意义的一个逸话。

二、日本画和中国画的关系

为了要阐明雪舟的艺术，不得不把产生雪舟的时代背景从头至尾说一说。

日本这个国家，很早就和中国交往。日本文化的源泉出自中国。这一点，只要看日本的文字就可想见。在日本很早的推古时代，中国南北朝的文化经过了朝鲜而输入日本，这还是间接的交往。公元二八五年，即晋武帝太康六年，百济王仁率织工并携《论语》及《千字文》至日本，这便是中国文化直接输入日本的开始。自此以后，在晋朝和隋朝，日本常常派使者到中国来。到了唐朝太宗贞观四年，即公元六三○年，日本置设一种职官，叫做“遣唐使”，专司和中国交往的事，也就是专门来采访大陆文化的。所以到了推古时代以后的白凤时代，日本的文物制度完全模仿唐朝。白凤时代的日本画完全作唐画风。天平时代的元明天皇依照唐朝制度在奈良建设大规模的平城京。天平时代的艺术也完全是唐朝艺术的模仿。平安朝，日本派空海、最澄两个僧人出使于唐，带了许多中国绘画（其中多数是佛像画）回国。后来又继续派人入唐，这些人被称为“入唐八家”，即空海、最澄、常晓、圆行、圆仁、惠运、圆珍、宗叡。故奈良时代盛行的绘画，是唐风的密教佛画。唐朝画家李真等所作的“真言五祖像”就在这时候传入日本，这就开辟了日本肖像画的传统。这时代的日本画叫做“大和绘”。大和绘的根源是唐画。日本美术编者田中一松说：“大和绘中平稳起伏的山峰，郁郁苍苍的树林，其趣致与式样殆不出唐画范围。”到了镰仓时代，宋代艺术变成了日本艺术的模范。如田中一松所说：“从来日本艺术的变迁，常有待于大陆艺术的刺激和感化。当时鞭策镰仓新兴精神而引起新兴艺术运动的，是宋代艺术。宋代一反唐代的华丽倾向，一面发挥淡雅之趣，一面作强力的表现。此风对于我国藤原以来的艺苑感化甚深，终于促成了镰仓新兴艺术的抬头。由唐代艺术倭化而成的藤原艺术传统虽然还是存在，但是已经失却其固有的特质了。"镰仓时代的日本绘画不但画风仿宋，连画的题材也完全一样：例如罗汉、白衣观音、出山释迦、达摩祖师、布袋和尚、寒山、拾得、铁拐李等，都是日本释道画的主要题材，都是抚宋元本的。

　　十二世纪初，北宋画院体发达到了顶点，文人画升到了最高阶段。这种画风就随着佛法输入日本。一一六八年，即日本仁安三年，日本派荣西、重源两僧人出使于宋。此后遣使不绝，都是来采访佛法及文化的。这时候日本禅宗和南宋禅宗有了直接联系，这是南宋文化输入日本的最大通路。中国画流传到日本的很多。一三六五年校订的"佛日庵集藏"中，就有宋元画二七八幅，其中包括人物图一一五幅，花鸟野兽画九一幅，山水画七二幅。山水画中包括牧溪、夏珪、玉硐、张汝芳、梁楷、马远、李龙眠、宋徽宗、任月山、曜卿之、孙君泽、王摩颉、马麟、钱瞬举等的作品。一四○一年，当中国明朝，日本派商人肥富及僧人祖阿到中国来通商，两人运去中国画极多。日本相阿弥所撰的《君观台左右帐记》中，列记着一六○位中国画家的姓名，其中宋元画家占有大多数。他们对于南宋画院的马远、夏珪一派，最为尊崇；牧溪、梁楷、玉硐等的富有禅味的作品亦颇受鉴赏。日本的山水画家大都是宗奉这等中国画家的。雪舟的前辈如拙便是马、夏一派的画家。周文的构思和笔致，完全出于南宋画院体。雪舟从如拙和周文间接地学习中国画，又到大陆上来直接地学习中国画，因此成了日本水墨画派集大成的作家。

　　雪舟以后，即日本足利时代末期，日本画进入了中国画模仿的第二阶段。当时盛行的画派叫做"狩野派"，是画家狩野正信所领导的。狩野派一方面模仿中国画，一方面发挥日本固有的画趣。雪舟的水墨派的清新淡雅，到了狩野派而变成了绚焕灿烂。这就引起了其次的桃山时代的以装饰味为特色的日本画。这时候的日本画专重形状色彩的美丽，往往花卉布满画面，不留余地。所谓"浮世绘"，便是桃山画坛的一种流派。然而在这时代，水墨画仍不衰亡，远汲雪舟之流者，有名画家云谷等颜、长谷川等伯。这两人私淑雪舟，传述他的笔意。等伯的画尤富于宋元风。那种装饰味的桃山绘画，到了德川时代末期又渐渐为日本人所唾弃，日本画风又复归于水墨派。当时有名的画家探幽、山乐，皆倾向于宋元画。海北派的雪友，曾我派的二直庵、云谷华益、长谷川春信等，皆抚摹足利以来的宋元风，作遒劲的描写。后来私淑雪舟的画家极多，以画鹰及水墨山水有名的雪村，是其著者。

如上所述，可知日本画和中国画的交往非常复杂，关系非常亲密，雪舟就出现在这样的时代背景上。宋元画给予日本画的影响尤多。雪舟是宋元画的最热心的传道者，也是日本水墨画派最首要的代表者。这使得我们中国人在纪念雪舟的时候感到特别亲切。

三、雪舟的艺术

日本美术论者沟口祯次郎说："从当代先驱者如拙、周文以至宗湛、蛇足，都是禅僧，这是最可注目的一点。正因为如此，所以东山时代的绘画大都富有禅味。而此等画僧之中，在修禅和画技两方面都有代表性的，其惟雪舟。雪舟之所以为雪舟，正在于他能够全部咀嚼宋元画风，一线一划亦必遵循其法格。……要之，东山艺术的骨髓，在于消化宋元画，在遒劲秀拔的笔墨之中表现富于禅味的画趣。集大成于一身者，实为雪舟。"

前面说过，日本水墨画的先驱者是如拙和周文两禅僧。如拙专工于清劲的水墨山水，周文更进一步地研究中国画。这两人都是替雪舟创立根基。周文有一个门人小粟宗湛，亦入相国寺为僧，其画略似周文。还有一个用中国姓名的画僧，叫做李秀文，其画常与周文的画混同。李秀文的儿子曾我蛇足也是周文的门人，其画也宗周文。这许多学生之间最突出的是雪舟。

由此可知雪舟的画是富有禅味的水墨画。他的画大都用简单而刚强的笔法，象征地表现出自然景物。他作画往往不描画面的全部，而留出很多的空白地位，使观者感到空廓和深远。这就是所谓禅味。然而"禅味"这个名词深奥玄妙，拿这两个字来说明绘画不容易说得明显。现在我想加以较切实的说明，替雪舟的画试作一个较具体的解释。雪舟的画有四点特色：

第一，雪舟的画布局灵秀。日本画大都富丽豪华，一幅画中填得满满泛泛，不留余地。雪舟的画法一反此种"大和绘"风，物象大都布置得很疏朗，画面常常留很多的余地。而这些余地绝不使观者觉得空闲，反之，觉得全靠有这些空地，主题表现得更加强明。这正是雪舟构图巧妙的地方。中国画家大都擅长这种灵秀的经营布置法，宋元文人画尤加讲究此道。雪舟博览中国名画，深深地体会了这个诀窍。所以他的画不但在日本画坛上别开一新天地，就是在中国，也是列入上乘的。

第二，雪舟的画设色淡雅。日本的绘画，所谓"大和绘"，大都绚焕灿烂，金碧辉煌。在雪舟以后的桃山时代，这倾向尤其显著。那时的画家很喜欢屏障画，画得非常华丽，具有浓厚的装饰风味。雪舟则一反此种"大和绘"风，专研一色的水墨画。即使是着色的画，色彩也很淡雅。水墨画在中国也是后起的，在宋元时代特别盛行。向来的说法，以为这是绘画受佛法的影响，即所谓富有"禅味"。然而从美术研究说来，水墨画的成立自有其色彩学的根据：黑色是由红黄蓝三原色等量混合而成的，黑色之中包含红黄蓝三原色，所以墨色是一种圆满具足的色彩。这种色相最饱和，最耐看，最富有独立的资格，最宜于用以作画。雪舟的画大部分是水墨画，色彩都很淡雅。这在日本画坛上也别开生面，富有一种朴素的美。

第三，雪舟的画用笔遒劲有力。日本的"大和绘"大都是工笔画。比雪舟的水墨画略后兴起来的"狩野派"和"土佐派"，便是工笔画的著例。桃山时代的装饰风日本画，用笔尤工。工笔画的好处是精致，粗笔画的好处是有力。雪舟的画大都是粗笔画，他的线条往往描得很粗，很刚强。我们细看他的作品，可以想见他作画时的大胆，落笔不改，一气呵成。有些地方毛笔枯了，也听其自然。他的作画，可说是同用毛笔写字一样，信手挥毫，不加矫饰。所以他的画中的线条都遒劲有力，简直像一根一根的铁丝。这也是中国画的特色。我们中国自古有"书画同源"之说，中国画法是同书法同一源流的。试看我国的篆字，有几个象形文字，简直就是一幅小小的简笔画或漫画。看了雪舟画中的线条，使人想起中国的篆字，使人感到宋元画的气息。

第四，雪舟的绘画的最可贵的特色，是其现实风。前面说过，雪舟留学中国，从李在、张有声等画家学画，后来他认为仅学中国画家的笔墨，不能满足他的愿望。于是遍游我国名山大川，向大陆上的大自然学习画法。这一点是雪舟艺术最可贵的特色。雪舟之所以为雪舟，要点正在于此。绘画原来是现实世界的美的表现。画家的研究对象是大自然，是现实世界。倘使离开了现实世界，而从书本上、笔墨上钻研，便是舍本逐末，决不能有伟大的成就。所以自古以来的伟大画家，没有一个不是师法自然，从现实出发的。师傅和范本不过是学画的一种参考。雪舟是悟得这绘画真诠的。中国明代绘画古典遗产十分丰富，画院人才济济，但这些都不能使雪舟满足。因此他就发心遨游名山大川，从现实世界中学习绘画，换言之，从写生学习绘画。他的见识的高远实在令人钦佩！英国人劳伦斯·平云（Laurence Binyon）曾说："伦勃兰特当引雪舟为知己。伦勃兰特能用芦苇笔和乌贼墨制的褐色颜料来画寥寥数笔，而表现景物的神态……雪舟能运用毛笔的力量来使人惊奇。他突然地、使劲地、猛烈地下笔，似乎无心于构成形态，然而一切物象都生动活跃，仿佛魔术的表演。"德国人格洛斯（Ernst Grosse）曾说："雪舟的画能把实物浑然地表现出来。"这两位西洋人对雪舟的绘画的这几句评论是十分中肯的。不过平云关于雪舟也有不中肯的见解。譬如他说："他决心到中国去，希望在这艺术的发源地得到新的灵感。但是使他惊奇的是：他向别人学得的少，而他教别人的多。"这完全是不正确的见解。只要看本文所引日本人自己的话，就可证明这话的不正确。我们总不能说雪舟是到中国来教画的。我们只能说，雪舟留学中国，从名山大川学得的比从明朝画家学得的更多。可知雪舟西游中国，师法明朝画家还在其次，主要的是到大陆上来"写生"，来"体验生活"。这种体验使雪舟的绘画富有现实作风，使雪舟突出于东方画坛，而在文化艺术上获得了国际的地位。

（选自《丰子恺文集》第 4 卷）

七巧板

有一位热心学画的青年来问我："画如何可以学成？"我对于这个广泛的疑问，一时真想不出答话来，但他正襟危坐，双目注视我的嘴唇，好像满望着这里落出几句学画秘诀来。我刹时间把念头转到一般学画者所最易犯的临画的弊端上，仓卒地答道："画如何可以学成？一言难蔽。根本的方法，可说是手与眼要并重。即不可专练手腕的描写，必须并练眼睛的观察。"我的意思，是学画必须从写生入手，不可徒事临摹他人的作品。因为画的生命存在于物象中，决不存在于画帖中。

这青年学了一会，又来问我："画如何可以学成？"我看他过去的成绩，大都偏重细部而忽略大体，因此所写的物象都失了真。就再告诉他："写生不可重细部须重大体，务求全部同真物一样。"我的意思，是说他的观察没有精到，见其小而忘其大，因此他的描写没有全部正确。

这青年学了一会，又来问我"画如何可以学成？"我看他过去的成绩，虽然比前好些，但形状还是不正。就再告诉他："写生第一要注意'形'。无论细部或大体，形不正确，画的基础就不稳。"我的意思，是说他的描形还没有全部正确，还要加意观察。

这青年学了一会，又来问我："画如何可以学成？"我看他过去的成绩，比前好得多了，但形终未十分正确，细部及大体终未能完全兼顾，即观察的眼终未完全养成，就用抽象一些的话，再告诉他："学画第一要写出物象的'神气'，不可专写死板的形骸。"我的意思，是希望他把眼光放得远大些，捉住物象的特点，描出物象的神气。

但是，这话太抽象了，弄得这位青年画学生莫名其妙，索性把画的学习停顿了。我很抱歉，恨不得把自己的体感分些给他，以完成其一篑之亏。有一天，我又与这青年在某处相会，旁边一个孩子正在搭七巧板。我看见他正在搭一个人的模样，所用的只是三种形状：正方形，三角形，平行四边形（麻糖片形）。虽然简陋不拘小节，然而大体很像人，而且神气活现。我见了似有所感，即兴地对那青年说："学画要取法于七巧板！"这青年竟在这句话下顿悟，以后的成绩，忽然进步，都有画意了。

这话大类禅宗说法，似不可信；却是根据画理的。原来画帖上第一重要的事，是大体姿态的描写，物象的神气端在于此，绘画的生命端在于此。有了大体，即使细部忽略，亦无大碍。反之，大体不正，即使细部十分精详，亦属徒劳。可举日常生活为例，譬如看人，你的朋友远远地走来，即使眉目未曾看清，仅就大体姿态即可看出其为某君。反之，仅看一双手，或仅看眉目一小部分，即使是熟识的人，一时也不易认识。又如看风景，远观山形，如屏，如幛，如牛，如狮，如夏云，如秋黛。这所见的正是山的神气。反之，若身入山中，细看局部，即不见其神气，或竟不觉身在山中了。远观杨柳，如烟，如雾，如醉，如睡。这所见的正是柳的神气。反之，若走近柳边，细看局部，即不见其神气，似觉是另一种树了。看电影要坐得远，看画要退远几步，也都是为了远看能见其大体，能见其神气的原故。可知物象的神气，不在细部而在大体。描画而欲得神，必须注重大体姿态的描写。

形象的表现中，专讲大体的，莫如七巧板，或者十三块凑成的益智板。它们的工具的简陋，使它们不得不重大体，然而搭得巧妙的，不但形神毕肖，又留着给人想象的余地，颇富画意。这虽然是一种玩具，却暗示着画法的要点。一般小学生用画帖，初学用的画谱，大都从正方，三角等几何形体开始；写生画法，起稿时必须用直线，即使画个皮球也得先用直线围成，都是根据这个画理的。详言之，学画者执笔之前，宜对物象先作大体的观察，忽略其详细点，

此造物者之无尽藏也 子愷

丰子恺　此造物者之无尽藏也

但把它看作各种三角形，正方形，长方形等几何形体所凑成的现象。画的初稿，就不妨先用几何形体描出，以后根据这大体一一加详描写，这样，无论何等加详描写，大体总归正确，即物象的神气总归保全。那个学画青年的所以成功，便是走上了这学画的大道的原故。

学画须从大体入手。这意思不是说细部描写无用，是说大体为重，细部为轻。详言之，画不外三种：（一）大体与细部兼顾的，（二）顾大体而忽略细部的，（三）顾细部而忽略大体的。前两种皆佳，第一种是良好的工笔画。像文艺复兴期的宗教画，古典派，浪漫派，写实派的作品，皆属其例。第二种是良好的粗糙画或简笔画。像表现派，野兽派的作品，以及各种 sketch（速写）和漫画，皆属其例。只有最后的第三种，顾细部而忽略大体的，才是劣品。像我国现在流行的某种月份牌，阴历新年里到处发卖的花纸儿，以及多数香烟里的画片，皆属其例。这些画中，大概描工很精详，颜色红红绿绿，金碧辉煌。上眼鲜艳夺目，细看局部十分精致，但拿远来看，大体都不对！比例不适当，部位不自然，形不正确，因而不像真物，没有神气：甚而至于奇形怪状，令人发笑或害怕。

缺乏美术教养的人，低级趣味的人，对于绘画不知大体，局部的工致和鲜艳都能满足他们的美感。他们便是上述第三种绘画的欣赏者。在世间，尤其是在我国，这种欣赏者占大多数，所以美术往往难于正当发展，所以自来的美术家，往往因为曲高和寡，而躲入象牙塔中。

故我现在举七巧板的比喻来，说明绘画的要点，不但专为绘画的初学者说话。希望一般的人，也都具有这一点美术的欣赏力。

廿五（1936）年二月三日。

（发表于 1936 年 2 月 17 日《申报》，选自《丰子恺文集》第 5 卷。）

再访梅兰芳

去年梅花时节，我从重庆回上海不久，就去访梅博士，曾有照片及文章刊登《申报》。今年清明过后，我同长女陈宝、四女一吟，两个爱平剧（京剧）的女儿，到上海看梅博士演剧，深恐在演出期内添他应酬之劳，原想不去访他。但看了一本《洛神》之后，次日到底又去访了。因为陈宝和一吟渴望瞻仰伶王的真面目。预备看过真面目后，再看这天晚上的《贩马记》。

这回不告诉外人，不邀摄影记者同去，但托他的二胡师倪秋平君先去通知，然后于下午四时，同了两女儿悄悄地去访。刚要上车，偏偏会在四马路上遇见我的次女的夫婿宋慕法。他正坐在路旁的藤椅里叫人擦皮鞋，听见我们要去访梅先生，擦了半双就钻进我们的车子里，一同前去了。陈宝和一吟说他，"天外飞来的好运气！"因为他也爱好平剧，不过不及陈宝一吟之迷。在戏迷者看来，得识伶王的真面目，比"瞻仰天颜"更为光荣，比"面见如来"更多法悦。所以我们在梅家门前下车，叩门，门内跑出两只小洋狗来的时候，慕法就取笑她们，说："你们但愿一人做一只吧？"

坐在去春曾经来坐过的客室里，我看看室中的陈设，与去春无甚差异。回味我自己的心情，也与去春无甚差异。"青春永驻"，正好拿这四字来祝福我们所访问的主人。主人尚未下楼，琴师倪秋平先来相陪。这位琴师也颇不寻常：他在台上用二胡拉皮黄，在台下却非常爱好西洋音乐，对朔拿大（奏鸣曲），交响乐的蓄音片（唱片），爱逾拱璧。他的女儿因有此家学，在国立音乐院为高才生。他的爱好西洋音乐，据他自己说是由于读了我的旧著《音乐的常识》（亚东图书馆版）。因此他常和我通信，这回方始见面。我住在天蟾舞台斜对面的振华旅馆里。他每夜拉完二胡，就抱了琴囊到旅馆来和我谈天，谈到后半夜。谈的半是平剧，半是西乐。我学西乐而爱好皮黄，他拉皮黄而爱好西乐，形相反而实相成，所以话谈不完。这下午他先到梅家来等我们。我白天看见倪秋平，这还是第一次。我和他闲谈了几句，主人就下来了。

握手寒暄之间，我看见梅博士比去春更加年轻了。脸面更加丰满，头发更加青黑，态度更加和悦了。又瞥见陈宝一吟和慕法，目不转睛地注视他，一句话也不说，一动也不动，好像城隍庙里的三个菩萨，我觉得好笑。不料他们的视线忽从主人身上转到我身上，都笑起来。我明白这笑的意思了：我年龄比这位主人小四岁，而苍颜白发，老相十足；比我大四岁的这位老兄，却青发常青，做我的弟弟还不够。何况晚上又能在舞台表演美妙的姿态！上帝如此造人，真是欠通欠通！怎不令人发笑呢？

我提出关于《洛神》的舞台面的话，希望能摄制有声有色的电影，使它永远地普遍地流传。梅先生说有种种困难，一时未能实现。关于制电影，去春我也向他劝请过。我觉得这事在他是最重要的急务。我们弄书画的人，把原稿制版精印，便可永远地普遍地流传；唱戏的人虽有蓄音片，但只能保留唱工；要保留做工，非制电影不可。科学发达到这原子时代，能用萝卜大小的一颗东西来在顷刻之间杀死千万生灵，却不肯替我们的"旷世天才"制几个影片。这又是欠通欠通，怎不令人长叹呢！

话头转入了象征表现的方面。梅先生说起他在莫斯科所见投水的表演：一大块白布，四角叫人扯住，动荡起来，赛是水波；布上开洞，人跳入洞中，又钻出来，赛是投水。他说，我们的《打渔杀家》则不然，不需要布，就用身子的上下表示波浪的起伏。说这话时；他就坐在沙发里穿着西装而略作桂英儿的身段，大家发出特殊的笑声。这使我回想起以前我在某处讲演时，无意中在黑板上画了一个人头而在听众中所引起的笑声。对于平剧的象征的表现，我很赞善，为的是与我的漫画的省略的笔法相似之故。我画人像，脸孔上大都只画一只嘴巴，而不画眉目。或竟连嘴巴都不画，相貌全让看者自己想象出来。（因此去年有某小报拿我取笑，大字标题曰"丰子恺不要脸"，文章内容，先把我恭维一顿，末了说，他的画独创一格，寥寥数笔，神气活现，画人头不画脸孔云云。只看标题而没有工夫看文章的人，一定以为我做了不要脸的事。这小报真是虐谑！）这正与平剧的表现相似：开门，骑马，摇船，都没有真的门，马，与船，全让观者自己想象出来。想象出来的门，马，与船，比实际的美丽得多。倘有实际的背景，反而不讨好了。好比我有时偶把眉目口鼻一一画出；相貌确定了，往往觉得不过如此，一览无余，反比不画而任人自由想象的笨拙得多。

想起他晚上的《贩马记》，我觉得要让他休息，不该多烦扰他了，就起身告辞。但照一个相是少不得的。我就请他依旧到外面的空地上去。这空地也与去年一样，不过多了一只小山羊。这小山羊向人依依，怪可爱的。因为不邀摄影记者，由陈宝一吟自己来拍。因为不带三脚架，不能用自动开关，只得由二人轮流司机，各人分别与伶王合摄一影。这两个戏迷的女孩子，不能同时与伶王合摄一影，过后她们引为憾事。在辞别出门的路上，她们絮絮叨叨地说了许多"悔不该"。（编者[1] 按：为了想弥补这个"悔不该"，我踌躇了好久。丰先生寄给我的两张照片，章法全同，实在无法全登，登一张又觉得不痛快，于是和本报负责制版的陆先生（丰先生的学生）商量，结果是现在刊出的一张。为 Poetic justice（富有诗意的、公平的处理）着想，我看这

〔1〕系本文所载报刊《申报·自由谈》的编者。——编者注。

样也不要紧吧？）

我却耽入沉思。我这样想：

我去春带了宗教的心情而去访梅兰芳，觉得在无常的人生中，他的事业是戏里戏，梦中梦；昙花一现，可惜得很！今春我带了艺术的心情而去访梅兰芳，又觉得他的艺术具有最高的社会的价值，是最应该提倡的。艺术种类繁多，不下一打：绘画，书法，金石，雕塑，建筑，工艺，音乐，舞蹈，文学，戏剧，电影，照相。这一打艺术之中，最深入民间的，莫如戏剧中的平剧！山农野老，竖子村童，字都不识，画都不懂，电影都没有看见过的，却都会哼几声皮黄，都懂得曹操的奸，关公的忠，三娘的贞，窦娥的冤……而出神地欣赏，热诚地评论。足证平剧（或类似平剧的地方剧）在我国历史悠久，根深柢固，无孔不入，故其社会的效果最高。书画也是具有数千年历史的古艺术，何以远不及平剧的普遍呢？这又足证平剧不但历史悠久，而且在其本质上具有一种吸引人情，深入人心的魔力，故能如此普遍，如此大众化。只可惜过去流传的平剧，有几出在内容意义上不无含有毒素，例如封建思想，重男轻女，迷信鬼神等。诚能取去这种毒素，而易以增进人心健康的维他命，则平剧的社会的效能，不可限量，拿它来治国平天下，也是容易的事。那时我们的伶王，就成为王天下的明王了！

前面忘记讲了：我去访梅先生的时候，还送他一把亲自书画的扇子。画的是曼殊上人的诗句"满山红叶女郎樵"。写的是弘一上人在俗时赠歌郎金娃娃的《金缕曲》。其词曰：

> 秋老江南矣。忒匆匆，春余梦影，樽前眉底。陶写中年丝竹耳，走马胭脂队里。怎到眼都成余子？片玉昆山神朗朗，紫樱桃漫把红情系。愁万斛，来收起。
>
> 泥他粉墨登场地。领略那英雄气宇，秋娘情味。雏凤声清清几许，销尽填胸荡气。笑我亦布衣而已。奔走天涯无一事，问何如声色将情寄？休怒骂，且游戏。

书画都是在一个精神很饱满的清晨用心写成的。因为这个人对于这样广大普遍的艺术负有这样丰富的天才，又在抗战时代表示这样高尚的人格，——我对他真心的敬爱，不得不"拜倒石榴裙下"。（别人讥笑我的话。）我其实应该拜倒。"名满天下"，"妇孺皆知"（别人夸奖我的话）的丰子恺，振华旅馆的茶房和账房就不认识。直到第二天梅先生到旅馆来还访了我，茶房和账房们吃惊之下，方始纷纷去买纪念册来求我题字。

卅七（1948）年五月二十二日，

梅兰芳停演之日，作于杭州。

（发表于1948年5月26日《申报·自由谈》，选自《丰子恺文集》第6卷。）

嫁给小提琴的少女

我乘船到香港。经过汕头海关人员来检查。那人员查到我的房间，和我握手，口称"久仰"，"难得"。他并不检查，却和我谈诗说画，谈得非常起劲。隔壁房间的客人和茶房们大家挤进来看，还道是查出了禁品，正在捉人了。海关人员辞去之后，邻室的客人方始知道我的姓名，大家耳语，像看新娘一般到门边来窥看我。茶房们亦窃窃私语。可惜讲的闽南话我一句也不懂。

挤进来看的人群中，有一个垂髫女郎，不过十八九岁模样，面圆圆的，眼睛很大，盯着我炯炯发光。海关人员走后，此人也就不见了。开船，吃夜饭之后，我独坐房舱中（我的房两铺，但客人少，对铺空着，我独占一房）看当日的《星岛日报》。有人叩门。开门一看，正是那个大眼睛女郎。她忸怩地说："我是先生的读者，先生的文集画集我都读过。景仰多年，今日得在船中见到，真是大幸，所以特来拜访。打扰了！"一口国音，正确清脆，十足表示她是个聪明伶俐的女孩子。我留她坐，问她姓名籍贯，以及往何处去。她告诉我姓Y，是W城人，某专科学校毕业，随她姐姐乘船到香港去谋事。就住在我的隔壁房中。接着她就问我《子恺漫画》中的阿宝、瞻瞻、软软（我的子女，现在都比她大了）的近状；又慰问我在大后方十年避寇的辛苦。足证她的确都读过我的书，知道得很清楚。我发见她在听我答话的时候，常常忽然把大眼睛沉下，双眉颦蹙；忽然又强颜作笑，和我应酬。我心中猜疑：这个人恐有难言之恸。

忽然她严肃地站起来，郑重地启请："丰老先生，我有一个大疑问要请教，不知先生肯不肯教我？"说着，两点眼泪突然从两只大眼睛里滚出，在莲花瓣似的腮上画了两条垂直线，在电灯下闪闪发光。这是丹青所画不出的一个情景。突如其来，使我狼狈周章。我立刻诚恳地回答她："什么疑问？凡我所知道的，一定肯回答你，你说吧。"她说："先生？世间到底有没有'纯洁的恋爱'？"我说："你所谓'纯洁'，是什么意思？"她断然地说："永不结婚。"我呆住了，心中十分惊奇。后来我说："有是有的，不过很少很少。西洋古代曾经有一位大哲学家柏拉图，提倡这种恋爱，Platonic love（柏拉图式的爱）。但我没有见到过实例。你为什么问我这个呢？"她凄凉地说："啊，你没有见到过？那么，世间所谓'纯洁的恋爱'，都是骗人！都是骗我们女人！啊，我上当了！"她竟在我房中呜咽地哭起来。

我更是狼狈周章了。等她哭过一阵，我正色地说："你不必伤心，说不定你所遇到的确是柏拉图恋爱主义者。我所见狭小，岂能确定你是受骗呢？你究竟是怎么一回事？不妨对我说。也许我能慰藉你。"因了我的催促和探诱，她断断续续吞吞吐吐地把她的恋爱故事告诉我。原来是这样的一回事！

她出身于书香人家。她的父亲是当地很有名的文人。她从小爱好文艺，尤

丰子恺
闲庭春画

其是诗词。她今年十九岁半，性格十分天真，近于儿童。她憧憬于诗词文艺中所描写的人生的"美"与"光明"，而不知道又不相信人生还有"丑"与"黑暗"的一面。她只欢喜唯美的浪漫主义，而不欢喜暴露的写实主义。她注意灵的要求，而看轻肉的要求。我猜想，养成她这种性情的，半由于心理，即文艺诗词的感染，而半由于生理，即根本没有结婚的要求，亦即没有性欲。古人说"食色性也"。"没有性欲"这句话似乎不通，除非是残疾的人，况且她的体格很好，年龄也已及笄，我岂可这样武断呢？但我相信"性欲升华"之说，而且见过许多实例（历史上独身的伟人不少）。故我料她的性欲已经升华，因而在世间追求"纯洁的恋爱"。据她说，她和她的姐姐很亲爱，大家抱独身主义，本来不再需要异性的爱。但因她迷信了"纯洁的恋爱"，觉得除姐姐以外，再有一个异性纯洁的爱人，更可增加她的人生的"美"与"光明"。于是她的恋爱故事发生了。她的一个男同学追求她。起初她拒绝。后来因为合演话剧的关系，渐渐稔熟起来。那男同学就向她献种种的殷勤，和非常的真诚。据说，他是住校的，她是通学，每天回家吃午饭的。而他每天到半路上接她两次，送她两次，风雨无阻。她说："教我怎么不感动呢？"但她很审慎，终未明白表示"爱"他，因此他失望、绝食、生病了。别的同学来拉拢，大家恨她太忍心。她逼不得已，同时真心感动，便到病床前去慰问，并且明白表示了"我爱你"。但附带一个条件："纯洁的爱永不结婚。"男的一口答允，病就好了。她说，从此以后，她的确过了两个月的"美"的"光明"的恋爱生活。但是两个月后，男的便隐隐的同她计划结婚。屡次向她宣传"结婚的神圣"，解说"天下没有不结婚的恋爱"之理，抨击"独身主义"的不人道。她愤愤地对我说："到此我才知道受骗呀！"她又哭了，我忍不住笑起来。我想："真是一个傻孩子！"又想："这天真烂漫而奇特的女孩子，真真难得！"

她个性很强，决心和他分手。但因长时间的旅伴，和感情的夹缠，未便突然一刀两断。她就拖延，想用拖延来冲淡两个人的爱情，然后便于分手。她说："这拖延的几星期，是我最苦痛的时间。"但男的只管紧紧地追求，死不放松。她急煞了。幸而她已毕业，就写了一封绝交信寄他，突然离开 W 城，投奔在远方当教师的姐姐。至今已将一年。幸而那男子没有继续来追她。并且，传闻他已另有爱人。因此她也放心了。但她还有疑心，常常怀疑：世间究竟有没有"永不结婚的恋爱"？因此不怕唐突，来"请教"萍水相逢的我。她恭维我说："丰老先生，你是我们孩子们的心灵的理解者、润泽者、爱护者。惟有你能够医好我心头的创伤。"我听了又很周章。我虽然曾经写过许多关于儿童生活的文和书，但不曾研究过柏拉图爱。对眼前这个痴疑天真的少女的特殊的恋爱问题，实在无法解答。我只劝她："你爱你的姐姐。你用功研究你的学问。倘是欢喜音乐的话，你最好研究音乐。因为音乐最能医疗心的创伤。"她破涕为笑，说："我正在学小提琴，已经学到 Hohmann（霍曼）第二册了。"我说："那是再好没有了！你不必再找理想的爱人，你就嫁给小提琴吧！"她欢喜信受，笑容满面地向我告辞。

一九四九年儿童节之夜记于丰祥轮一等十七号房舱中。

（发表于 1949 年 4 月 9 日《星岛日报》，选自《丰子恺文集》第 6 卷。）

作画好比写文章

编辑同志：

来信收到了。你们说，你们接到读者来信，要我谈谈艺术创作上的问题。你们问我："你在漫画创作上的成就，是否与你在文学、音乐等其他方面的修养有很大的关系呢？"我现在就根据这一点，来简单地谈谈自己的体会吧。

你们提出这问题，我首先不得不回顾一下自己的创作生活。检查的结果，觉得我的文艺生活，可分两个时期：前期（四十岁以前）是多样的，对绘画、文学、音乐都感兴趣。我年青时在东京，上午学画，下午学琴，晚上学外文，正是"三脚猫"。回国后也是为这三方面写作，作品大都在开明书店刊印。后期疏远绘画与音乐，偏好文学。写随笔，翻译《猎人笔记》、夏目漱石、石川啄木、《源氏物语》等，是我所最感兴味的。这期间偶有所感，或出游获得新鲜题材，或受他人嘱托，也就画几幅画。至于音乐，则早已完全放弃了。这后期可说是"两脚猫"了。

综合看来，我对文学，兴趣特别浓厚。因此我的作品，也不免受了文学影响。我不会又不喜作纯粹的风景画或花卉等静物画；我希望画中含有意义——人生情味或社会问题。我希望一幅画可以看看，又可以想想。换言之，我是企图用形状色彩来代替了语言文学而作文。

当然我也喜欢看雄伟壮丽的山水画、华美优雅的花鸟画等。然而自己动起笔来，总想像作文一样表现思想感情。偶尔画几张纯粹表现形象色彩之美的画，便觉乏味，仿佛过不得瘾。

来信言我的画与其他艺术修养有关，说得很对！我的画的确与文学有很大关系。我自知这不是一种正式的绘画，只是绘画之一种。至于这种画价值如何，那我自己实在想不出答语。我仿佛具有一种癖瘾，情不自禁地要作这种画。"聋人也唱胡笳曲，好恶高低自不闻。"即使不聋，自己听了也不易辨别高低，还是旁人批评来得正确。此致

敬礼

一九六二年一月。

（发表于 1962 年 2 月 11 日《文汇报》，选自《丰子恺文集》第 6 卷。）

谈儿童画

儿童对图画富有兴味，而拙于技术。因此儿童描绘物象，往往不正确，甚至错误。资产阶级的反动的教育论认为这是符合生物进化论的，应该听他们按照本能而作画，不可加以干涉。这是错误的图画教育论。我们固然不可强迫幼年的儿童立刻像成人一样正确地描写物象，然而我们必须仔细研究儿童画的不正确和错误的原因，而在图画课中循循善诱，因势利导，使他们自然而然地正确起来。从这里刊登的作品看来，儿童画并不一定像人们想象的那末稚拙的，他们的年龄虽然很小，但已经能够比较正确掌握住物象的体形了，有些已经画得很好，这不正是证明从旁教导的作用吗？

儿童画的不正确和错误的原因，大约有二。第一，儿童观察物象时喜欢注意其"作用"。例如幼儿画人，往往把头画得很大，手和脚画得很显著，而把躯干画得很小，甚至不画。因为他们注意"作用"，头和手脚都能起作用：头上的眼睛会看，嘴巴会讲会吃，手会拿东西，脚会走路；而躯干不起什么作用。他们画头部，往往把眼睛和嘴巴画得很大而明显，而忽略其他部分，也是由于眼睛和嘴巴能起作用，而眉毛、鼻子、耳朵等不大起作用的原故。儿童画桌子，一定把桌子面画得很大，因为桌子面上要摆东西（起作用）的。

第二，儿童观察物象时喜欢注意其"意义"。例如幼儿画一只菜篮，往往把篮里的东西统统画出来：几个鸡蛋、一条鱼、几棵菜等等。如果画不下，他们就把篮子看作透明的，画在篮子边上，好像一只玻璃篮。他们的用意是要表

出篮子的意义——盛东西。幼儿画猫往往把身子画成侧面形，而把头画成正面形。因为身子的侧面形可以表出猫的躯体和尾巴，而头的正面形可以表出它有两只眼睛、两只耳朵和两朵胡须。这仿佛埃及太古时代的壁画。幼儿画房子，往往把墙内的人物统统画出来，使墙壁变成玻璃造的。曾见有一个幼儿画一个母亲，在母亲的衣服上画两个乳房，颇像近代资本主义国家所流行的立体派、未来派等的绘画。这种错误的原因，无非是由于幼儿十分注意物象的意义，所以连看不见的东西也要画它们出来。

　　由于年龄和教养程度的关系，儿童画中这种错误是难免的，是必然的。教师不能粗暴地要求三四岁的幼儿画得同他自己一样，同时也不能一味听其本能发展而不加指导。教师应该按照儿童的年龄和教养程度而作适当的指导。最好的方法是诱导他们观察自然物，使他们逐渐对物象的形状感到兴味，那么，画的时候错误自然会消失了。例如幼儿画人像，只画一个头、两只手和两只脚，而不画躯干。有一天，教师看见有一个幼儿穿一件新衣服，就可利用这机会，教他们画一个穿新衣服的人。这样，他们就会渐渐地注意到人是有躯干的了。

丰子恺　猫友

又如画一只猫，幼儿把猫身画成侧面形，猫头画成正面形，教师可以捉一只猫来，先把猫头正面向着幼童，问他"你看见猫有几只眼睛？"然后把猫头的侧面向着幼儿，再问他"你看见猫有几只眼睛？"这样，他们也会渐渐地悟到"不看见的东西不画"的道理了。

1958 年。

（发表于 1958 年 6 月 1 日《解放日报》，选自《丰子恺文集》第 6 卷。）

随笔漫画

随笔的"随"和漫画的"漫"，这两个字下得真轻松。看了这两个字，似乎觉得作这种文章和画这种绘画全不费力，可以"随便"写出，可以"漫然"下笔。其实决不可能。就写稿而言，我根据过去四十年的经验，.深知创作——包括随笔——都很伤脑筋，比翻译伤脑筋得多。倘使用操舟来比方写稿，则创作好比把舵；翻译好比划桨。把舵必须掌握方向，瞻前顾后，识近察远；必须熟悉路径，什么地方应该右转弯，什么地方应该左转弯，什么时候应该急进，什么时候应该缓行；必须谨防触礁，必须避免冲突。划桨就不须这样操心，只要有气力，依照把舵人所指定的方向一桨一桨地划，总会把船划到目的地。我写稿时常常感到这比喻的恰当：倘是创作，即使是随笔，我也得预先胸有成竹，然后可以动笔。详言之，须得先有一个"烟士比里纯"，然后考虑适于表达这"烟士比里纯"的材料，然后经营这些材料的布置，计划这篇文章的段落和起讫。这准备工作需要相当的时间。准备完成之后，方才可以动笔。动笔的时候提心吊胆，思前想后，脑筋里仿佛有一根线盘旋着。直到脱稿之后，直到推敲完毕之后，这根线方才从脑筋里取出。但倘是翻译，我不须这么操心：把原书读了一遍之后，就可动笔，逐句逐段逐节逐章地把外文改造为中文。考虑每句译法的时候不免也费脑筋。然而译成了一句，就可透一口气，不妨另外想些别的事情，然后继续处理第二句。其间只要顾到语气的连贯和畅达，却不必顾虑思想的进行。思想有作者负责，不须译者代劳。所以我做翻译工作的时候不怕旁边有人。我译成一句之后，不妨和旁人闲谈一下，作为休息，然后再译第二句。但创作的时候最怕旁边有人，最好关起门来，独自工作。因为这时候思想形成一根线索，最怕被人打断。一旦被打断了，以后必须苦苦地找寻断线的两端，重新把它们连接起来，方才可以继续工作。近来我少创作而多翻译，正是因为脑力不济而"避重就轻"。

这时候我想起了三十多年前的生活情况：屋子小，没有独立的书房。睡觉，吃饭，工作，同在一室。我坐在书桌旁边写稿，我的太太坐在食桌旁边做针线。我的写稿倘是翻译，我欢迎她坐在这里，工作告段落的时候可以同她闲谈一下，作为调剂。但倘是创作，我就讨厌她。因为她看见我搁笔不动，就用谈话来打断我的思想线索。但这也不能怪她，因为她不知道我写的是翻译还是创作；也许她还误认我的写稿工作同她的针线工作同一性状，可以边做边谈的。后来我就预先关照："今天你不要睬我。"同时把理由说明：我们石门湾水乡地方，操舟的人有一句成语，叫做"停船三里路"。意思是说：船在河中行驶的时候，倘使中途停一下，必须花去走三里路的时间。因为将要停船的时候必须预先放缓速度，慢慢地停下来。停过之后再开的时候，起初必须慢慢地走，逐渐地快起来，然后恢复原来的速度。这期间就少走了三里路。三里也许夸张一点，一两里是一定有的。我正在创作的时候你倘问我一句话，就好比叫正在行驶的船停一停，我得少写三行字。三行也许夸张一点，一两行是一定有的。我认为随笔不能随便写出，理由就如上述。

漫画同随笔一样，也不是可以"漫然"下笔的。我有一个脾气：希望一张画在看看之外又可以想想。我往往要求我的画兼有形象美和意义美。形象可以写生，意义却要找求。倘有机会看到了一种含有好意的好形象，我便获得了一幅得意之作的题材。但是含有好意义的好形象不能常见，因此我的得意之作也不可多得。记得有一次，我在院子里闲步，偶然看见石灰脱落了的墙壁上的砖头缝里生出一枝小小的植物来，青青的茎弯弯地伸在空中，约有三四寸长，茎的头上顶着两瓣绿叶，鲜嫩袅娜，怪可爱的。我吃了一惊，同时如获至宝。因为这美丽的形象含有丰富深刻的意义，正是我作画的模特儿。用洋洋数万言来歌颂天地好生之德，远不及用寥寥数笔来画出这枝小植物来得动人。我就有了一幅得意之作，画题叫做"生机"。记得又有一次，我去访问一位当医生的朋友，走进他的书室，看见案上供着一瓶莲花，花瓶的样子很别致，仔细一看，原来是一尺来长的一个炮弹壳，我又吃一惊，同时又如获至宝。因为这别致的形象也含有丰富深刻的意义，也是我作画的模特儿。用慷慨激昂的演说来拥护和平，远不如默默地画出这瓶莲花来得动人。我又有了一幅得意之作，画题叫做"炮弹作花瓶……"。我的找求画材大都如此。倘使我所看到的形象没有丰富深刻的意义，无论形状色彩何等美丽，我也懒得描写；即使描写了，也不是我的得意之作。实在，我的作画不是作画，而仍是作文，不过不用言语而用形象罢了。既然作画等于作文，那么漫画就等于随笔。随笔不能随便写出，漫画当然也不得漫然下笔了。

一九五七年一月十八日于上海作。

（发表于 1957 年 2 月 12 日上海《文汇报》，选自《丰子恺文集》第 6 卷。）

中编　人生感悟

车厢社会

　　我第一次乘火车，是在十六七岁时，即距今二十余年前。虽然火车在其前早已通行，但吾乡离车站有三十里之遥，平时我但闻其名，却没有机会去看火车或乘火车。十六七岁时，我毕业于本乡小学，到杭州去投考中等学校，方才第一次看到又乘到火车。以前听人说："火车厉害得很，走在铁路上的人，一不小心，身体就被碾做两段。"又听人说："火车快得邪气，坐在车中，望见窗外的电线木如同栅栏一样。"我听了这些话而想象火车，以为这大概是炮弹流星似的凶猛唐突的东西，觉得可怕。但后来看到了，乘到了，原来不过尔尔。天下事往往如此。

　　自从这一回乘了火车之后，二十余年中，我对火车不断地发生关系。至少每年乘三四次，有时每月乘三四次，至多每日乘三四次（不过这是从江湾到上海的小火车）。一直到现在，乘火车的次数已经不可胜计了。每乘一次火车，总有种种感想。倘得每次下车后就把乘车时的感想记录出来，记到现在恐怕不止数百万言，可以出一大部乘火车全集了。然而我哪有工夫和能力来记录这种感想呢？只是回想过去乘火车时的心境，觉得可分三个时期，现在记录出来，半为自娱，半为世间有乘火车的经验的读者谈谈，不知他们在火车中是否作如是想的？

　　第一个时期，是初乘火车的时期。那时候乘火车这件事在我觉得非常新奇而有趣。自己的身体被装在一个大木箱中，而用机械拖了这大木箱狂奔，这种经验是我向来所没有的，怎不教我感到新奇而有趣呢？那时我买了车票，热烈地盼望车子快到。上了车，总要拣个靠窗的好位置坐。因此可以眺望窗外旋转不息的远景，瞬息万变的近景，和大大小小的车站。一年四季住在看惯了的屋中，一旦看到这广大而变化无穷的世间，觉得兴味无穷。我巴不得乘火车的时间延长，常常嫌它到得太快，下车时觉得可惜。我欢喜乘长途火车，可以长久享乐。最好是乘慢车，在车中的时间最长，而且各站都停，可以让我尽情观赏。我看见同车的旅客个个同我一样地愉快，仿佛个个是无目的地在那里享乐乘火车的新生活的。我看见各车站都美丽，仿佛个个是桃源仙境的入口。其中汗流满背地扛行李的人，喘息狂奔的赶火车的人，急急忙忙地背着箱笼下车的人，拿着红绿旗子指挥开车的人，在我看来仿佛都干着有兴味的游戏，或者在那里演剧。世间真是一大欢乐场，乘火车真是一件愉快不过的乐事！可惜这时期很短促，不久乐事就变为苦事。

第二个时期，是老乘火车的时期。一切都看厌了，乘火车在我就变成了一桩讨厌的事。以前买了车票热烈地盼望车子快到。现在也盼望车子快到，但不是热烈地而是焦灼地，意思是要它快些来载我赴目的地。以前上车总要拣个靠窗的好位置，现在不拘，但求有得坐。以前在车中不绝地观赏窗内窗外的人物景色，现在都不要看了，一上车就拿出一册书来，不顾环境的动静，只管埋头在书中，直到目的地的到达。为的是老乘火车，一切都已见惯，觉得这些千篇一律的状态没有什么看头。不如利用这冗长无聊的时间来用些功。但并非欢喜用功，而是无可奈何似的用功。每当看书疲倦起来，就埋怨火车行得太慢，看了许多书才走得两站！这时候似觉一切乘车的人都同我一样，大家焦灼地坐在车厢中等候到达。看到凭在车窗上指点谈笑的小孩子，我鄙视他们，觉得这班初出茅庐的人少见多怪，其浅薄可笑。有时窗外有飞机驶过，同车的人大家立起来观望，我也不屑从众，回头一看立刻埋头在书中。总之，那时我在形式上乘火车，而在精神上仿佛遗世独立，依旧笼闭在自己的书斋中。那时候我觉得世间一切枯燥无味，无可享乐，只有沉闷，疲倦，和苦痛，正同乘火车一样。这时期相当地延长，直到我深入中年时候而截止。

第三个时期，可说是惯乘火车的时期。乘得太多了，讨嫌不得许多，还是逆来顺受吧。心境一变，以前看厌了的东西也会重新有起意义来，仿佛"温故而知新"似的。最初乘火车是乐事，后来变成苦事，最后又变成乐事，仿佛"返老还童"似的。最初乘火车欢喜看景物，后来埋头看书，最后又不看书而欢喜看景物了。不过这回的欢喜与最初的欢喜性状不同：前者所见都是可喜的，后者所见却大多数是可惊的，可笑的，可悲的。不过在可惊可笑可悲的发现上，感到一种比埋头看书更多的兴味而已。故前者的欢喜是真的"欢喜"，若译英语可用 happy 或 merry。后者却只是 like 或 fond of，不是真心的欢乐。实际，这原是比较而来的；因为看书实在没有许多好书可以使我集中兴味而忘却乘火车的沉闷。而这车厢社会里的种种人间相倒是一部活的好书，会时时向我展出新颖的 page（篇页）来。惯乘火车的人，大概对我这话多少有些儿同感的吧！

不说车厢社会里的琐碎的事，但看各人的坐位，已够使人惊叹了。同是买一张票的，有的人老实不客气地躺着，一人占有了五六个人的位置。看见找寻坐位的人来了，把头向着里，故作鼾声，或者装作病人，或者举手指点那边，又对他们说："前面很空，前面很空。"和平谦虚的乡下人大概会听信他的话，让他安睡，背着行李向他所指点的前面去另找"很空"的位置。有的人教行李分占了自己左右的两个位置，当作自己的卫队。若是方皮箱，又可当作自己的茶几。看见找坐位的人来了，拼命埋头看报。对方倘不客气地向他提出："对不起，先生，请你的箱子放在上面了，大家坐坐！"他会指着远处打官话拒绝他："那边也好坐，你为什么一定要坐在这里？"说过管自看报了。和平谦虚的乡下人大概不再请求，让他坐在行李的护卫中看报，抱着孩子向他指点的那边去另找"好坐"的地方了。有的人没有行李，把身子扭转来，教一个屁股和一支大腿占据了两个人的坐位，而悠闲地凭在窗中吸烟。他把大乌龟壳似的一个背部向着他的右邻，而用一支横置的左大腿来拒远他的左邻。这大腿上面的空间完全归他所有，可在其中从容地抽烟，看报。逢到找寻坐位的人来了，把报纸堆在大腿上，把头钻出窗外，只作不闻不见。还有一种人，不取大腿的策略，而用一册书和一个帽子放在自己身旁的坐位上。找坐位的人倘来请他拿开，就回答他说"这里有人"。和平谦虚的乡下人大概会听信他，留这空位给他那"人"坐，扶着老人向别处去另找坐位了。找不到坐位时，他们就把行李放在门口，自己坐在行李上，或者抱了小孩，扶了老人站在 W．C．的门口。查票的来了，不干涉躺着的人，以及用大腿或帽子占坐位的人，却埋怨坐在行李上的人和抱了小孩扶了老人站在 W．C．门口的人阻碍了走路，把他们骂脱几声。

我看到这种车厢社会里的状态，觉得可惊，又觉得可笑，可悲。可惊者，大家出同样的钱，购同样的票，明明是一律平等的乘客，为什么会演出这般不平等的状态？可笑者，那些强占坐位的人，不惜装腔，撒谎，以图一己的苟安，而后来终得舍去他的好位置。可悲者，在这乘火车的期间中，苦了那些和平谦虚的乘客，他们始终只得坐在门口的行李上，或者抱了小孩，扶了老人站在 W．C．的门口，还要被查票者骂脱几声。

在车厢社会里，但看座位这一点，已足使我惊叹了。何况其他种种的花样。总之，凡人间社会里所有的现状，在车厢社会中都有其缩图。故我们乘火车不必看书，但把车厢看作人间世的模型，足够消遣了。

回想自己乘火车的三时期的心境，也觉得可惊，可笑，又可悲。可惊者，从初乘火车经过老乘火车，而至于惯乘火车，时序的递变太快！可笑者，乘火车原来也是一件平常的事。幼时认为"电线木同栅栏一样"，车站同桃源一样，固然可笑，后来那样地厌恶它而埋头于书中，也一样地可笑。可悲者，我对于乘火车不复感到昔日的欢喜，而以观察车厢社会里的怪状为消遣，实在不是我

秋来见月多归思
晓起开笼
放鹨鸰

丰子恺　放鸟归

所愿为之事。

于是我憧憬于过去在外国时所乘的火车。记得那车厢中很有秩序，全无现今所见的怪状。那时我们在车厢中不解众苦，只觉旅行之乐。但这原是过去已久的事，在现今的世间恐怕不会再见这种车厢社会了。前天同一位朋友从火车下来，出车站后他对我说了几句新诗似的东西，我记忆着。现在抄在这里当作结尾：

> 人生好比乘车：
> 有的早上早下，
> 有的迟上迟下，
> 有的早上迟下，
> 有的迟上早下。
> 上了车纷争座位，
> 下了车各自回家。
> 在车厢中留心保管你的车票，
> 下车时把车票原物还他。

廿四（1935）年三月廿六日。

（本篇为上海良友图书印刷公司 1935 年 7 月初版的《车厢社会》所收三十篇随笔之一，选自《丰子恺文集》第 5 卷。）

山水间的生活

我家迁住白马湖上后三天，我在火车中遇见一个朋友，对我这样说："山水间虽然清静，但物质的需要不便之外，住家不免寂寞，办学校不免闭门造车，有利亦有弊。"我当时对于这话就起一种感想，后来忙中就忘却了。

现在春晖在山水间已生活了近一年了，我的家庭在山水间已生活了一月多了。我对于山水间的生活，觉得有意义，又想起了火车中的友人的话。写出我的几种感想在下面。

我曾经住过上海，觉得上海住家，邻人都是不相往来，而且敌视的。我也曾做过上海的学校教师，觉得上海的繁华和文明，能使聪明的明白人得到暗示和觉悟，而使悟力薄弱的人收到很恶的影响。我觉得上海虽热闹，实在寂寞，山中虽冷静，实在热闹，不觉得寂寞。就是上海是骚扰的寂寞，山中是清静的热闹。

在火车里的几小时，是在这社会里四五十年的人生的缩图。坐位被占，提包被偷等恐慌，就是生活恐慌的缩形。倘嫌山水间的生活的寂寞，而慕都会的热闹，犹之在只乘四五个相熟的人的火车里嫌寂寞，要望别的拥挤着的车子里去。如果有这样的人，他定是要描写拥挤的车子而去观察的小说家，否则是想图利去的 pickpocket（扒手）。

我在教授图画唱歌的时候，觉得以前曾在别处学过图画唱歌的人最难教授，全然没有学过的人容易指导。同样，我觉得在社会里最感到困难的是"因袭的打破难"。许多学校风潮，许多家庭悲剧，许多恶劣的人类分子，都是"因袭的罪恶"，何尝是人间本身的不良。因袭好比遗传，永不断绝。新文化一次输入因袭旧恶的社会里，仿佛注些花露水在粪里，气味更难当。再输入一次，仿佛在这花露水和粪里再注入些香油，又变一种臭气。我觉得无论什么改造，非先除去因袭的恶弊终归越弄越坏。在山水间的学校和家庭，不拘何等孤僻，何等少见闻，何等寂寥，"因袭的传染的隔远"和"改造的容易入手"是实实在在的事实。

我从前往往听见人讲到子弟求学或职业等问题，都说："总要出上海！"听者带着一种对于将来生活的恐慌的自警的态度默应着。把这等话的心理解剖起来，里面含着这样的几个要素：（一）上海确是文明地，冠盖之区，要路津。（二）少年应当策高足，先据这要路津。（三）这就是吾人应走的前途。所谓闭门造车，也是具有这样的内容的话。怀着这样的思想的人，是因袭的奴隶，是因袭的维持者。

闭门造车，是指说不符合门外的轨道的大小，造了不能在门外的轨道上运行的车。行车一定要在已成的轨道上吗？这已成的轨道确是引导我们走正路的吗？有了车不能造轨道的吗？在这"闭门造车"一句话里，分明表示着人们的依赖、因袭，和创造力多么薄弱。

不造则已，如果要造车，一定非闭门造不可。如果依照已成的轨道而造，所造出的车子和以前已有的车子一样，就在已成的轨道上随波逐流地去了。即使已有的车子是好的，已成的轨道是正的，造车的效力也不过加多了车，不是造车的进步。何况已有的车子或者不好，已成的轨道或者不正呢。

"好久不到都会了，好久不看报了，退步了。"这样说的人也有。实在，进

我见青山多妩媚
料青山见我应如是

丰子恺　青山

步是前进的意思，进步越快，离社会越远，离社会越远，进步越深（这是厨川白村说的）。子路说道："吾过矣，吾离群而索居，亦已久矣。"这便是子路所以为子路。

"山水间生活，有利亦有弊"，这大概是指清静、空气新鲜、生活程度低……等是利。需要不便、寂寞、闭门造车……等是弊。这是要计较两方的利弊长短而取舍的意思。这话的内容和"新思想并不恶、时势变更了不得已而然的。但从前的习惯一概不好，也不能说"的话同是乡愿的话。

这话的变形，就是"凡物都有明暗两方面的"。这话固然不错。但我觉得明暗是一体的。非但如此，明是因为有暗而益明的。仿佛绘画，明调子因暗调子而益美，暗调子因明调子而也美了。断不是明面好，暗面不好。如果取明而弃暗，就是 Ruskin（罗斯金）所谓："自然像日光和阴影相交一般混合着优劣两种要素，使双方相互地供给效用和势力。所以除去阻影的画家，定要在他自己造出来的无荫的沙漠里烧死！"

　　爱一物，是兼爱它的阴暗两方面。否，没有暗的明是不明的，是不可爱的。我往往觉得山水间的生活，因为需要不便而菜根更香，豆腐更肥。因为寂寥而邻人更亲。

　　且勿论都会的生活与山水间的生活孰优孰劣，孰利孰弊。人生随处皆不满，欲图解脱，唯于艺术中求之。

一九二三，五，一四，在小杨柳屋。

（发表于 1923 年 6 月《春晖》第 13 期，选自《丰子恺文集》第 5 卷。）

渐

　　使人生圆滑进行的微妙的要素，莫如"渐"；造物主骗人的手段，也莫如"渐"。在不知不觉之中，天真烂漫的孩子"渐渐"变成野心勃勃的青年；慷慨豪侠的青年"渐渐"变成冷酷的成人，血气旺盛的成人"渐渐"变成顽固的老头子。因为其变更是渐进的，一年一年地、一月一月地、一日一日地、一时一时地、一分一分地、一秒一秒地渐进，犹如从斜度极缓的长远的山坡上走下来，使人不察其递降的痕迹，不见其各阶段的境界，而似乎觉得常在同样的地位，恒久不变，又无时不有生的意趣与价值，于是人生就被确实肯定，而圆滑进行了。假使人生的进行不像山坡而像风琴的键板，由 do 忽然移到 re，即如昨夜的孩子今朝忽然变成青年；或者像旋律的"接离进行"地由 do 忽然跳到 mi，即如朝为青年而夕暮忽成老人，人一定要惊讶、感慨、悲伤，或痛感人生的无常，而不乐为人了。故可知人生是由"渐"维持的。这在女人恐怕尤为必要：歌剧中，舞台上的如花的少女，就是将来火炉旁边的老婆子，这句话，骤听使人不能相信，少女也不肯承认，实则现在的老婆子都是由如花的少女"渐渐"变成的。

　　人之能堪受境遇的变衰，也全靠这"渐"的助力。巨富的纨绔子弟因屡次破产而"渐渐"荡尽其家产，变为贫者；贫者只得做佣工，佣工往往变为奴隶，奴隶容易变为无赖，无赖与乞丐相去甚近，乞丐不妨做偷儿……这样的例，在小说中，在实际上，均多得很。因为其变衰是延长为十年二十年而一步一步地"渐渐"地达到的，在本人不感到什么强烈的刺激。故虽到了饥寒病苦刑笞交迫的地步，仍是熙熙然贪恋着目前的生的欢喜。假如一位千金之子忽然变了乞丐或偷儿，这人一定愤不欲生了。

　　这真是大自然的神秘的原则，造物主的微妙的功夫！阴阳潜移，春秋代序，以及物类的衰荣生杀，无不暗合于这法则。由萌芽的春"渐渐"变成绿阴的夏；由凋零的秋"渐渐"变成枯寂的冬。我们虽已经历数十寒暑，但在围炉拥衾的冬夜仍是难于想象饮冰挥扇的夏日的心情；反之亦然。然而由冬一天一天地、一时一时地、一分一分地、一秒一秒地移向夏，由夏一天一天地、一时一时地、一分一分地、一秒一秒地移向冬，其间实在没有显著的痕迹可寻。昼夜也是如此：傍晚坐在窗下看书，书页上"渐渐"地黑起来，倘不断地看下去（目力能因了光的渐弱而渐渐加强），几乎永远可以认识书页上的字迹，即不觉昼之已变为夜。黎明凭窗，不瞬目地注视东天，也不辨自夜向昼的推移的痕迹。儿女渐渐长大起来，在朝夕相见的父母全不觉得，难得见面的远亲就相见不相识了。往年除夕，我们曾在红蜡烛底下守候水仙花的开放，真是痴态！倘水仙花果真当面开放给我们看，便是大自然的原则的破坏，宇宙的根本的摇动，世界人类的末日临到了！

　　"渐"的作用，就是用每步相差极微极缓的方法来隐蔽时间的过去与事物的变迁的痕迹，使人误认其为恒久不变。这真是造物主骗人的一大诡计！这有一件比喻的故事：某农夫每天朝晨抱了犊而跳过一沟，到田里去工作，夕暮又抱了它跳过沟回家。每日如此，未尝间断。过了一年，犊已渐大，渐重，差不多变成大牛，但农夫全不觉得，仍是抱了它跳沟。有一天他因事停止工作，次日再就不能抱了这牛而跳沟了。造物的骗人，使人留连于其每日每时的生的欢喜而不觉其变迁与辛苦，就是用这个方法的。人们每日在抱了日重一日的牛而跳沟，不准停止。自己误以为是不变的，其实每日在增加其苦劳！

　　我觉得时辰钟是人生的最好的象征了。时辰钟的针，平常一看总觉得是"不动"的；其实人造物中最常动的无过于时辰钟的针了。日常生活中的人生也如此，刻刻觉得我是我，似乎这"我"永远不变，实则与时辰钟的针一样地无常！一息尚存，总觉得我仍是我，我没有变，还是留连着我的生，可怜受尽"渐"的欺骗！

　　"渐"的本质是"时间"。时间我觉得比空间更为不可思议，犹之时间艺术的音乐比空间艺术的绘画更为神秘。因为空间姑且不追究它如何广大或无限，我们总可以把握其一端，认定其一点。时间则全然无从把握，不可挽留，只有过去与未来在渺茫之中不绝地相追逐而已。性质上既已渺茫不可思议，分量上在人生也似乎太多。因为一般人对于时间的悟性，似乎只够支配搭船乘车的短时间；对于百年的长期间的寿命，他们不能胜任，往往迷于局部而不能顾及全体。试看乘火车的旅客中，常有明达的人，有的宁牺牲暂时的安乐而让其座位于老弱者，以求心的太平（或博暂时的美誉）；有的见众人争先下车，而退在后面，或高呼"勿要轧，总有得下去的！""大家都要下去的！"然而在乘"社会"或"世界"的大火车的"人生"的长期的旅客中，就少有这样的明达之人。所以我觉得百年的寿命，定得太长。像现在的世界上的人，倘定他们搭船乘车的期间的寿命，也许在人类社会上可减少许多凶险残惨的争斗，而与火车中一样地谦让，和平，也未可知。

然人类中也有几个能胜任百年的或千古的寿命的人。那是"大人格"，"大人生"。他们能不为"渐"所迷，不为造物所欺，而收缩无限的时间并空间于方寸的心中。故佛家能纳须弥于芥子。中国古诗人（白居易）说："蜗牛角上争何事？石火光中寄此身。"英国诗人（Blake）也说："一粒沙里见世界，一朵花里见天国；手掌里盛住无限，一刹那便是永劫。"

一九二八年芒种

（本篇收入丰子恺《缘缘堂随笔》，选自《丰子恺文集》第5卷。）

晨梦

我常常在梦中晓得自己做梦。晨间，将醒未醒的时候，这种情形最多，这不是我一人独有的奇癖，讲出来常常有人表示同感。

近来我尤多经验这种情形：我妻到故乡去作长期的归宁，把两个小孩子留剩在这里，交托我管。我每晚要同他们一同睡觉。他们先睡，九点钟定静，我开始读书，作文，往往过了半夜，才钻进他们的被窝里。天一亮，小孩子就醒，像鸟儿地在我耳边喧聒，又不绝地催我起身。然这时候我正在晨梦，一面隐隐地听见他们的喧聒，一面作梦中的遨游。他们叫我不醒，将嘴巴合在我的耳朵上，大声疾呼"爸爸！起身了！"立刻把我从梦境里拉出。有时我的梦正达于兴味的高潮，或还没有告段落，就回他们话，叫他们再唱一曲歌，让我睡一歇，连忙蒙上被头，继续进行我的梦游。这的确会继续进行，甚且打断两三

丰子恺　北窗风

次也不妨。不过那时候的情形很奇特：一面寻找梦的头绪，继续演进，一面又能隐隐地听见他们的唱歌声的断片。即一面在热心地做梦中的事，一面又知道这是虚幻的梦。有梦游的假我，同时又有伴小孩子睡着的真我。

　　但到了孩子大哭，或梦完结了的时候，我也就毅然地起身了。披衣下床，"今日有何要务"的真我的正念凝集心头的时候，梦中的妄念立刻被排出意外，谁还留恋或计较呢？

　　"人生如梦"，这话是古人所早已道破的，又是一切人所痛感而承认的。那末我们的人生，都是——同我的晨梦一样——在梦中晓得自己做梦的了。这念头一起，疑惑与悲哀的感情就支配了我的全体，使我终于无可自解，无可自慰。往往没有穷究的勇气，就把它暂搁在一旁，得过且过地过几天再说。这想来也不是我一人的私见，讲出来一定有许多人表示同感吧！

人散後一鈎新月天如水

丰子恺　人散后

因为这是众目昭彰的一件事：无穷大的宇宙间的七尺之躯，与无穷久的浩劫中的数十年，而能上穷星界的秘密，下探大地的宝藏，建设诗歌的美丽的国土，开拓哲学的神秘的境地。然而一到这脆弱的躯壳损坏而朽腐的时候，这伟大的心灵就一去无迹，永远没有这回事了。这个"我"的儿时的欢笑，青年的憧憬，中年的哀乐，名誉，财产，恋爱……在当时何等认真，何等郑重；然而到了那一天，全没有"我"的一回事了！哀哉，"人生如梦！"

然而回看人世，又觉得非常诧异：在我们以前，"人生"已被反复了数千万遍，都像昙花泡影地倏现倏灭。大家一面明明知道自己也是如此，一面却又置若不知，毫不怀疑地热心做人。——做官的热心办公，做兵的热心体操，做商的热心算盘，做教师的热心上课，做车夫的热心拉车，做厨房的热心烧饭……还有做学生的热心求知识，以预备做人，——这明明是自杀，慢性的自杀！

这便是为了人生的饱暖的愉快，恋爱的甘美，结婚的幸福，爵禄富厚的荣耀，把我们骗住，致使我们无暇回想，流连忘返，得过且过，提不起穷究人生的根本的勇气，糊涂到死。

"人生如梦！"不要把这句话当作文学上的装饰的丽句！这是当头的棒喝！古人所道破，我们所痛感而承认的。我们的人生的大梦，确是——同我的晨梦一样——在梦中晓得自己做梦。我们一面在热心地做梦中的事，一面又知道这是虚幻的梦。我们有梦中的假我，又有本来的"真我"。我们毅然起身，披衣下床，真我的正念凝集于心头的时候，梦中的妄念立刻被置之一笑，谁还留恋或计较呢？

同梦的朋友们！我们都有"真我"的，不要忘记了这个"真我"，而沉酣于虚幻的梦中！我们要在梦中晓得自己做梦，而常常找寻这个"真我"的所在。

1927 年。

（发表于 1927 年 11 月《小说月报》第 18 卷第 11 号，选自《丰子恺文集》第 5 卷。）

大账簿

我幼年时，有一次坐了船到乡间去扫墓。正靠在船窗口出神观看船脚边层出不穷的波浪的时候，手中拿着的不倒翁失足翻落河中。我眼看它跃入波浪中，向船尾方面滚腾而去，一刹那间形影俱杳，全部交付与不可知的渺茫的世界了。我看看自己的空手，又看看窗下的层出不穷的波浪，不倒翁失足的伤心地，再向船后面的茫茫白水怅望了一会，心中黯然地起了疑惑与悲哀。我疑惑不倒翁此去的下落与结果究竟如何，又悲哀这永远不可知的命运。它也许随了波浪流去，搁住在岸滩上，落入于某村童的手中；也许被鱼网打去，从此做了渔船上的不倒翁，又或永远沉沦在幽暗的河底，岁久化为泥土，世间从此不再见这个不倒翁。我晓得这不倒翁现在一定有个下落，将来也一定有个结果，然而谁能去调查呢？谁能知道这不可知的命运呢？这种疑惑与悲哀隐约地在我心头推移。终于我想：父亲或者知道这究竟，能解除我这种疑惑与悲哀。不然，将来我年纪长大起来，总有一天能知道这究竟，能解除这疑惑与悲哀。

后来我的年纪果然长大起来。然而这种疑惑与悲哀，非但依旧不能解除，反而随了年纪的长大而增多增深了。我偕了小学校里的同学赴郊外散步，偶然折取一根树枝，当手杖用了一会，后来抛弃在田间的时候，总要对它回顾好几次，心中自问自答："我不知几时得再见它？它此后的结果不知究竟如何？我永远不得再见它了！它的后事永远不可知了！"倘是独自散步，遇到这种事的时候我更要依依不舍地留连一会。有时已经走了几步，又回转身去，把所抛弃的东西重新拾起，郑重地道个诀别，然后硬着头皮抛弃它，再向前走。过后我也曾自笑这痴态，而且明明晓得这些是人生中惜不胜惜的琐事；然而那种悲哀与疑惑确实地充塞在我的心头，使我不得不然！

在热闹的地方，忙碌的时候，我这种疑惑与悲哀也会被压抑在心的底层，而安然地支配取舍各种事物，不复作如前的痴态。间或在动作中偶然浮起一点疑惑与悲哀来；然而大众的感化与现实的压迫的力非常伟大，立刻把它压制下去，它只在我的心头一闪而已。一到静僻的地方，孤独的时候，最是夜间，它们又全部浮出在我的心头了。灯下，我推开算术演草簿，提起笔来在一张废纸上信手涂写日间所谙诵的诗句："春蚕到死丝方尽，蜡炬成灰……"没有写完，就拿向灯火上，烧了纸的一角。我眼看见火势孜孜地蔓延过来，心中又忙着和个个字道别。完全变成了灰烬之后，我眼前忽然分明现出那张字纸的完全的原形；俯视地上的灰烬，又感到了暗淡的悲哀：假定现在我要再见一见一分钟以前分明存在的那张字纸，无论托绅董、县官、省长、大总统，仗世界一切皇帝的势力，或尧舜、孔子、苏格拉底、基督等一切古代圣哲复生，大家协力帮我设法，也是绝对不可能的事了！——但这种奢望我决计没有。我只是看看那堆灰烬，想在没有区别的微尘中认识各个字的死骸，找出哪一点是春字的灰，哪一点是蚕字的灰。……又想象它明天朝晨被此地的仆人扫除出去，不知结果如何：倘然散入风中，不知它将分飞何处？春字的灰飞入谁家，蚕字的灰飞入谁家？……倘然混入泥土中，不知它将滋养哪几株植物？……都是渺茫不可知的千古的大疑问了。

吃饭的时候，一颗饭粒从碗中翻落在我的衣襟上。我顾视这颗饭粒，不想则已，一想又惹起一大篇的疑惑与悲哀来：不知哪一天哪一个农夫在哪一处田里种下一批稻，就中有一株稻穗上结着煮成这颗饭粒的谷。这粒谷又不知经过了谁的刈、谁的磨、谁的舂、谁的粜，而到了我们的家里，现在煮成饭粒，而落在我的衣襟上。这种疑问都可以有确实的答案；然而除了这颗饭粒自己晓得以外，世间没有一个人能调查，回答。

袋里摸出来一把铜板，分明个个有复杂而悠长的历史。钞票与银洋经过人手，有时还被打一个印；但铜板的经历完全没有痕迹可寻。它们之中，有的曾为街头的乞丐的哀愿的目的物，有的曾为劳动者的血汗的代价，有的曾经换得一碗粥，救济一个饿夫的饥肠，有的曾经变成一粒糖，塞住一个小孩的啼哭，有的曾经参与在盗贼的赃物中，有的曾经安眠在富翁的大腹边，有的曾经安闲地隐居在毛厕的底里，有的曾经忙碌地兼备上述的一切经历。且就中又有的恐怕不是初次到我的袋中，也未可知。这些铜板倘会说话，我一定要尊它们为上客，恭听它们历述其漫游的故事。倘然它们会纪录，一定每个铜板可著一册比《鲁滨逊飘流记》更奇离的奇书。但它们都像死也不肯招供的犯人，其心中分明秘藏着案件的是非曲直的实情，然而死也不肯泄漏它们的秘密。

现在我已行年三十，做了半世的人，那种疑惑与悲哀在我胸中，分量日渐增多；但刺激日渐淡薄，远不及少年时代以前的新鲜而浓烈了。这是我用功的结果。因为我参考大众的态度，看他们似乎全然不想起这类的事，饭吃在肚里，钱进入袋里，就天下太平，梦也不做一个。这在生活上的确大有实益，我就拼命以大众为师，学习他们的幸福。学到现在三十岁，还没有毕业。所学得的，只是那种疑惑与悲哀的刺激淡薄了一点，然其分量仍是跟了我的经历而日渐增多。我每逢辞去一个旅馆，无论其房间何等坏，臭虫何等多，临去的时候总要低徊一下子，想起"我有否再住这房间的一日？"又慨叹"这是永远的诀别了！"每逢下火车，无论这旅行何等劳苦，邻座的人何等可厌，临走的时

落红不是无情物
子恺写

丰子恺　落红不是无情物

候总要发生一种特殊的感想："我有否再和这人同座的一日？恐怕是对他永诀了！"但这等感想的出现非常短促而又模糊，像飞鸟的黑影在池上掠过一般，真不过数秒间在我心头一闪，过后就全无其事。我究竟已有了学习的功夫了。然而这也全靠在老师——大众——面前，方始可能。一旦不见了老师，而离群索居的时候，我的故态依然复萌。现在正是其时：春风从窗中送进一片白桃花的花瓣来，落在我的原稿纸上。这分明是从我家的院子里的白桃花树上吹下来的，然而有谁知道它本来生在哪一枝头的哪一朵花上呢？窗前地上白雪一般的无数的花瓣，分明各有其故枝与故萼，谁能一一调查其出处，使它们重归其故萼呢？疑惑与悲哀又来袭击我的心了。

　　总之，我从幼时直到现在，那种疑惑与悲哀不绝地袭击我的心，始终不能解除。我的年纪越大，知识越富，它的袭击的力也越大。大众的榜样的压迫越严，它的反动也越强。倘一一记述我三十年来所经验的此种疑惑与悲哀的事例，其卷帙一定可同《四库全书》、《大藏经》争多。然而也只限于我一个人在三十年的短时间中的经验；较之宇宙之大，世界之广，物类之繁，事变之多，我所经验的真不啻恒河中的一粒细沙。

　　我仿佛看见一册极大的大账簿，簿中详细记载着宇宙间世界上一切物类事变的过去、现在、未来三世的因因果果。自原子之细以至天体之巨，自微生虫的行动以至混沌的大劫，无不详细记载其来由、经过与结果，没有万一的遗漏。于是我从来的疑惑与悲哀，都可解除了。不倒翁的下落，手杖的结果，灰烬的去处，一一有记录；饭粒与铜板的来历，一一都可查究；旅馆与火车对我的因缘，早已注定在项下；片片白桃花瓣的故萼，都确凿可考。连我所屡次叹为永不可知的、院子里的沙堆的沙粒的数目，也确实地记载着，下面又注明哪几粒沙是我昨天曾经用手掬起来看过的。倘要从沙堆中选出我昨天曾经掬起来看过的沙，也不难按这账簿而探索。——凡我在三十年中所见、所闻、所为的一切事物，都有极详细的记载与考证；其所占的地位只有书页的一角，全书的无穷大分之一。

　　我确信宇宙间一定有这册大账簿。于是我的疑惑与悲哀全部解除了。

　　　　　　　　　　　　　　　一九二九年清明过了写于石湾。

（发表于 1929 年 5 月《小说月报》第 20 卷第 5 号，选自《丰子恺文集》第 5 卷。）

秋

我的年岁上冠用了"三十"二字，至今已两年了。不解达观的我，从这两个字上受到了不少的暗示与影响。虽然明明觉得自己的体格与精力比二十九岁时全然没有什么差异，但"三十"这一个观念笼在头上，犹之张了一顶阳伞，使我的全身蒙了一个暗淡色的阴影，又仿佛在日历上撕过了立秋的一页以后，虽然太阳的炎威依然没有减却，寒暑表上的热度依然没有降低，然而只当得余威与残暑，或霜降木落的先驱，大地的节候已从今移交于秋了。

实际，我两年来的心情与秋最容易调和而融合。这情形与从前不同。在往年，我只慕春天。我最欢喜杨柳与燕子。尤其欢喜初染鹅黄的嫩柳。我曾经名自己的寓居为"小杨柳屋"，曾经画了许多杨柳燕子的画，又曾经摘取秀长的柳叶，在厚纸上裱成各种风调的眉，想象这等眉的所有者的颜貌，而在其下面添描出眼鼻与口。那时候我每逢早春时节，正月二月之交，看见杨柳枝的线条上挂了细珠，带了隐隐的青色而"遥看近却无"的时候，我心中便充满了一种狂喜，这狂喜又立刻变成焦虑，似乎常常在说："春来了！不要放过！赶快设法招待它，享乐它，永远留住它。"我读了"良辰美景奈何天"等句，曾经真心地感动。以为古人都太息一春的虚度，前车可鉴！到我手里决不放它空过了。最是逢到了古人惋惜最深的寒食清明，我心中的焦灼便更甚。那一天我总想有一种足以充分酬偿这佳节的举行。我准拟作诗，作画，或痛饮，漫游。虽然大多不被实行；或实行而全无效果，反而中了酒，闹了事，换得了不快的回忆；但我总不灰心，总觉得春的可恋。我心中似乎只有知道春，别的三季在我都当作春的预备，或待春的休息时间，全然不曾注意到它们的存在与意义。而对于秋，尤无感觉：因为夏连续在春的后面，在我可当作春的过剩；冬先行在春的前面，在我可当作春的准备；独有与春全无关联的秋，在我心中一向没有它的位置。

自从我的年龄告了立秋以后，两年来的心境完全转了一个方向，也变成秋天了。然而情形与前不同：并不是在秋日感到像昔日的狂喜与焦灼。我只觉得一到秋天，自己的心境便十分调和。非但没有那种狂喜与焦灼，且常常被秋风秋雨秋色秋光所吸引而融化在秋中，暂时失却了自己的所在。而对于春，又并非像昔日对于秋的无感觉。我现在对于春非常厌恶。每当万象回春的时候，看到群花的斗艳，蜂蝶的扰攘，以及草木昆虫等到处争先恐后地滋生蕃殖的状

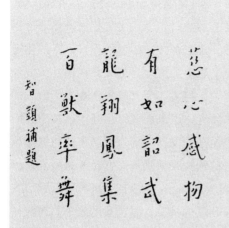

丰子恺　老牛

态，我觉得天地间的凡庸，贪婪，无耻，与愚痴，无过于此了！尤其，是在青春的时候，看到柳条上挂了隐隐的绿珠，桃枝上着了点点的红斑，最使我觉得可笑又可怜。我想唤醒一个花蕊来对它说：“啊！你也来反复这老调了！我眼看见你的无数的祖先，个个同你一样地出世，个个努力发展，争荣竞秀；不久没有一个不憔悴而化泥尘。你何苦也来反复这老调呢？如今你已长了这孽根，将来看你弄娇弄艳，装笑装颦，招致了蹂躏，摧残，攀折之苦，而步你的祖先们的后尘！”

实际，迎送了三十几次的春来春去的人，对于花事早已看得厌倦，感觉已经麻木，热情已经冷却，决不会再像初见世面的青年少女地为花的幻姿所诱惑而赞之，叹之，怜之，惜之了。况且天地万物，没有一件逃得出荣枯，盛衰，生灭，有无之理。过去的历史昭然地证明着这一点，无须我们再说。古来无数的诗人千篇一律地为伤春惜花费词，这种效颦也觉得可厌。假如要我对于世间的生荣死灭费一点词，我觉得生荣不足道，而宁愿欢喜赞叹一切的死灭。对于前者的贪婪，愚昧，与怯弱，后者的态度何等谦逊，悟达，而伟大！我对于春与秋的舍取，也是为了这一点。

夏目漱石三十岁的时候，曾经这样说：“人生二十而知有生的利益；二十五而知有明之处必有暗；至于三十的今日，更知明多之处暗亦多，欢浓之时愁亦重。"我现在对于这话也深抱同感；有时又觉得三十的特征不止这一端，其更特殊的是对于死的体感。青年们恋爱不遂的时候惯说生生死死，然而这不过是知有"死"的一回事而已，不是体感。犹之在饮冰挥扇的夏日，不能体感到围炉拥衾的冬夜的滋味。就是我们阅历了三十几度寒暑的人，在前几天的炎阳之下也无论如何感不到浴日的滋味。围炉，拥衾，浴日等事，在夏天的人的心中只是一种空虚的知识，不过晓得将来须有这些事而已，但是不能体感它们的滋味。须得入了秋天，炎阳逼尽了威势而渐渐退却，汗水浸胖了的肌肤渐渐收缩，身穿单衣似乎要打寒噤，而手触法郎绒觉得快适的时候，于是围炉，拥衾，浴日等知识方能渐渐融入体验界中而化为体感。我的年龄告了立秋以后，心境中所起的最特殊的状态便是这对于"死"的体感。以前我的思虑真疏浅！以为春可以常在人间，人可以永在青年，竟完全没有想到死。又以为人生的意义只在于生，而我的一生最有意义，似乎我是不会死的。直到现在，仗了秋的慈光的鉴照，死的灵气钟育，才知道生的甘苦悲欢，是天地间反复过亿万次的老调，又何足珍惜？我但求此生的平安的度送与脱出而已。犹之罹了疯狂的人，病中的颠倒迷离何足计较？但求其去病而已。

我正要搁笔，忽然西窗外黑云弥漫，天际闪出一道电光，发出隐隐的雷声，骤然洒下一阵夹着冰雹的秋雨。啊！原来立秋过得不多天，秋心稚嫩而未曾老练，不免还有这种不调和的现象，可怕哉！

一九二九年秋日。

（发表于1929年10月《小说月报》第20卷第10号，选自《丰子恺文集》第5卷。）

随感五则

一

立秋一过，便觉秋意一天浓似一天了。自家人返故乡后，近来颇感到独居的清趣。行动与思想，都极自由，不似前日之受拘束，而回想那种拘束，又觉甜蜜可恋。

丙寅（1926）年乞巧节。

二

近来的乐事，只是"默看""沉思"。尤其是晚间喝了三杯酒，仰卧了看星，可以抽发无穷的思想。天体究竟是什么？怎样？借几本天文学的书来看，书中只是说了许多记不牢名称与认不出位置的星，全没有答复我的疑问。我就把书去还了。

丙寅（1926）年七月初八日。

三

我似乎看见，人的心都有包皮。这包皮的质料与重数，依各人而不同。有的人的心似乎是用单层的纱布包的，略略遮蔽一点，然真而赤的心的玲珑的姿态，隐约可见。有的人的心用纸包，骤见虽看不到，细细揿起来也可以摸得出。且有时纸要破，露出绯红的一点来。有的人的心用铁皮包，甚至用到八重九重。那是无论如何摸不出，不会破，而真的心的姿态无论如何不会显露了。

丰子恺　邻人

我家的三岁的瞻瞻的心，连一层纱布都不包，我看见常是赤裸裸而鲜红的。

丙寅（1926）年十二月初十日。

四

人们谈话的时候，往往言来语去，顾虑周至，防卫严密，用意深刻，同下棋一样。我觉得太紧张，太可怕了，只得默默不语。

安得几个朋友，不用下棋法来谈话，而各舒展其心灵相示，像开在太阳光中的花一样！

丙寅（1926）年十二月十一日。

五

黄昏时候，花猫追老鼠，爬上床顶，又从衣箱堆上跳下。孩子吓得大哭，直奔投我的怀里。两手抱住我的头颈，回头来看猫与老鼠在橱顶大战，面上显出一种非常严肃而又万分安心的表情。

我在世间，也时时逢到像猫与老鼠的大战的恐吓，也想找一个怀来奔投。可是到现在还没有找到。

丙寅（1926）年十二月十三日。

（发表于 1927 年 2 月《一般》杂志第 2 卷第 2 号，选自《丰子恺文集》第 5 卷。）

闲

"闲"在过去时代是一个可爱的字眼，在现代变成了一个可恶的字眼。例如失业者的"赋闲"，不劳而食者的"有闲"，都被视为现代社会的病态。有闲被视为奢侈的，颓废的。但也有非奢侈，非颓废的有闲阶级，如儿童便是。

儿童，尤其是十岁以前的儿童，不论贫富，大都是有闲阶级者。他们不必自己谋生，自有大人供养他们。在入学，进店，看牛，或捉草以前，除了忙睡觉，忙吃食以外，他们所有的都是闲工夫。到了入学，进店，看牛，或捉草的时候，虽然名为读书，学商或做工，其实工作极少而闲暇极多。试看幼稚园，小学校中的儿童，一日中埋头用功的时间有几何？试看商店的学徒，一日中忙着生意的时间有几何？试看田野中的牧童，一日中为牛羊而劳苦工作的时间有

丰子恺　儿戏其二

几何？除了读几遍书，做几件事，牵两次牛，捉几根草以外，他们在学校中，店铺里，田野间，都只是闲玩而已。

在饱尝了尘世的辛苦的中年以上的人，"闲"是最可盼的乐事。假如盼得到，即使要他们终生高卧空山上，或者独坐幽篁里，他们也极愿意。在有福的痴人，"闲"也是最可盼的乐事。假如盼得到，即使要他们吃饭便睡，睡醒便吃，终生同猪猡一样，在他们正是得其所哉。但在儿童，"闲"是一件最苦痛的事。因为"闲"就是"没事"。没事便静止，静止便没兴味；而儿童是兴味最旺盛的一种人。

在长途的火车中，可以看见儿童与成人的态度的大异。成人大都安定地忍耐地坐着，静候目的地的到达，儿童便不肯安定，不能忍耐。他们不绝地要向窗外探望，要买东西吃；看厌吃饱之后，要嚷"为什么还不到"，甚至哭着喊"我要回家去了"，于是领着他们的成人便骂他们，打他们。讲老实话，成人们何尝欢喜坐长途火车？他们的感情中或许也在嚷着"为什么还不到？"也在哭着喊"我要回家去了！"只因重重的世智包裹着他们的感情，使这感情无从爆发出来。这仿佛一瓶未开盖的汽水，看似静静的，安定的，其实装着满肚皮的气，无从发泄！感情的长久的抑制，渐渐使成人失却热烈的兴味，变成"颓废"的状态。成人和儿童比较起来，个个多少是"颓废"的。

丰子恺　埋伏

只有颓废者盼羡着"闲"，不颓废的人——儿童——见了"闲"都害怕。他们称这心情为"没心相"。在兴味最旺盛的儿童，"没心相"似乎比"没饭吃"更加苦痛。为了"没心相"而啼哭，为了"没心相"而作种种的恶戏；因了啼哭和恶戏而受大人的骂和打，是儿童生活上常见的事。他们为欲避免"没心相"，不绝地活动，除了睡眠，及生病以外，孩子们极少有继续静止至半小时以上者。假如把一个不绝地追求生活兴味的活泼的孩子用绳子绑缚了，关闭在牢屋里，我想这孩子在"饿"死以前一定先已"没心相"死了。假如强迫这种孩子学习因是子静坐法，所得的效果一定相反。在儿童们看来，静坐法和禅定等，是成人们的自作之刑。而在有许多成人们看来，各种辛苦的游戏也是儿童们的犯贱的行为。有的老人躺在安乐椅中观看孩子们辛辛苦苦地奔走叫喊而游戏，会讥笑似地对他们说："看你们何苦！静静儿坐一下子有什么不好？"倘有孩子在游戏中跌痛了，受伤了，这种老人便振振有词："教你勿，你板要，难（现在）你好！"其实儿童并不因此而懊悔游戏，同成人事业磨折并不懊悔做事业一样。儿童与成人分居着两个世界，而两方互相不理解的状态，到处可见。

儿童的游戏，犹之成人的事业。现世的成人与儿童，大家多苦痛：许多的成人为了失业而苦痛，许多的儿童为了游戏不满足而苦痛。住在都会里的孩子可以享用儿童公园；有钱人家的孩子可以购买种种的玩具。但这些是少数的幸运的孩子。多数的住在乡村里的穷人家的孩子，都有游戏不满足的苦痛。他们的保护人要供给他们衣食，非常吃力；能养活他们几条小性命，已是尽责了。讲到玩具，游戏设备，在现今的乡村间真是过分的奢求了。孩子们像猪猡一般地被豢养在看惯的破屋里。大人们每天喂了他们三顿之外，什么都不管。春天，夏天，白昼特别长；儿童的百无聊赖的生活状态，看了真是可怜。无衣无食的苦是有形的，人皆知道其可怜；"没心相"的苦是无形的，没人知道，因此更觉可怜。人的生活，饱食暖衣而无事，远不如为衣为食而奔走的有兴味。人的生活大半是由兴味维持的；儿童的生活则完全以兴味为原动力。热中于赌博的成人，输了还是要赌。热中于游戏的儿童，常常忘餐废寝。于此可见人类对于兴味的要求，有时比衣食更加热烈。

在种种简单的游戏法中，更可窥见人对于"闲"何等不耐，对于"兴味"何等渴慕。这种游戏法，大都不须设备，只要一只手一张嘴，随时随地都可开始游戏，而游戏的兴味并不简单。这显然是人为了兴味的要求，而费了许多苦心发明出来的。就吾乡所见，最普通的游戏是猜拳。只要一举手便可游戏，而且其游戏颇有兴味。这本来是侑酒的一种方法，但近来风行愈广，已变成一种赌博，或一种消闲游戏。工人们休息的时候，各人袋里摸出几个铜板来摆在地上，便在其上面开始拇战，胜的拿进铜板。年纪稍长的儿童们也会弄这玩意；他们摘三根草放在地上，便开始猜拳。赢一拳拿进一根，输一拳吐出一根。到了三根草归入了一人手中，这人得胜，便可拉过对方的手来打他十记手心。用自己的手来打别人的手，两人大家有些儿痛；但伴着兴味，痛也情愿了。

年幼的儿童也有一种猜拳的游戏法，叫做"呱呱啄蛀虫"。这方法更加简单，只要每人拿一根指头来一比，便见胜负。例如一人出大指，一人出食指。这局面叫做"老土地杀呱呱（即鸡）吃"。因为大指是代表老土地，食指是代表呱呱的。又如一人出中指，一人出无名指，这局面叫做"扁担打杀黄鼠狼"。因为中指是代表扁担，无名指是代表黄鼠狼的，又如一人出食指，一人出小指，这局面叫做"呱呱啄蛀虫"。因为小指是代表蛀虫的。这游戏法的名称即根据于此。其规则，每一指必有所克制的二指，同时又必有被克制的二指。即："老土地杀呱呱吃"，"老土地踏杀蛀虫。""呱呱啄蛀虫"，"呱呱飞过扁担。""扁担打杀老土地"，"扁担赶掉黄鼠狼。""黄鼠狼放个屁，臭杀老土地"，"黄鼠狼拖呱呱。""蛀虫蛀断扁担"，"蛀虫蛀断黄鼠狼脚根。"所以五个手指的势力相均等，无须选择；玩时只要任意出一根指，全视机缘而定胜否。像这几天的长夏，户外晒着炎阳，出去玩不得；屋内又老是这样，没有一点玩具。日长如小年，四五六七岁的孩子吃了三餐饭无所事事，其"没心相"之苦难言。幸而手是现成生在身上的，不必费钱去买。两人坐在门槛上伸出指头来一比，兴味来了，欢笑声也来了。静寂的破屋子里忽然充满了生趣。

更有一种简单的猜拳玩法，流行于吾乡的幼儿间，手的形式只有三种，捏拳头表示"石头"，五指平伸表示"纸头"，伸食中二指表示"剪刀"。若一人出拳头，一人出食中二指，叫做"石头敲断剪刀"，前者赢。一共有三句口诀，其余的两句是"剪刀剪碎纸头"，"纸头包石头"。这玩法另有一种形式：以手加额，表示"洋鬼子"，以手加口作摸须状，表示"大老爷"，以食指点鼻表示"乡下人"，玩时先由两人一齐拍手三下，然后各作一种手势。若一人以食指点鼻，一人以手加口，叫做"乡下人怕大老爷"，后者胜。其余两句口诀是"大老爷怕洋鬼子"，"洋鬼子怕乡下人"。乡下人就是农民，大老爷就是县长，洋鬼子当然就是外国人。这三句口诀似是前时代——《官场现形记》或《二十年目睹之怪现状》的时代——遗留下来的。但是儿童们至今只管沿用着。听说儿童是预言者，童谣能够左右天下大势。或许他们的话不会错，现在社会还这般，或者未来的社会要做到这般。

近来看见儿童间流行着一种很可笑的徒手游戏，也是用五官为游戏工具的，但方法比前者巧妙。例如一人问："眉毛在哪里？"另一人立刻伸手指着自己的鼻头答道："耳朵在这里。"一人问："眼睛在哪里？"另一人立刻伸手指着自己的耳朵答道："嘴巴在这里。"……诸如此类，凡所指非所答，所答非所问的，才算不错。详言之，这游戏的规则，是须得所问，所指，所答，三者各不相关，方为得胜。若有关连，反而认为错误，算是输的。这游戏的滑稽味即在于此。顽皮的孩子，都会随机应变地作这种是非颠倒的玩意儿。正直的孩子玩时便常常要输，他们不能口是心非，不会假痴假呆，有时只学会了动作的虚伪：例如你问他"鼻头在哪里"，他便指着耳朵回答你说"鼻头在这里"，便是半错。有时只学会了言语的虚伪：例如你问他"眼睛在哪里"，他指着眼睛回答你说"耳朵在这里"。也是半错。最正直的孩子，一点也不会虚伪：你问他"耳朵在哪里"，他老老实实地指着耳朵回答你说"耳朵在这里"，那便是大错，而且大输了。我于此益信儿童是预言者，儿童的游戏有左右天下大势之力。现今的世间是非颠倒，已近于这游戏；未来的世间的是非也许可以完全同这游戏中的一样。

上述数种游戏都是用口和手指为工具。还有仅用手的动作的游戏与仅用

丰子恺　一鹊噪新晴

口说话的游戏，更加简单。有一种互相打手心的游戏叫做"拍荞麦"。其法：
二人相对同声拍手三下，作为拍子快慢的标准。第四下即由二人各出右手互
相一拍。第五下各自拍手，第六下二人各出左手互相一拍，余例推。总之，
其方法是自拍一下，交拍一下，相间而进行。"劈拍劈拍"之声继续响下去，
没有限制。谁的手心拍得痛了，宣告罢休，便是谁输。大家怕输而好胜。就
大家不惜手掌，拼命地互相殴打。直到手掌拍得红肿而麻木了，方始罢休。
孩子们的被私塾先生或小学教师打手心，好像已经上了瘾，不被打是难过的。
所以在放学之后，或假期之中，没得被先生打，必须自己互相打一会手心来
过过瘾。而且这种瘾头，到他们年纪长大时恐怕也不会断绝。有许多大人们
欢喜被虐待，不受人虐待时便难过。他们也常在自己找寻方法来过被虐待狂
的瘾，不过不取拍荞麦的形式罢了。不用手而仅用口的游戏法，如唱歌猜谜
等皆是。然而唱歌需要练习，猜谜需要智力，在很小的孩子们嫌其程度太
高。他们另有种种更简易的言语游戏法，像"夺三十"便是其一例。夺三十
者，是两人竞夺一月的末日——三十日——的一种游戏。其法每人轮流说日

子名目，以一日或两日。为限。譬如甲儿说"初一初二"，乙儿便接上去说"初三"，甲儿再说"初四"，乙儿又说"初五初六"。总之，说一日或二日随便，但不能说三日或以上。说到后来，谁夺得"三十"，便是谁胜。大人们看来，在这游戏中得胜是很容易的，只要捉住三的倍数，最后的一日总是归你到手。换言之，开始说的人总是吃亏，他说一日，你接上两日去，他说两日，你接上一日去。这样，三的倍数常轮到你手里，"三十"总是被你夺得；但是很小的孩子都不解这秘诀，两人都盲从地说下去，偶然夺到"三十"的孩子便自以为强。在旁看他们游戏的大人便觉得浅薄可笑。等到其中一人夺了"三十"而表示十分得意的时候，大人们插进去叫道"三十一！月底被我夺到了！"便表示十二分得意。"夺三十"原是旧历时代旧有的游戏法，以三十为月底最后一日。现在虽然用阳历为国历，但乡村的儿童还是沿用着旧有游戏法，不知道一月有三十一。世间原有种种新时代的游戏；然都需要很复杂的设备，很高价的玩具，只有都市的富家子弟有福消受，乡村的小儿是享用不着的，穷乡僻处的儿童，从他们的老祖母那里学得些过去时代的极简单的徒口游戏法，也可聊解长闲的"没心相"了。

倘若不是徒手徒口而能得到一种极简单的物件，怕"闲"的人们便会想出更巧妙的种种游戏法来。譬如夏天，几个没心相的儿童会集在一块，而大家手中拿着折扇的时候，他们便会把折扇当作玩具的代用品。男孩子大都欢喜模仿卖艺者的手技，把折扇抛起来，叫它在空中翻几个筋斗，仍旧落到手中。这就可以比较胜负：例如定三十个筋斗为满额然后各人顺次轮流地抛扇子，计算筋斗的和数，先满三十者为胜。倘落地一次，以前所积的筋斗就全部作废，须得从新积受起来。这种玩法有江湖气和赌博气，女孩子就不甚欢喜弄。她们拿到扇子，自有一种较文雅的玩法，便是数扇骨。她们想出四个字，叫做"偷买拾送"。把扇骨一根一根地依照这四字数下去。数到末脚一根扇骨倘是"偷"字，便认定这扇子是偷来的，而和这扇的所有者相揶揄。余例推。有的人又加三个字，合成七字："偷买拾送抢骗讨"，玩时花样更多。倘某人的扇子的骨数到"抢"字上完结，余人就都叫她"强盗！"

几个没心相的人倘会坐在桌旁，就可以利用桌子为玩具而作"拍七"的游戏。这是大人们也常弄的玩意儿。但年长的孩子们玩起来兴味更高。玩法：六七个人空手围坐在桌旁，其中一个人叫"一"，其邻席的人接着叫"二"，以下顺次周流地叫下去，轮到"七"却不准叫，须得用手在桌缘的上面拍一下，以代替叫。他拍过之后，以下的人接着叫"八""九"……到了"十四"又不准叫，须得用手在桌缘的下面向上拍一下，以代替叫。即前者"七"称为"明七"，须在桌缘上面拍；后者十四称为暗七，须在桌缘下面拍。以后凡"十七""廿七"等皆是明七，轮到的人皆须向桌缘上面拍；"廿一"，"廿八"，"卅五"等皆是暗七，轮到的人皆须向桌缘下面拍。倘然不小心，轮到明暗七时叫了一声，其人便输；大人们以此赌酒，孩子们以此赌手心。叫错拍错的人都得被打手心。但这玩法需要智力，没有学过算学的很小的孩子都不会玩，须得稍大的小学生方有玩的能力。且玩时叫的数目有限制，大概到七十为满。七十以上的暗七，为九九表所不载，大人们玩起来也觉太吃力了。曾经有位算学先生大奖励这个玩法，令儿童常常玩习。并且依此例推，添进"拍八"，"拍九"等同类的玩法来教他们做，说这是可以补助算学功课的。但是说也奇怪，被他这样一提倡，孩子们反而不欢喜玩，当作一种功课而勉强地实行了。

孩子们没心相起来，虽在废墟中，也能利用瓦砖为玩具而开始游戏。他们拾七粒小砖瓦，向阶沿石上磨一磨光，做成七只棋子模样，便以阶沿石为游戏场而"投七"了。投七之法先由一人用右手将七粒砖头随意撒散在阶沿上，

丰子恺　你给我削瓜，我给你打扇

然后选取其中一粒，向上抛起，趁这空的机会，向下摸取另一粒砖头，然后回过手来，接取上面落下来的那一粒。手中就拿着两粒砖头了。再把其中一粒向上抛起，乘机向下摸取一粒，回过手来接了上面落下来的一粒，于是手中就拿着三粒砖头了。这样抛过六次之后，七粒砖头全都在手。以上算是一番辛苦的工作，以后便是收获了。但收获不是完全享乐，仍须得费些气力来背出斤数来。即将七粒砖头从手心里全都抛起，立刻翻转手背来接。接住几粒，便是收获几斤。孩子们的手背是凸起的，大都不会全部接住，四斤，五斤，已算是丰

收了。一人收获之后，把七粒砖头交与第二人，由他照样工作且收获。游戏者二人，三人，四人都可。预先议定三十斤为满，则轮流玩下去，先满三十的便是得胜。但规则很严：在工作中，倘接不住落下来的粒子，或在取子时带动了旁的粒子，其工作就失败，须得半途停工，把工具让给别人；而且以前收获所积蓄的斤数全部"烂光"。烂光，就是"作废"的意思。倘然满额的斤数定得很高，——例如五十斤为满，一百斤为满，这玩的工作就非常严重。到了功亏一篑的时候，尤加紧张。一不小心，就要遭逢"前功尽去"的不幸。其工作法也有种种，如上所述，一粒一粒地摸进手里去，是最简易的一法。更进步的，叫做"幺二三"，就是第一次抛时摸取一粒。第二次抛时要摸取二粒，第三次抛时要摸取三粒。在这时候，撒子及撮子都要考虑。撒子时不可撒得太疏，亦不可撒得太密。太疏了，同时摸两粒三粒不易摸得到手；太密了，摸时容易带动旁的粒子。撮子时须考虑其余六子的位置，务使其余六子分作相当隔远的三堆，一粒作一堆，二粒作一堆，三粒作一堆，然后摸时可得便利。倘使撒得不巧，撮得不妥，玩这"幺二三"时摸子就容易失败。少摸一粒，多摸一粒，或带动了旁的粒子，就前功尽去了。所以孩子们玩时个个抖擞精神，个个汗流满面。一切的"没心相"全被这手技竞争的兴味所打消了。

近来大旱，河底向天，农人无处踏水，对秋收已经绝望，生活反而空闲了。孩子们本来只要相帮大人刈草，送饭，现在竟一无所事了。但春间收下来的蚕豆没有吃完，一时还不会饿死。在这坐以待毙的时期，笑也不成；哭也没用；只是这些悠长如小年的日子无法过去，"没心相"之苦真难禁受。就有种种简单的游戏发见在日暮途穷的乡村间。这好比囚徒已经被判死刑，而刑期未到。与其在牢中哭泣，倒不如大家寻些笑乐吧。都会里用自来水的人闻知乡间大旱，在其同情的想象中，大约以为农家的人一天到晚在那里号哭；或枕藉地在那里饿死了。其实不尽然，号哭的饿死的固然有，但闲着，笑着，玩着而待毙的也还不少。不过这种种玩笑乐实比号哭与饿死更加悲惨！

廿三（1934）年八月十五日。

（本篇为上海良友图书印刷公司1935年7月初版的《车厢社会》所收三十篇随笔之一，选自《丰子恺文集》第5卷。）

梧桐树

　　寓楼的窗前有好几株梧桐树。这些都是邻家院子里的东西，但在形式上是我所有的。因为它们和我隔着适当的距离，好像是专门种给我看的。它们的主人，对于它们的局部状态也许比我看得清楚，但是对于它们的全体容貌，恐怕始终没看清楚呢。因为这必须隔着相当的距离方才看见。唐人诗云："山远始为容。"我以为树亦如此。自初夏至今，这几株梧桐树在我面前浓妆淡抹，显出了种种的容貌。

　　当春尽夏初，我眼看见新桐初乳的光景。那些嫩黄的小叶子一簇簇地顶在秃枝头上，好像一堂树灯。又好像小学生的剪贴图案，布置均匀而带幼稚气。植物的生叶，也有种种技巧：有的新陈代谢，瞒过了人的眼睛而在暗中偷换青黄。有的微乎其微，渐乎其渐，使人不觉察其由秃枝变成绿叶。只有梧桐树的生叶，技巧最为拙劣，但态度最为坦白。它们的枝头疏而粗，它们的叶子平而大。叶子一生，全树显然变容。

丰子恺　儿戏其一

在夏天，我又眼看见绿叶成阴的光景。那些团扇大的叶片，长得密密层层，望去不留一线空隙，好像一个大绿障，又好像图案画中的一座青山。在我所常见的庭院植物中，叶子之大，除了芭蕉以外，恐怕无过于梧桐了。芭蕉叶形状虽大，数目不多，那丁香结要过好几天才展开一张叶子来，全树的叶子寥寥可数。梧桐叶虽不及它大，可是数目繁多。那猪耳朵一般的东西，重重叠叠地挂着，一直从低枝上挂到树顶。窗前摆了几枝梧桐，我觉得绿意实在太多了。古人说"芭蕉分绿上窗纱"，眼光未免太低，只是阶前窗下的所见而已。若登楼眺望，芭蕉便落在眼底，应见"梧桐分绿上窗纱"了。

一个月以来，我又眼看见梧桐叶落的光景。样子真凄惨呢！最初绿色黑暗起来，变成墨绿；后来又由墨绿转成焦黄；北风一吹，它们大惊小怪地闹将起来，大大的黄叶便开始辞枝——起初突然地落脱一两张来，后来成群地飞下一大批来，好像谁从高楼上丢下来的东西。枝头渐渐地虚空了，露出树后面的房屋来，终于只剩几根枝条，回复了春初的面目。这几天它们空手站在我的窗前，好像曾经娶妻生子而家破人亡了的光棍，样子怪可怜的！我想起了古人的诗："高高山头树，风吹叶落去。一去数千里，何当还故处？"现在倘要搜集它们的一切落叶来，使它们一齐变绿，重还故枝，回复夏日的光景，即使仗了世间一切支配者的势力，尽了世间一切机械的效能，也是不可能的事了！回黄转绿世间多，但象征悲哀的莫如落叶，尤其是梧桐的落叶。落花也曾令人悲哀。但花的寿命短促，犹如婴儿初生即死，我们虽也怜惜他，但因对他关系未久，回忆不多，因之悲哀也不深。叶的寿命比花长得多，尤其是梧桐的叶，自初生至落尽，占有大半年之久，况且这般繁茂，这般盛大！眼前高厚浓重的几堆大绿，一朝化为乌有！"无常"的象征，莫大于此了！

但它们的主人，恐怕没有感到这种悲哀。因为他们虽然种植了它们，所有了它们，但都没有看见上述的种种光景。他们只是坐在窗下瞧瞧它们的根干，站在阶前仰望它们的枝叶，为他们扫扫落叶而已，何从看见它们的容貌呢？何从感到它们的象征呢？可知自然是不能被占有的。可知艺术也是不能被占有的。

廿四（1985）年十一月廿八日夜作，曾载《宇宙风》。（本篇为上海开明书店1937年1月初版的《缘缘堂再笔》所收二十篇随笔之一，选自《丰子恺文集》第5卷。）

新年小感

我自从有知以来，已经过了四十几个新年。我觉得新年之乐，好像一支蜡烛，越点越短。点了四十几年，只剩下一段蜡烛芯子，横卧在一摊蜡烛油里，明灭残光，眼见得就要消逝了！

我儿时，新年是一年中最快乐的时期。快乐的原因，在于个个人闲，个个人新，个个人快乐。从元旦起，真好比天上换了一个新太阳，人间换了一种新的空气。

我家是开染坊店的。一年四季，早上拔开店板，晚上装上店板；白天主顾来往，晚上店员睡觉，不容我们儿童去打扰的。只有到了元旦，店板白天也不开，只在中间拔去一块板，使天光照进店堂，店堂就变了儿童和大人们的游戏场了。店员个个空闲，吃饱了饭，和我们儿童一起游戏，打年锣鼓，掷骰子，推牌九，踢毽子，放炮竹，捉迷藏……邻家的人，亲戚家的人，大大小小，都可参加，来者不拒。从这天起，人与人之间的关系似乎另换了一套：一向板脸的管账先生，如今也把嘴巴拉开，来同我们掷骰子了。一向拒绝小孩子到店堂里来的伙计，如今也卷起袖子，来帮我们放爆竹了。甚至一向要骂小孩子的隔壁的老爹爹，也露出了两三颗牙齿，来和我们打锣鼓了。这样的狂欢，一直延续半个月。

走到街上，家家闭户，店店关门，好似紧急警报中。但见满街穿新衣的人，红红绿绿，花花样样，大大小小，男男女女，没有一个人的嘴巴不拉开，没有一个人的袋里没有钱。茶馆里，酒店里，烧卖摊上，拥挤着许多新衣服，望过去好像油画家的调色板。老头子都穿着闪亮的天青缎子马褂，在街上踱方步。老太婆都穿红绸绵袄，上面罩一件翠蓝短衫，底下露出一大段红绸，招摇过市。乡村里的女人，这一天全体动员，浮出在大街上；个个身上裹着折印很明显的新衣裳，脸上的香粉涂得同戏台上的曹操一样白。青年小伙予们穿着最时髦的一字襟背心，花缎袍子，游蜂浪蝶似的东来西去，贪看粉白黛绿，评量环肥燕瘦。女人们在这一天特别大方，"目眙不禁，握手无罚"。总之，所有的人，在元旦这一天，不是做人而是做戏了。这样的做戏，一直延续半个月。

一年一度，这样的戏剧性狂欢，在人生实在是很需要的。好比一支乐曲，有了节奏，有了变化，趣味丰富得多。可惜四十年来，因了政治不清明，社会组织不良，弄得民不聊生。新年的欢乐，到现在已经不绝如缕了。我不想开倒

丰子恺
今年几岁

车，回到古昔；我但望有另一种合于现代人生的新的节奏，新的变化，来调剂我们年中生活的沉闷。目前的人的生活，尤其是都会人的生活，实在太枯燥了，太缺乏戏剧的成分了。三百六十六日，天天同样，孜孜兀兀，一直到死，这人生岂不太单调，太机械，太不像"人生"吗？

　　然而人生总是人生。人生的幸福可由人自己制造出来。物极必反。人生苦到了极点，必定会得福。好比长夜必定会天亮一样。新年之乐的蜡烛已经快点完了。不要可惜已经点去的部分，还是设法换一枝新的更长大的蜡烛；最好换一盏长明灯，光明永远不熄。

卅六（1947）年十二月廿五日于杭州。

（选自《丰子恺文集》第 6 卷）

下编　佛性童心

佛无灵

我家的房子——缘缘堂——于去冬吾乡失守时被敌寇的烧夷弹焚毁了。我率全眷避地萍乡，一两个月后才知道这消息。当时避居上海的同乡某君作诗以吊，内有句云："见语缘缘堂亦毁，众生浩劫佛无灵。"第二句下面注明这是我的老姑母的话。我的老姑母今年七十余岁，我出亡时苦劝她同行，未蒙允许，至今尚在失地中。五年前缘缘堂创造的时候，她老人家镇日拿了史的克在基地上代为擘划，在工场中代为巡视，三寸长的小脚常常遍染了泥污而回到老房子里来吃饭。如今看它被焚，怪不得要伤心，而叹"佛无灵"。最近她有信来（托人带到上海友人处，转寄到桂林来的），末了说：缘缘堂虽已全毁，但烟囱尚完好，矗立于瓦砾场中。此是火食不断之象，将来还可做人家。

缘缘堂烧了是"佛无灵"之故。这句话出于老姑母之口，入于某君之诗，原也平常。但我却有些反感。不是指摘某君思想不对，也不是批评老姑母话语说错，实在是慨叹一般人对于"佛"的误解，因为某君和老姑母并不信佛，他们是一般按照所谓信佛的人的心理而说这话的。

我十年前曾从弘一法师学佛，并且吃素。于是一般所谓"信佛"的人就称我为居士，引我为同志。因此我得交接不少所谓"信佛"的人。但是，十年以来，这些人我早已看厌了。有时我真懊悔自己吃素，我不屑与他们为伍。（我受先父遗传，平生不吃肉类。故我的吃素半是生理关系。我的儿女中有二人也是生理的吃素，吃下荤腥去要呕吐。但那些人以为我们同他们一样，为求利而吃素。同他们辩，他们还以为客气，真是冤枉。所以我有时懊悔自己吃素，被他们引为同志。）因为这班人多数自私自利，丑态可掬。非但完全不解佛的广大慈悲的精神，其我利自私之欲且比所谓不信佛的人深得多！他们的念佛吃素，全为求私人的幸福。好比商人拿本钱去求利。又好比敌国的俘虏背弃了他们的伙伴，向我军官跪喊"老爷饶命"，以求我军的优待一样。

信佛为求人生幸福，我绝不反对。但是，只求自己一人一家的幸福而不顾他人，我瞧他不起。得了些小便宜就津津乐道，引为佛佑；（抗战期中．靠念佛而得平安逃难者，时有所闻。）受了些小损失就怨天尤人，叹"佛无灵"，真是"阿弥陀佛，罪过罪过"！他们平日都吃素、放生、念佛、诵经。但他们的吃一天素，希望比吃十天鱼肉更大的报酬。他们放一条蛇，希望活一百岁。他们念佛诵经，希望个个字变成金钱。这些人从佛堂里散出来，说的统是果报；某人长年吃素，邻家都烧光了，他家毫无损失。某人念《金冈经》，强盗洗劫时独不抢他的。某人无子，信佛后一索得男。某人痔疮发，念了"大慈大悲观世音菩萨"，痔疮立刻断根。……此外没有一句真正关于佛法的话。这完全是同佛做买卖，靠佛图利，吃佛饭。这真是所谓"群居终日，言不及义，好行小惠，难矣哉！"

我也曾吃素。但我认为吃素吃荤真是小事，无关大体。我曾作《护生画集》，劝人戒杀。但我的护生之旨是护心（其义见该书马序），不杀蚂蚁非为爱惜蚂蚁之命，乃为爱护自己的心，使勿养成残忍。顽童无端一脚踏死群蚁，此心放大起来，就可以坐了飞机拿炸弹来轰炸市区。故残忍心不可不戒。因为所惜非动物本身，故用"仁术"来掩耳盗铃，是无伤的。我所谓吃荤吃素无关大体，意思就在于此。浅见的人，执着小体，斤斤计较：洋蜡烛用兽脂做，故不宜点；猫要吃老鼠，故不宜养；没有雄鸡交合而生的蛋可以吃得。……这样地钻进牛角尖里去，真是可笑。若不顾小失大，能以爱物之心爱人，原也无妨，让他们钻进牛角尖里去碰钉子吧。但这些人往往自私自利，有我无人；又往往以此做买卖，以此图利，靠此吃饭，亵渎佛法，非常可恶。这些人简直是一种疯子，一种惹人讨嫌的人。所以我瞧他们不起，我懊悔自己吃素，我不屑与他们为伍。

真是信佛，应该理解佛陀四大皆空之义，而屏除私利；应该体会佛陀的物我一体，广大慈悲之心，而护爱群生。至少，也应知道亲亲而仁民，仁民而爱物之遭。爱物并非爱惜物的本身，乃是爱人的一种基本练习。不然，就是"今恩足以及禽兽而功不至于百姓"的齐宣王。上述这些人，对物则憬憬爱惜，对人间痛痒无关，已经是循流忘源，见小失大，本末颠倒的了。再加之于自己唯利是图，这真是世间一等愚痴的人，不应该称为佛徒，应该称之为"反佛徒"。

因为这种人世间很多，所以我的老姑母看见我的房子被烧了，要说"佛无灵"的话，所以某君要把这话收入诗中。这种人大概是想我曾经吃素，曾经作《护生画集》，这是一笔大本钱！拿这笔大本钱同佛做买卖所获的利，至少应该是别人的房子都烧了而我的房子毫无损失。便宜一点，应该是我不必逃避，而敌人的炸弹会避开我；或竟是我做汉奸发财，再添造几间新房子和妻子享用，正规军都不得罪我。今我没有得到这些利益，只落得家破人亡（流亡也），全家十口飘零在五千里外，在他们看来，这笔生意大蚀其本！这个佛太不讲公平交易，安得不骂"无灵"？

我也来同佛做买卖吧。但我的生意经和他们不同：我以为我这次买卖并不蚀本，且大得其利，佛毕竟是有灵的。人生求利益，谋幸福，无非为了要活，为了"生"。但我们还要求比"生"更贵重的一种东西，就是古人所谓"所欲有甚于生者"。这东西是什么？平日难于说定，现在很容易说出，就是"不做亡国奴"，就是"抗敌救国"。与其不得这东西而生，宁愿得这东西而死。因为这东西比"生"更为贵重。现在佛已把这宗最贵重的货物交付我了。我这买卖岂非大得其利？房子不过是"生"的一种附饰而已。我得了比"生"更贵的货物，失了"生"的一件小小的附饰，有什么可惜呢？我便宜了！佛毕竟是有灵的。

叶圣陶先生的《抗战周年随笔》中说："……我在苏州的家屋至今没有毁。我并不因为它没有毁而感到欢喜。我希望它被我们游击队的枪弹打得七穿八洞，我希望它被我们正规军队的大炮轰得尸骨无存，我甚而至于希望它被逃命无从的寇军烧个干干净净。"他的房子，听说建成才两年，而且比我的好。他如此不惜，一定也获得那样比房子更贵重的东西在那里。但他并不吃素，并不作《护生画集》。即他没有下过那种本钱。佛对于没有本钱的人，也把贵重货物交付他。这样看来，对佛买卖这种本钱是没有用的。毕竟，对佛是不可做买卖的。

廿七（1938）年七月二十四日于桂林。

（发表于 1938 年 8 月《抗战文艺》第 2 卷第 4 期，选自《丰子恺文集》第 5 卷。）

《读〈缘缘堂随笔〉》读后感

《中学生》第六十七期（大约是一九四四年中出版的）曾登载一篇《读〈缘缘堂随笔〉》，是日本人谷崎润一郎作，夏丏尊先生翻译的。当时我避寇居

驚風飄白日光景馳
西流盛時不可再百年
忽我遒生存華屋處
零落歸山丘先民誰不
死知命復何憂
曹植詩
廣洽法師
戊申年秋子愷書

雲霓 廣洽法師屬 戊申年八月子愷畫

丰子恺 云霓

重庆，开明书店把那杂志寄给我看。接着叶圣陶兄从成都来信，嘱我写一篇读后感。战争时期，为了一个敌国人而谈艺术感想，我觉得不调和，终于没有写。现在胜利和平已经实现。我多年不写文章，如今也想"复员"。今天最初开笔，就写这篇读后感，用以补应圣陶兄的雅嘱。夏先生译文的序言中说："余不见子恺倏逾六年，音讯久疏；相思颇苦……此异国人士之评论，或因余之迻译有缘得见，不知作何感想也。"为答复夏先生的雅望，我更应该写些感想。

记得某批评家说："文艺创作是盲进的，不期然而然的。"我过去写了许多文章，自己的确没有知道文章的性状如何。我只是爱这么写就这么写而已。故所谓"盲进"，"不期然而然的"，我觉得确是真话。我看了那篇评文，才知道世间有人把我看作"中国最像艺术家的艺术家"（吉川幸次郎语），而把我的文章称为"艺术家的著作"（谷崎润一郎语）。我扪心自问：他们的话对不对？我究竟是否最像艺术家的艺术家？我的文章究竟是否艺术家的著作？对这一问，我简直茫然不能作答。因为"艺术家"三字的定义，不是简单的。古来各人各说，没有一定；且也没有一个最正确的定义。而我的为人与为文，真如前文所说，完全是盲进的，不期然而然的；所以我不敢贸然接受他们这定评。我看"艺术家"这顶高帽子，请勿套到我头上来，还是移赠给你们的夏目漱石，竹久梦二，或内田百川诸君，看他们接受不接受。我是决不敢接受的啊。

吉川和谷崎二君对我的习性的批评，我倒觉得可以接受，而且可以让我自己来补充表白一番。吉川君说我"真率"，"对于万物有丰富的爱"。谷崎君说我爱写"没有什么实用的、不深奥的、琐屑的、轻微的事物"，又说我是"非常喜欢孩子的人"。难得这两位异国知己！他们好像神奇的算命先生，从文字里头，把我的习性都推算出来。真可谓"海外存知己，天涯若比邻"了！让我先来自白一下：

我自己明明觉得，我是一个二重人格的人。一方面是一个已近知天命之年的、三男四女俱已长大的、虚伪的、冷酷的、实利的老人（我敢说，凡成人，没有一个不虚伪、冷酷、实利）；另一方面又是一个天真的、热情的、好奇的、不通世故的孩子。这两种人格，常常在我心中交战。虽然有时或胜或败，或起或伏，但总归是势均力敌，不相上下，始终在我心中对峙着。为了这两者的侵略与抗战，我精神上受了不少的苦痛。举最近的事例作证：

我最近到一个中学校去访问朋友，被那校长得知了，便拉了教务主任，二人恭敬地走来招呼我，请我讲演。讲演我是最怕的。无端的对不相识的大众讲一大篇不必要的话，我认为是最不自然，最滑稽的一种把戏，我很想同小孩子一样，干脆地说一声"我不高兴"，或是骂他们几句，然后拂袖而起，一缕烟逃走了。但在这时候，心中的两国，猛烈地交战起来。不知怎的，结果却是侵略国战胜了抗战国。我不得不在校长、教务主任的"请，请"声中，摇摇摆摆地神气活现地踱上讲台去演那叫做"讲演"的滑稽剧。上台后，我颇想干脆地说："我不高兴对你们讲话，你们也未见得个个高兴听我讲话。你们要看我，看了看，让我回去吧！"但又不知怎的，我居然打起了南方官腔，像煞有介事地在说："今天承蒙贵校校长先生的好意，邀我来此讲演。我有机会与诸位青年相见，觉得很是荣幸……"其实，我觉得很是不幸，我恨杀那校长先生！

我胡乱讲了半小时的关于艺术修养的空话，鞠躬下台，抽一口气，连忙走出讲堂。不料出得门来，忽被一批青年所包围，每人手持纪念册一本，要求留个纪念。这回我看清楚了周围几个青年男女的脸孔。我觉得态度大都很诚恳，很可爱。他们的纪念册很精致，很美观。足证这件事是真的，善的，美的。我说："到休息室来！"于是一大批少年少女跟我来到了休息室。我提起笔，最初在一个少年的绸面册子上写了"真善美"三个字，他拿着笑嘻嘻的鞠一个躬，一缕烟去了。一双纤手捧着一本金边册子，塞到我的笔底下来，我看看这双手的所有者，是一个十三四岁的面如满月的少女。她见我看她，打起四川白笑着说："先生给我画！"我心中很想把她的脸孔画进去，但一看休息室里挤满了手持纪念册的人，而且大都是可爱而可画的。我此例一开，今天休想回家去！我只得谎言拒绝，说我今天还有要事，时间来不及，替你写字吧，就写了"努力惜春华"五个字，她也欢喜地道谢，拿着走了。我倒反而觉得拂人之情，不好意思，我原来并无要事，并且高兴替一个个青年的册子上留些纪念。这比空洞的浮夸的"讲演"有意思得多，有趣味得多。可是在事实上，种种方面不许可。我只得讲虚伪的话，取冷酷的态度，作实利的打算。写到后来，手也酸了，时间也到了，只能在每人的册子上乱签"子恺"二字。许多天真可爱的青年，悻悻地拿起册子走了。而且很精致的册子上潦草地签字，实在是暴殄天物，破坏美观，亵渎艺术！啊！我为什么干这无聊的事？——以上所说，便是二重人格交战使我受苦的一个近例。有生以来，这种苦我吃了不少！

吉川和谷崎二君对我的习性的批评，真是确当！我不但如谷崎君所说的"喜欢孩子"，并且自己本身是个孩子——今年四十九岁的孩子。因为是孩子，

丰子恺
江头浣沙

所以爱写"没有什么实用的、不深奥的、琐屑的、轻微的事物",所以"对万物有丰富的爱",所以"真率"。贵国(对吉川、谷崎二君说)已逝世的文艺批评家厨川白村君曾经说过:文艺是苦闷的象征。文艺好比做梦,现实上的苦闷可在梦境中发泄。这话如果对的,那么我的文章,正是我的二重人格的苦闷的象征。

　　我既然承认自己是孩子,同时又觉得吉川、谷崎二君也有点孩子气。连翻译者的夏先生,索稿子的叶先生,恐也不免有点孩子气。不然,何以注目我那些孩子气的文章呢?在中国,我觉得孩子太少了。成人们大都热衷于名利,萦心于社会问题、政治问题、经济问题、实业问题……没有注意身边琐事,细嚼人生滋味的余暇与余力，即没有做孩子的资格。孩子们呢，也大都被唱党歌，读遗嘱，讲演，竞赛，考试，分数……等弄得像机器人一样，失却了孩子原有的真率与趣味。长此以往，中国恐将全是大人而没有孩子，连婴孩也都是世故深通的老人了！在这样"大人化"、"虚伪化"、"冷酷化"、"实利化"的中国内，我的文章恐难得有人注意。而在过去的敌国内，倒反而有我的知已在。这使我对于"国"的界限发生了很大的疑问。我觉得人类不该依疆土而分国，应该依趣味而分国。耶稣孔子释迦是同国人。李白杜甫莎士比亚拜轮（拜伦）是同国人。希特勒墨索里尼东条英机等是同国人。……而我与吉川谷崎以及其他爱读我的文章的人也可说都是同乡。

"文章千古事，得失寸心知。"上一句我承认，下一句我怀疑。如开头所说，我相信文艺创作是盲进的（实即自然的），不期然而然的，那么还讲什么"得失"呢？要讲得失，我这些谈"没有什么实用的、不深奥的、琐屑的、轻微的事物"的文章，于世何补？更哪里值得翻泽和批评？吉川君说我在海派文人中好比"鹤立鸡群"。这一比也比得不错。鸡是可以杀来吃的，营养的，滋补的，功用很大的。而鹤呢，除了看看而外，毫无用处！倘有"煮鹤焚琴"的人，定要派它实用，而想杀它来吃，它就戛然长鸣，冲霄飞去，不知所至了！

卅五（1946）年四月十一日于沙坪坝。
（本篇为上海万叶书店 1946 年 10 月初版的《率真集》所收二十五篇随笔之一，选自《丰子恺文集》第 6 卷。）

暂时脱离尘世

夏目漱石的小说《旅宿》（日本名《草枕》）中有一段话："苦痛、愤怒、叫器、哭泣，是附着在人世间的。我也在三十年间经历过来，此中况味尝得够腻了。腻了还要在戏剧、小说中反覆体验同样的刺激，真吃不消。我所喜爱的诗，不是鼓吹世俗人情的东西，是放弃俗念，使心地暂时脱离尘世的诗。"

夏目漱石真是一个最像人的人。今世有许多人外貌是人，而实际很不像人，倒像一架机器。这架机器里装满着苦痛、愤怒、叫器、哭泣等力量，随时可以应用。即所谓"冰炭满怀抱"也。他们非但不觉得吃不消，并且认为做人应当如此，不，做机器应当如此。

我觉得这种人非常可怜，因为他们毕竟不是机器，而是人。他们也喜爱放弃俗念，使心地暂时脱离尘世。不然，他们为什么也喜欢休息，喜欢说笑呢？苦痛、愤怒、叫嚣、哭泣，是附着在人世间的，人当然不能避免。但请注意"暂时"这两个字，"暂时脱离尘世"，是快适的，是安乐的，是营养的。

陶渊明的《桃花源记》，大家知道是虚幻的，是乌托邦，但是大家喜欢一读，就为了他能使人暂时脱离尘世。《山海经》是荒唐的，然而颇有人爱读。陶渊明读后还咏了许多诗。这仿佛白日做梦，也可暂时脱离尘世。

铁工厂的技师放工回家，晚酌一杯，以慰尘劳。举头看见墙上挂着一大幅《冶金图》，此人如果不是机器，一定感到刺目。军人出征回来，看见家中挂着战争的画图。此人如果不是机器，也一定感到厌烦。从前有一科技师向我索画，指定要画儿童游戏。有一律师向我索画，指定要画西湖风景。此种些微小事，也竟有人萦心注目。二十世纪的人爱看表演千百年前故事的古装戏剧，也是这种心理。人生真乃意味深长！这使我常常怀念夏目漱石。

（本篇曾收于作者自编集《缘缘堂续笔》，集名原为《往事琐记》，后改名为此。此集收随笔 33 篇，皆作者在"十年浩劫"期间利用凌晨时分悄悄写成，1973 年修改，作者生前均未曾发表过。本篇后来收于浙江文艺出版社 1983 年 5 月初版的丰一吟编《缘缘堂随笔集》，选自《丰子恺文集》第 6 卷。）

塘栖

夏目漱石的小说《旅宿》（日文名《草枕》）中，有这样的一段文章："像火车那样足以代表二十世纪的文明的东西，恐怕没有了。把几百个人装在同样的箱子里蓦然地拉走，毫不留情。被装进在箱子里的许多人，必须大家用同样的速度奔向同一车站，同样地熏沐蒸汽的恩泽。别人都说乘火车，我说是装进火车里。别人都说乘了火车走，我说被火车搬运。像火车那样蔑视个性的东西是没有的了。……"

我翻译这篇小说时，一面非笑这位夏目先生的顽固，一面体谅他的心情。在二十世纪中，这样重视个性，这样嫌恶物质文明的，恐怕没有了。有之，还有一个我，我自己也怀着和他同样的心情呢。从我乡石门湾到杭州，只要坐一小时轮船，乘一小时火车，就可到达。但我常常坐客船，走运河，在塘栖过夜，走它两三天，到横河桥上岸，再坐黄包车来到田家园的寓所。这寓所赛如我的"行宫"，有一男仆经常照管着。我那时不务正业，全靠在家写作度日，虽不富裕，倒也开销得过。

　　客船是我们水乡一带地方特有的一种船。水乡地方，河流四通八达。这环境娇养了人，三五里路也要坐船，不肯步行。客船最讲究，船内装备极好。分为船梢、船舱、船头三部分，都有板壁隔开。船梢是摇船人工作之所，烧饭也在这里。船舱是客人坐的，船头上安置什物。舱内设一榻、一小桌，两旁开玻璃窗，窗下都有坐板。那张小桌平时摆在船舱角里，三只短脚搁在坐板上，一只长脚落地。倘有四人共饮，三只短脚可接长来，四脚落

丰子恺
王安石诗意

地，放在船舱中央。此桌约有二尺见方，叉麻雀也可以。舱内隔壁上都嵌着书画镜框，竟像一间小小的客堂。这种船真可称之为画船。这种画船雇用一天大约一元。（那时米价每石约二元半。）我家在附近各埠都有亲戚，往来常坐客船。因此船家把我们当作老主顾。但普通只雇一天，不在船中宿夜。只有我到杭州，才包它好几天。

吃过早饭，把被褥用品送进船内，从容开船。凭窗闲眺两岸景色，自得其乐。中午，船家送出酒饭来。傍晚到达塘栖，我就上岸去吃酒了。塘栖是一个镇，其特色是家家门前建着凉棚，不怕天雨。有一句话，叫做"塘栖镇上落雨，淋勿着"。"淋"与"轮"发音相似，所以凡事轮不着，就说"塘栖镇上落雨"。且说塘栖的酒店，有一特色，即酒菜种类多而分量少。几十只小盆子罗列着，有荤有素，有干有湿，有甜有咸，随顾客选择。真正吃酒的人，才能赏识这种酒家。若是壮士、莽汉，像樊哙、鲁智深之流，不宜上这种酒家。他们狼吞虎嚼起来，一盆酒菜不够一口。必须是所谓酒徒，才可请进来。酒徒吃酒，不在菜多，但求味美。呷一口花雕，嚼一片嫩笋，其味无穷。这种人深得酒中三昧，所以称之为"徒"。迷于赌博的叫做赌徒，迷于吃酒的叫做酒徒。但爱酒毕竟和爱钱不同，故酒徒不宜与赌徒同列。和尚称为僧徒，与酒徒同列可也。我发了这许多议论，无非要表示我是个酒徒，故能赏识塘栖的酒家。我吃过一斤花雕，要酒家做碗素面，便醉饱了。算还了酒钞，便走出门，到淋勿着的塘栖街上去散步。塘栖枇杷是有名的。我买些白沙枇杷，回到船里，分些给船娘，然后自吃。

在船里吃枇杷是一件快适的事。吃枇杷要剥皮，要出核，把手弄脏，把桌子弄脏。吃好之后必须收拾桌子，洗手，实在麻烦。船里吃枇杷就没有这种麻烦。靠在船窗口吃，皮和核都丢在河里，吃好之后在河里洗手。坐船逢雨天，在别处是不快的，在塘栖却别有趣味。因为岸上淋勿着，绝不妨碍你上岸。况且有一种诗趣，使你想起古人的佳句："人人尽说江南好，游人只合江南老。春水碧于天，画船听雨眠。""闲梦江南梅熟日，夜船吹笛雨潇潇。"古人赞美江南，不是信口乱道，确是亲身体会才说出来的。江南佳丽地，塘栖水乡是代表之一。我谢绝了二十世纪的文明产物的火车，不惜工本地坐客船到杭州，实在并非顽固。知我者，其唯夏目漱石乎？

（发表于 1983 年 1 月 26 日《文汇报》，选自《丰子恺文集》第 6 卷。）

为青年说弘一法师

弘一法师于去年十月十三日在泉州逝世，至今已有五个多月。傅彬然先生曾有关于他的一篇文章登在本刊上，而我却沉默了五个多月，至今才写这篇文字。许多人来信怪我，以为我对于弘一法师关系较深，何以他死了我没有一点表示。有的人还来信向我要关于弘一法师的死的文字，以为我一定在发起追悼大会，或者编印纪念刊物，为法师装"哀荣"的。其实全无此事。我接到泉州开元寺性常师打来的报告法师"生西"（就是往生西方，就是死）的电报时，正是去年十月十八日早晨，我正在贵州遵义的寓楼中整理行装，要把全家迁到重庆去。当时坐在窗下沉默了几十分钟，发了一个愿：为法师造像（就是画像）一百尊，分寄各省信仰他的人，勒石立碑，以垂永久。预定到重庆后动笔。发愿毕，依旧吃早粥，整行装，觅车子。

弘一法师是我的老师，而且是我生平最崇拜的人。如此说来，我岂不太冷淡了吗？但我自以为并不。我敬爱弘一法师，我希望他在这世间久住。但我确定弘一法师必有死的一日。因为他是"人"。不过死的时日迟早不得而知。我时时刻刻防他死，同时时刻刻防我自己死一样。他的死是我意中事，并不出于意料之外。所以我接到他的死的电告，并不惊惶，并不恸哭。老实说，我的惊惶与恸哭，在确定他必有死的一日之前早已在心中默默地做过了。

我去冬迁居重庆，忙着人事及疾病，到今年一月方才有工夫动笔作画。一月中，我实行我的前愿，为弘一法师造像。连作十尊，分寄福建、河南诸信士。还有九十尊，正在接洽中，定当后续作。为欲勒石，用线条描写，不许有浓淡光影。所以不容易描得像。幸而法师的线条画像，看的人都说"像"。大概是他的相貌不凡，特点容易捉住之故。但是还有一个原因：他在我心目中印象太深之故。我自己觉得，为他画像的时候，我的心最虔诚，我的情最热烈，远在惊惶恸哭及发起追悼会、出版纪念刊物之上。其实百年之后，刻像会模糊起来，石碑会破烂的。千万年之后，人类会绝灭，地球会死亡的。人间哪有绝对"永久"的事！我的画像勒石立碑，也不过比惊惶恸哭、追悼会、纪念刊稍稍永久一点而已。

读了傅彬然先生的文章之后，我也想来为读者谈谈，就写这篇文章。

距今二十九年前，我十七岁的时候，最初在杭州贡院的浙江省立第一师范学校里见到李叔同先生（即弘一法师）。那时我是预科生，他是我们的音乐教师。一年中我见他的次数不多。因为他常常请假。走廊上玻璃窗中请假栏内，"音乐李师"一块牌子常常摆着。他不请假的时候，我们上他的音乐课，有一种特殊的感觉：严肃。摇过预备铃，我们走向音乐教室（这教室四面临空，独立在花园里，好比一个温室）。推进门去，先吃一惊：李先生早已端坐在讲台上。以为先生还没有到而嘴里随便唱着、喊着、或笑着、骂着而推进门去的同学，吃惊更是不小。他们的唱声、喊声、笑声、骂声以门槛为界限而忽然消灭。接着是低着头，红着脸，去端坐在自己的位子里。端坐在自己的位子里偷偷地仰起头来看看，看见李先生的高高的瘦削的上半身穿着整洁的黑布马褂，露出在讲桌上，宽广得可以走马的前额，细长的凤眼，隆正的鼻梁，形成威严的表情。扁平而阔的嘴唇两端常有深涡，显示和爱的表情。这副相貌，用"温而厉"三个字来描写，大概差不多了。讲桌上放着点名簿、讲义，以及他的教课笔记簿、粉笔。钢琴衣解开着，琴盖开着，谱表摆着，琴头上又放着一只时表，闪闪的金光直射到我们的眼中。黑板（是上下两块可以推动的）上早已清楚地写好本课内所应写的东西（两块都写好，上块盖着下块，用下块时把上块推开）。在这样布置的讲台上，李先生端坐着。坐到上课铃响出（后来我们知道他这脾气，上音乐课必早到。故上课铃响时，同学早已到齐），他站起身来，深深地一鞠躬，课就开始了。这样地上课，空气严肃得很。

有一个人上音乐课时不唱歌而看别的书，有一个人上音乐课时吐痰在地板上，以为李先生不看见的，其实他都知道。但他不立刻责备，等到下课后，他用很轻而严肃的声音郑重地说："某某等一等出去。"于是这位某某同学只得站着。等到别的同学都出去了，他又用轻而严肃的声音向这某某同学和气地说："下次上课时不要看别的书。"或者："下次痰不要吐在地板上。"说过之后他微微一鞠躬，表示"你出去吧"。出来的人大都脸上发红，带着难为情的表情（我每次在教室外等着，亲自看到的）。又有一次下音乐课，最后出去的人无心把门一拉，碰得太重，发出很大的声音。他走了数十步之后，李先生走出门来，满面和气地叫他转来。等他到了，李先生又叫他进教室来。进了教室，李先生用很轻而严肃的声音向他和气地说："下次走出教室，轻轻地关门。"就对他一鞠躬，送他出门，自己轻轻地把门关了。最不易忘却的，是有一次上弹琴课的时候。我们是师范生，每人都要学弹琴，全校有五六十架风琴及两架钢琴。风琴每室两架，给学生练习用；钢琴一架放在唱歌教室里，一架放在弹琴教室里。上弹琴课时，十数人为一组，环立在琴旁，看李先生范奏。有一次正

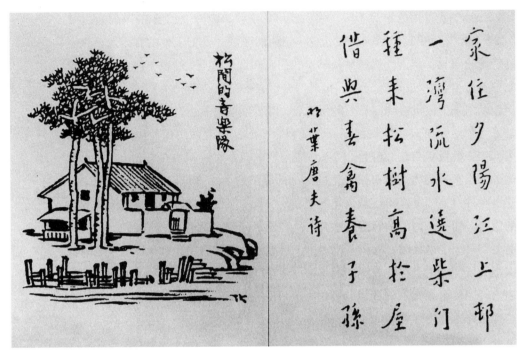

家住夕阳江上邨

一湾流水遶柴门

种来松树高于屋

借与喜禽养子孙

　　叶唐夫诗

丰子恺　松间的音乐队

在范奏的时候，有一个同学放一个屁，没有声音，却是很臭。钢琴，李先生及十数同学全部沉浸在亚莫尼亚气体中。同学大都掩鼻或发出讨厌的声音。李先生眉头一皱，自管自弹琴（我想他一定屏息着）。弹到后来，亚莫尼亚气散光了，他的眉头方才舒展。教完以后，下课铃响了。李先生立起来一鞠躬，表示散课。散课以后，同学还未出门，李先生又郑重地宣告："大家等一等去，还有一句话。"大家又肃立了。李先生又用很轻而严肃的声音和气地说："以后放屁，到门外去，不要放在室内。"接着又一鞠躬，表示叫我们出去。同学都忍着笑，一出门来，大家快跑，跑到远处去大笑一顿。

　　李先生用这样的态度来教我们音乐，因此我们上音乐课时，觉得比其他一切课更严肃。同时对于音乐教师李叔同先生，比对其他教师更敬仰。他虽然常常请假，没有一个人怨他，似乎觉得他请假是应该的。但读者要知道，他的受人崇敬，不仅是为了上述的郑重态度的原故；他的受人崇敬使人真心地折服，是另有背景的。背景是什么呢？就是他的人格。他的人格，值得我们崇敬的有两点：第一点是凡事认真，第二点是多才多艺。先讲第一点：李先生一生的最大特点是"凡事认真"。他对于一件事，不做则已，要做就非做得彻底不可。他出身于富裕之家，他的父亲是天津有名的银行家。他是第五位姨太太所生。他父亲生他时，年已七十二岁。他堕地后就遭父丧，又逢家庭之变，青年时就陪了他的生母南迁上海。在上海南洋公学读书奉母时，他是一个翩翩公子。当时上海文坛有著名的沪学会，李先生应沪学会征文，名字屡列第一。从此他就为沪上名人所器重，而交游日广，终以"才子"驰名于当时的上海。所以后来他母亲死了，他赴日本留学的时候，作一首《金缕曲》，词曰："披发佯狂走。莽中原暮鸦啼彻几株衰柳。破碎河山谁收拾，零落西风依旧。便惹得离人消瘦。行矣临流重太息，说相思刻骨双红豆。愁黯黯，浓于酒。漾情不断淞波溜。恨年年絮飘萍泊，庶难回首。二十文章惊海内，毕竟空谈何有！听匣底苍龙狂吼。长夜西风眠不得，度群生那惜心肝剖。是祖国，忍孤负？"读这首词，可想见他当时豪气满胸，爱国热情炽盛。他出家时把过去的照片统统送我，我曾在照片中看见过当时在上海的他：丝、绒碗帽，正中缀一方白玉，曲襟背心，花缎袍子，后面挂着胖辫子，底下缀带扎脚管，双梁厚底鞋子，头抬得很高，英俊之气，流露于眉目间。（读者恐没有见过上述的服装。这是光绪年间上海最时髦的打扮。问你们的祖父母，一定知道。）真是当时上海一等的翩翩公子。这是最初表示他的特性：凡事认真。他立意要做翩翩公子，就彻底的做个翩翩公子。

后来他到日本，看见明治维新的文化，就渴慕西洋文明。他立刻放弃了翩翩公子的态度，改做一个留学生。他入东京美术学校，同时又入音乐学校。这些学校都是模仿西洋的，所教的都是西洋画和西洋音乐。李先生在南洋公学时英文学得很好；到了日本，就买了许多西洋文学书。他出家时曾送我一部残缺的原本《莎士比亚全集》，他对我说："这书我从前细读过，有许多笔记在上面，虽然不全，也是纪念物。"由此可想见他在日本时，对于西洋艺术全面进攻，绘画、音乐、文学、戏剧都研究。后来他在日本创办春柳剧社，纠集留学同志，共演当时西洋著名的悲剧《茶花女》（小仲马著）。他自己把腰束小，把发拖长，粉墨登场，扮作茶花女。这照片，他出家时也送给我，一向归我保藏，直到抗战时为兵火所毁。现在我还记得这照片：卷发，白的上衣，白的长裙拖着地面，腰身小到一把，两手举起托着后头，头向右歪侧，眉峰紧蹙，眼波斜睇，正是茶花女自伤命薄的神情。另外还有许多演剧的照片，不可胜记。这春柳剧社后来迁回中国，李先生就脱出，由另一班人去办，便是中国最初的"话剧"社。由此可以想见，李先生在日本时，是彻头彻尾的一个留学生。我见过他当时的照片：高帽子、硬领、硬袖、燕尾服、史的克（手杖）、尖头皮鞋，加之长身、高鼻，没有脚的眼镜夹在鼻梁上，竟活像一个西洋人。这是第二次表示他的特性：凡事认真。学一样，像一样。要做留学生，就彻底的做个留学生。

他回国后，在上海《太平洋报》报社当编辑。不久，就被南京高等师范请去教图画、音乐。后来又应杭州浙江两级师范学校（就是我就学的浙江第一师范的前身。李先生从两级师范一直教到第一师范）之聘，同时教两地两校，每月中半个月住南京，半个月住杭州。两校都请助教，他不在时由助教代课。这时候，李先生已由留学生变为"教师"。这一变，变得真彻底：漂亮的洋装不穿了，却换上灰色粗布袍子、黑布马褂、布底鞋子。金丝边眼镜也换了黑的钢丝边眼镜。他是一个修养很深的美术家，所以对于仪表很讲究。虽然布衣，形式却很称身，色泽常常整洁。他穿布衣，全无穷相，而另具一种朴素的美。你可想见，他是扮过茶花女的，身材生得非常窈窕。穿了布衣，仍是一个美男子。"淡妆浓抹总相宜"，这诗句原是描写西子的，但拿来形容我们的李先生的仪表，也最适用。今人侈谈"生活艺术化"，大都好奇立异，非艺术的。李先生的服装，才真可称为生活的艺术化。他一时代的服装，表出着一时代的思想与生活。各时代的思想与生活判然不同，各时代的服装也判然不同。布衣布鞋的李先生，与洋装时代的李先生、曲襟背心时代的李先生，判若三人。这是第三次表示他的特性：认真。

我二年级时，图画归李先生教。他教我们木炭石膏模型写生。同学一向描惯临画，起初无从着手。四十余人中，竟没有一个人描得像样的。后来他范画给我们看。画毕把范画揭在黑板上。同学们大都看着黑板临摹。只有我和少数同学，依他的方法从石膏模型写生。我对于写生，从这时候开始发生兴味。我到此时，恍然大悟：那些粉本原是别人看了实物而写生出来的。我们也应该直接从实物写生入手，何必临摹他人，依样画葫芦呢？于是我的画进步起来。有一晚，我为级长的公事，到李先生房间里去报告。报告毕，我将退出，李先生喊我转来，又用很轻而严肃的声音和气地对我说："你的图画进步快。我在南京和杭州两处教课，没有见过像你这样进步快速的人。你以后可以……"当晚这几句话，便确定了我的一生。可惜我不记得年月日时，又不相信算命。如果记得，而又迷信算命先生的话，算起命来，这一晚一定是我一生中一个重要关口。因为从这晚起，我打定主意，专门学画，把一生奉献给艺术，直到现在没

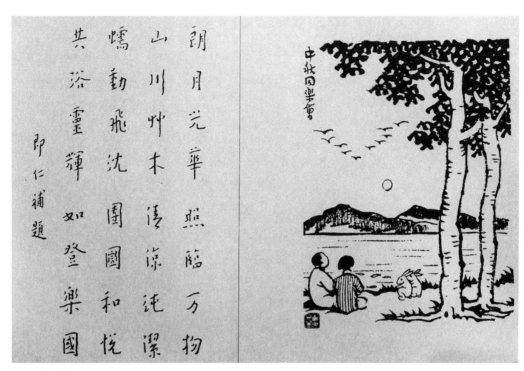

朗月光华，照临万物，山川草木，清凉纯洁，翔勤飞沈，团圞和悦，共浴灵辉，如登乐国

印仁补题

丰子恺　中秋同乐会

有变志。从这晚以后，我对师范学校的功课忽然懈怠，常常逃课学画。以前学期考试联列第一，此后一落千丈，有时竟考末名。幸有前两年的好成绩，平均起来，毕业成绩犹得第二十名。这些关于我的话现在不应详述。且说李先生自此以后，与我接近的机会更多。因为我常去请他教画，又教日本文。因此以后的李先生的生活，我所知道的更为详细。他本来常读性理的书，后来忽然信了道教，案头常常放着道教的经书。那时我还是一个毛头青年，谈不到宗教。李先生除绘事外，并不对我谈道。但我发见他的生活日渐收敛起来，像一个人就要动身赴远方时的模样。他常把自己不用的东西送给我。后来又介绍我从夏丏尊先生学日本文，因他没有工夫教我。他的朋友日本画家大野隆德、河合新藏、三宅克已等到西湖来写生时，他带了我去请他们吃一次饭，以后就把这些日本人交给我，叫我引导他们（我当时已能讲普通应酬的日本话）。他自己就关起房门来研究道学。有一天，他决定入大慈山去断食，我有课事，不能陪去，由校工闻玉陪去。数日之后，我去望他。见他躺在床上，面容消瘦，但精神很好，对我讲话，同平时差不多。他断食共十七日，由闻玉扶起来，摄一个

影，影片上端由闻玉题字："李息翁先生断食后之像，侍子闻玉题。"这照片后来制成明信片分送朋友。像的下面用铅字排印着："某年月日，入大慈山断食十七日，身心灵化，欢乐康强——欣欣道人记。"李先生这时候已由"教师"一变而为"道人"了。学道就断食十七日，也是他凡事认真的表示。

但他学道的时候很短。断食以后，不久他就学佛。他自己对我说：他的学佛是受马一浮先生指示的。出家前数日，他同我到西湖玉泉去看一位程中和先生。这程先生原来是当军人的，现在退伍，住在玉泉，正想出家为僧。李先生同他谈得很久。此后不久，我陪大野隆德到玉泉去投宿，看见一个和尚坐着，正是这位程先生。我想称他"程先生"，觉得不合。想称他法师，又不知道他的法名（后来知道是弘伞）。一时周章得很。我回去对李先生讲了，李先生告诉我，他不久也要出家为僧，就做弘伞的师弟。我愕然不知所对。过了几天，他果然辞职，要去出家。出家的前晚，他叫我和同学叶天瑞、李增庸三人到他的房间里，把房间里所有的东西送给我们三人。第二天，我们三人送他到虎跑。我们回来分得了他的"遗产"，再去望他时，他已光着头皮，穿着僧衣，俨然一位清癯的法师了。我从此改口，称他为"法师"。法师的僧腊（就是做和尚的年代）二十四年。这二十四年中，我颠沛流离，他一贯到底，而且修行功夫愈进愈深。当初修净土宗，后来又修律宗。律宗是讲究戒律的。一举一动，都有规律，做人认真得很。这是佛门中最难修的一宗。数百年来，传统断绝，直到弘一法师方才复兴，所以佛门中称他为"重兴南山律宗第十一代祖师"。修律宗如何认真呢？一举一动，都要当心，勿犯戒律（戒律很详细，弘一法师手写一部，昔年由中华书局印行的，名曰《四分律比丘戒相表记》）。举一例说：有一次我寄一卷宣纸去，请弘一法师写佛号。宣纸很多，佛号所需很少。他就要来信问我，余多的宣纸如何处置。我原是多备一点，由他随意处置的，但没有说明，这些纸的所有权就模糊，他非问明不可。我连忙写回信去说，多余的纸，赠与法师，请随意处置。以后寄纸，我就预先说明这一点了。又有一次，我寄回件邮票去，多了几分。他把多的几分寄还我。以后我寄邮票，就预先声明：多余的邮票送与法师。诸如此类，俗人马虎的地方，修律宗的人都要认真。有一次他到我家。我请他藤椅子里坐。他把藤椅子轻轻摇动，然后慢慢地坐下去。起先我不敢问。后来看他每次都如此，我就启问。法师回答我说："'这椅子里头，两根藤之间，也许有小虫伏着。突然坐下去，要把它们压死，所以先摇动一下，慢慢地坐下去，好让它们走避。"读者听到这话，也许要笑。但这正是做人认真至极的表示。模仿这种认真的精神去做社会事业，何事不成，何功不就？我们对于宗教上的事情，不可拘泥其"事"，应该观察其"理"。

如上所述，弘一法师由翩翩公子一变而为留学生，又变而为教师，三变而为道人，四变而为和尚。每做一种人，都十分像样。好比全能的优伶：起老生像个老生，起小生像个小生，起大面又很像个大面……都是"认真"的原故。以上已经说明了李先生人格上的第一特点。

李先生人格上的第二特点是"多才多艺"。西洋文艺批评家批评德国的歌剧大家华葛纳尔（瓦格纳）（Wagner）有这样的话："阿普洛（阿波罗）（Appolo，文艺之神）右手持文才，左手持乐才，分赠给世间的文学家和音乐家。华葛纳尔却兼得了他两手的赠物。"意思是说，华葛纳尔能作曲，又能作歌，所以做了歌剧大家。拿这句话批评我们的李先生，实在还不够用。李先生不但能作曲，能作歌，又能作画，作文，吟诗，填词，写字，治金石，演剧。他对于艺术，差不多全般皆能。而且每种都很出色。专门一种的艺术家大都不及他，要向他学习。作曲和作歌，读者可在开明书店出版的《中文名歌五十曲》中窥见。这集子中载着李先生的作品不少。每曲都脍炙人口。他的油画，大部分寄存在北平（北京）美专，现在大概还在北平。写实风而兼印象派笔调，每幅都很稳健，精到，为我国洋画界难得的佳作。他的诗词文章，载在从前出版的《南社文集》中，典雅秀丽，不亚于苏曼殊。他的字，功夫尤深，早年学黄山谷，中年专研北碑，得力于《张猛龙碑》尤多。晚年写佛经，脱胎化骨，自成一家，轻描淡写，毫无烟火气。他的金石，同字一样秀美。出家前，他的友人把他所刻的印章集合起来，藏在西湖上西泠印社的石壁的洞里。洞口用水泥封好，题着"息翁印藏"四字（现在也许已被日本人偷去）。他的演剧，前已说过，是中国话剧的鼻祖。总之，在艺术上，他是无所不精的一个作家。艺术之外，他又曾研究理学（阳明、程、朱之学，他都做过功夫。后来由此转入道教，又转入佛教的）。研究外国文，……李先生多才多艺，一通百通。所以他虽然只教我音乐图画，他所擅长的却不止这两种。换言之，他的教授图画音乐，有许多其他修养作背景，所以我们不得不崇敬他。借夏先生的话来讲：他做教师，有人格作背景，好比佛菩萨的有"后光"。所以他从不威胁学生，而学生见他自生畏敬。从不严责学生（反之，他自己常常请假），而学生自会用功。他是实行人格感化的一位大教育家。我敢说：自有学校以来，自有教师以

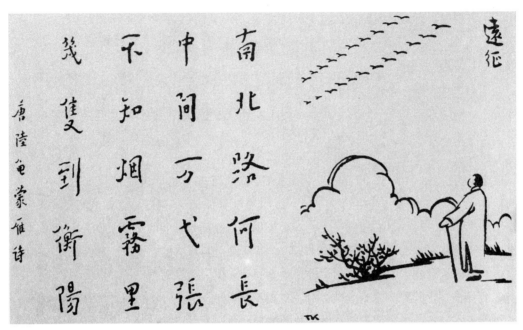

南北路何长　中间万弋张　不知烟露里　几只到衡阳

唐陆龟蒙雁诗

丰子恺　远征

来，未有盛于李先生者也。

青年的读者，看到这里，也许要发生这样的疑念：李先生为什么不做教育家，不做艺术家，而做和尚呢？

是的，我曾听到许多人发这样的疑问。他们的意思，大概以为做和尚是迷信的，消极的，暴弃的，可惜得很！倘不做和尚，他可在这僧腊二十四年中教育不少的人才，创作不少的作品，这才有功于世呢。

这话，近看是对的，远看却不对。用低浅的眼光，从世俗习惯上看，办教育，制作品，实实在在的事业，当然比做和尚有功于世。远看，用高远的眼光，从人生根本上看，宗教的崇高伟大，远在教育之上。——但在这里须加重要声明：一般所谓佛教，千百年来早已歪曲化而失却真正佛教的本意。一般佛寺里的和尚，其实是另一种奇怪的人，与真正佛教毫无关系。因此世人对佛教的误解，越弄越深。和尚大都以念经念佛做道场为营业。居士大都想拿佞佛来换得世间名利恭敬，甚或来生福报。还有一班恋爱失败，经济破产，作恶犯罪的人走投无路，遁入空门，以佛门为避难所。于是乎，未曾认明佛教真相的人，就排斥佛教，指为消极，迷信，而非打倒不可。歪曲的佛教应该打倒；但真正的佛教，崇高伟大，胜于一切。——读者只要穷究自身的意义，便可相信这话。譬如：为什么入学校？为了欲得教养。为什么欲得教养？为了要做事业。为什么要做事业？为了满足你的人生欲望。再问下去，为什么要满足你的人生欲望？你想了一想，一时找不到根据，而难于答复。你再想一想，就会感到疑惑与虚空。你三想的时候，也许会感到苦闷与悲哀。这时候你就要请教"哲学"，和他的老兄"宗教"。这时候你才相信真正的佛教高于一切。

所以李先生的放弃教育与艺术而修佛法，好比出于幽谷，迁于乔木，不是可惜的，正是可庆的。

弘一法师逝世（1943 年 10 月 13 日）后第一百六十七日作于四川五通桥旅舍。（本篇为上海万叶书店 1946 年 10 月初版的《率真集》所收二十五篇随笔之一，选自《丰子恺文集》第 6 卷。）

我与弘一法师[1]
——厦门佛学会讲稿，民国卅七年十一月廿八日

弘一法师是我学艺术的教师，又是我信宗教的导师。我的一生，受法师影响很大。厦门是法师近年经行之地，据我到此三天内所见，厦门人士受法师的影响也很大；故我与厦门人士不啻都是同窗弟兄。今天佛学会要我演讲，我惭愧修养浅薄，不能讲弘法利生的大义，只能把我从弘一法师学习艺术宗教时的旧事，向诸位同窗弟兄谈谈，还请赐我指教。

我十七岁入杭州浙江第一师范，廿岁[2] 毕业以后没有升学。我受中等学校以上学校教育，只此五年。这五年间，弘一法师，那时称为李叔同先生，便是我的图画音乐教师。图画音乐两科，在现在的学校里是不很看重的；但是奇怪得很，在当时我们的那间浙江第一师范里，看得比英、国、算还重。我们有两个图画专用的教室，许多石膏模型，两架钢琴，五十几架风琴。我们每天要花一小时去练习图画，花一小时以上去练习弹琴。大家认为当然，恬不为怪，这是什么原故呢？因为李先生的人格和学问，统制了我们的感情，折服了我们的心。他从来不骂人，从来不责备人，态度谦恭，同出家后完全一样；然而个

[1] 本篇曾载 1948 年 12 月 12 日《京沪周刊》第 2 卷第 99 期。——编者注。
[2] 作者 22 岁毕业于浙江省立第一师范学校。——编者注。

个学生真心的怕他，真心的学习他，真心的崇拜他。我便是其中之一人。因为就人格讲，他的当教师不为名利，为当教师而当教师，用全副精力去当教师。就学问讲，他博学多能，其国文比国文先生更高，其英文比英文先生更高，其历史比历史先生更高，其常识比博物先生更富，又是书法金石的专家，中国话剧的鼻祖。他不是只能教图画音乐，他是拿许多别的学问为背景而教他的图画音乐。夏丏尊先生曾经说："李先生的教师，是有后光的。"像佛菩萨那样有后光，怎不教人崇拜呢？而我的崇拜他，更甚于他人。大约是我的气质与李先生有一点相似，凡他所欢喜的，我都欢喜。我在师范学校，一二年级都考第一名；三年级以后忽然降到第二十名，因为我旷废了许多师范生的功课，而专心于李先生所喜的文学艺术，一直到毕业。毕业后我无力升大学，借了些钱到日本去游玩，没有进学校，看了许多画展，听了许多音乐会，买了许多文艺书，一年后回国，一方面当教师，一方面埋头自习，一直自习到现在，对李先生的艺术还是迷恋不舍。李先生早已由艺术而升华到宗教而成正果，而我还彷徨在艺术宗教的十字街头，自己想想，真是一个不肖的学生。

他怎么由艺术升华到宗教呢？当时人都诧异，以为李先生受了什么刺激，

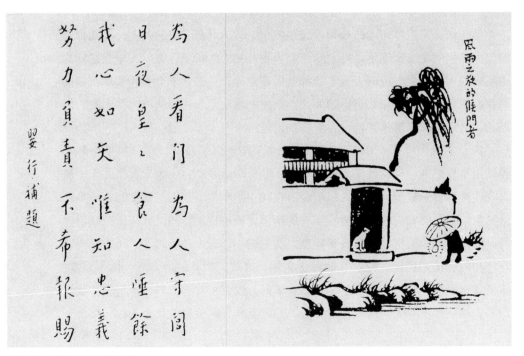

丰子恺　风雨之夜的候门者

忽然"遁入空门"了。我却能理解他的心，我认为他的出家是当然的。我以为人的生活，可以分作三层：一是物质生活，二是精神生活，三是灵魂生活。物质生活就是衣食。精神生活就是学术文艺。灵魂生活就是宗教。"人生"就是这样的一个三层楼。懒得（或无力）走楼梯的，就住在第一层，即把物质生活弄得很好，锦衣玉食，尊荣富贵，孝子慈孙，这样就满足了。这也是一种人生观。抱这样的人生观的人，在世间占大多数。其次，高兴（或有力）走楼梯的，就爬上二层楼去玩玩，或者久居在里头。这就是专心学术文艺的人。他们把全力贡献于学问的研究，把全心寄托于文艺的创作和欣赏。这样的人，在世间也很多，即所谓"知识分子"，"学者"，"艺术家"。还有一种人，"人生欲"很强，脚力很大，对二层楼还不满足，就再走楼梯，爬上三层楼去。这就是宗教徒了。他们做人很认真，满足了"物质欲"还不够，满足了"精神欲"还不够，必须探求人生的究竟。他们以为财产子孙都是身外之物，学术文艺都是暂时的美景，连自己的身体都是虚幻的存在。他们不肯做本能的奴隶，必须追究灵魂的来源，宇宙的根本，这才能满足他们的"人生欲"。这就是宗教徒。世间就不过这三种人。我虽用三层楼为比喻，但并非必须从第一层到第二层，然后得到第三层。有很多人，从第一层直上第三层，并不需要在第二层勾留。还有许多人连第一层也不住，一口气跑上三层楼。不过我们的弘一法师，是一层一层的走上去的。弘一法师的"人生欲"非常之强！他的做人，一定要做得彻底。他早年对母尽孝，对妻尽爱，安住在第一层楼中。中年专心研究艺术，发挥多方面的天才，便是迁居在二层楼了。强大的"人生欲"不能使他满足于二层楼，于是爬上三层楼去，做和尚，修净土，研戒律，这是当然的事，毫不足怪。做人好比喝酒：酒量小的，喝一杯花雕酒已经醉了，酒量大的，喝花雕嫌淡，必须喝高粱酒才能过瘾。文艺好比是花雕，宗教好比是高粱。弘一法师酒量很大，喝花雕不能过瘾，必须喝高粱。我酒量很小，只能喝花雕，难得喝一日高粱而已。但喝花雕的人，颇能理解喝高粱者的心。故我对于弘一法师的由艺术升华到宗教，一向认为当然，毫不足怪。

艺术的最高点与宗教相接近。二层楼的扶梯的最后顶点就是三层楼，所以弘一法师由艺术升华到宗教，是必然的事。弘一法师在闽中，留下不少的墨宝。这些墨宝，在内容上是宗教的，在形式上是艺术的——书法。闽中人士久受弘一法师的熏陶，大都富有宗教信仰及艺术修养。我这初次入闽的人，看见这情形，非常歆羡，十分钦佩！

前天参拜南普陀寺，承广洽法师的指示，瞻观弘一法师的故居及其手种杨柳，又看到他所创办的佛教养正院。广义法师要我为养正院书联，我就集唐人诗句："须知诸相皆非相，能使无情尽有情"，写了一副。这对联挂在弘一法师所创办的佛教养正院里，我觉得很适当。因为上联说佛经，下联说艺术，很可表明弘一法师由艺术升华到宗教的意义。艺术家看见花笑，听见鸟语，举杯邀明月，开门迎自云，能把自然当作人看，能化无情为有情，这便是"物我一体"的境界。更进一步，便是"万法从心"、"诸相非相"的佛教真谛了。故艺术的最高点与宗教相通。最高的艺术家有言："无声之诗无一字，无形之画无一笔。"可知吟诗描画，平平仄仄，红红绿绿，原不过是雕虫小技，艺术的皮毛而已。艺术的精神，正是宗教的。古人云："文章一小技，于道未为尊。"又曰："太上立德，其次立言。"弘一法师教人，亦常引用儒家语："士先器识而后文艺。"所谓"文章"，"言"，"文艺"，便是艺术；所谓"道"，"德"，"器识"，正是宗教的修养。宗教与艺术的高下重轻，在此已经明示；三层楼当然在二层楼之上的。

我脚力小，不能追随弘一法师上三层楼，现在还停留在二层楼上，斤斤于一字一笔的小技，自己觉得很惭愧。但亦常常勉力爬上扶梯，向三层楼上望望。故我希望：学宗教的人，不须多花精神去学艺术的技巧，因为宗教已经包括艺术了。而学艺术的人，必须进而体会宗教的精神，其艺术方有进步。久驻闽中的高僧，我所知道的还有一位太虚法师。他是我的小同乡，从小出家的。他并没有弄艺术，是一口气跑上三层楼的。但他与弘一法师，同样地是旷世的高僧，同样地为世人所景仰。可知在世间，宗教高于一切。在人的修身上，器识重于一切。太虚法师与弘一法师，异途同归，各成正果。文艺小技的能不能，在大人格上是毫不足道的。我愿与闽中人士以二法师为模范而共同勉励。

（发表于1948年12月12日《京沪周刊》第2卷第99期，选自《丰子恺文集》第6卷。）

"艺术的逃难"

那年日本军在广西南宁登陆，向北攻陷宾阳。浙江大学正在宾阳附近的宜山，学生、教师扶老携幼，仓皇向贵州逃命。道路崎岖，交通阻塞，大家吃尽千辛万苦，才到得安全地带。我正是其中之一人，带了从一岁到七十二岁的眷属十人，和行李十余件，好容易来到遵义。看见比我早到的张其昀先生，他幽默地说："听说你这次逃难很是'艺术的'？"我不禁失笑，因为我这次逃难，的确是受艺术的帮忙。

其实与其称为"艺术的逃难"，不如称为"宗教的逃难"。因为如果没有"缘"，艺术是根本无用的。且让我告诉你这逃难的经过：那时我还在浙江大学任教。因为宜山每天两次警报，不胜奔命之苦，我把老弱者六人送到百余里外的思恩县的学生家里。自己和十六岁以上的儿女四人（三女一男）住在宜山；我是为了教课，儿女是为了读书。敌兵在南宁登陆之后，宜山的人，大家忧心悄悄，计划逃难。然因学校当局未有决议，大家无所适从。我每天逃两个警报，吃一顿酒，迁延度日。现在回想，真是糊里糊涂！

不久宾阳沦陷了！宜山空气极度紧张。汽车大敲竹杠。"大难临头各自飞"，不管学校如何，大家各自设法向贵州逃。我家分两处，呼应不灵，如

之奈何！幸有一位朋友，代我及其他两家合雇一辆汽车，竹杠敲得不重，一千二百元（廿八（1939）年的）送到都匀。言定经过离此九十里的德胜站时，添载我在思恩的老弱六人。同时打长途电话到思恩，叫他们连夜收拾，明晨一早雇滑竿到四十里外的德胜站，等候我们的汽车来载。岂知到了开车的那一天，大家一早来到约定地点，而汽车杳无影踪。等到上午，车还是不来，却挂了一个预报球！行李尽在路旁，逃也不好，不逃也不好，大家捏两把汗。幸而警报不来；但汽车也不来！直到下午，始知被骗。丢了定洋一百块钱（1939年的），站了一天公路。这一天真是狼狈之极！

找旅馆住了一夜。第二日我决定办法：叫儿女四人分别携带轻便行李，各自去找车子，以都匀为目的地。谁先到目的地，就在车站及邮局门口贴个字条，说明住处，以便相会。这样，化整为零，较为轻便了。我惦记着在德胜站路旁候我汽车的老弱六人，想找短路汽车先到德胜。找了一个朝晨，找不到。却来了一个警报，我便向德胜的公路上走。息下脚来，已经走了数里。我向来车招手，他们都不睬，管自开过。一看表还只八点钟，我想，求人不如求己，我决定徒步四十五里到怀远站，然后再找车子到德胜。拔脚迈进，果然走到了怀远。

怀远我曾到过，是很热闹的一个镇。但这一天很奇怪：我走上长街，店门都关，不见人影。正在纳罕，猛忆"岂非在警报中？"连忙逃出长街，一口气走了三四里路，看见公路旁村下有人卖团子，方才息足。一问，才知道是紧急警报！看表，是下午一点钟。问问吃团子的两个兵，知道此去德胜，还有四十里，他们是要步行赴德胜的。我打听得汽车，滑竿都无希望，便再下一个决心，继续步行。我吃了一碗团子，用毛巾填在一只鞋子底里，又脱下头上的毛线帽子来，填在另一只鞋子底里。一个兵送我一根绳，我用绳将鞋和脚扎住，使不脱落。然后跟了这两个兵，再上长途。我准拟在这一天走九十里路，打破我平生走路的记录。

路上和两个兵闲谈，知道前面某处常有盗匪路劫。我身上有钞票八百余元（1939年的），担起心来。我把八百元整数票子从袋里摸出，用破纸裹好，握在手里。倘遇盗匪，可把钞票抛在草里，过后再回来找。幸而不曾遇见盗匪，天黑，居然走到了德胜。到区公所一问，知道我家老弱六人昨天一早就到，住在某伙铺里。我找到伙铺，相见互相惊讶，谈话不尽。此时我两足酸痛，动弹不得。伙铺老板原是熟识的，为我沽酒煮菜。我坐在被窝里，一边饮酒，一边谈话，感到特殊的愉快。颠沛流离的生活，也有其温暖的一面。

次日得宜山友人电话，知道我的儿女四人中，三人已于当日找到车子出发。啊！原来在我步行九十里的途中，他们三人就在我身旁驶过的车子里，早已疾行先长者而去了！我这里有七十二岁的老岳母、我的老姐、老妻、十一岁的男孩、十岁的女孩，以及一岁多的婴孩，外加十余件行李。这些人物，如何运往贵州呢？到车站问问，失望而回。又次日，又到车站，见一车中有浙大学生。蒙他们帮忙，将我老姐及一男孩带走，但不能带行李。于是留在德胜的，还有老小五人，和行李十余件，这五人不能再行分班，找车愈加困难。而战事日益逼近，警报每天两次。我的头发便是在这种时光不知不觉地变白的！

在德胜空住了数天，决定坐滑竿，雇挑夫，到河池，再觅汽车。这早上来了十二名广西苦力，四乘滑竿，四个脚夫，把人连物，一齐扛走。迤逦而西，晓行夜宿，三天才到河池。这三天的生活竟是古风。旧小说中所写的关山行旅之状，如今更能理解了。

河池地方很繁盛，旅馆也很漂亮。我赁居某旅馆，楼上一室，镜台、痰

盂、茶具、蚊帐，一切俱全，竟像杭州的二三等旅馆。老板是读书人，知道我的"大名"，招待得很客气，但问起向贵州的汽车，他只有摇头。我起个大早，破晓就到车站去找车子，但见仓皇、拥挤、混乱之状，不可向迩，废然而返。第二天又破晓到车站，我手里拿了一大束钞票而找司机。有的看看我手中的钞票，抱歉地说，人满了，搭不上了！有的问我有几个人，我说人三个，行李八件（其实是五个，十二件），他好像吓了一跳，掉头就走。如是者凡数次。我颓唐地回旅馆。站在窗前怅望，南国的冬日，骄阳艳艳，青天漫漫，而予怀渺渺，后事茫茫，这一群老幼，流落道旁，如何是好呢？传闻敌将先攻河池，包围宜山、柳州。又传闻河池日内将有大空袭。这晴明的日子，正是标准的空袭天气。一有警报，我们这位七十二岁的老太太怎样逃呢？万一突然打到河池来，那更不堪设想了！

这样提心吊胆地过了好几天，前途似乎已经绝望。旅馆老板安慰我说："先生还是暂时不走，在这里休息一下，等时局稍定再说。"我说："你真是一片好心！但是，万一打到这里来，我人地生疏，如之奈何？"他说："我有家在山中，可请先生同去避乱。"我说："你真是义士！我多蒙照拂了。但流亡之人，何以为报呢？"他说："若得先生到乡，趁避乱之暇，写些书画，给我子孙世代宝藏，我便受赐不浅了！"在这样交谈之下，我们便成了朋友。我心中已有七八分跟老板入山；二三分还想觅车向都匀走。

次日，老板拿出一副大红闪金纸对联来，要我写字。说："老父今年七十，蛰居山中。做儿子的糊口四方，不能奉觞上寿，欲乞名家写联一副，托人带去，聊表寸草之心，可使蓬荜生辉！"我满口答允。就到楼下客厅中写对。墨早磨好，浓淡恰到好处，我提笔就写。普通庆寿的八言联，文句也不值得记述了。那闪金纸是不吸水的，墨渖堆积，历久不干。门外马路边太阳光作金黄色。他的管账提议：抬出门外去晒，老板反对，说怕被人踏损了。管账说："我坐着看管！"就由茶房帮同，把墨迹淋漓的一副大红对联抬了出去。我写字时，暂时忘怀了逃难。这时候又带了一颗沉重的心，上楼去休息，岂知一线生机，就在这里发现。

老板亲自上楼来，说有一位赵先生要见我。我想下楼，一位穿皮上衣的壮年男子已经走上楼来了。他握住我的手，连称"久仰"，"难得"。我听他的口音，是无锡、常州之类，乡音入耳，分外可亲。就请他在楼上客间里坐谈。他是此地汽车加油站的站长，来得不久。适才路过旅馆，看见门口晒着红对子，是我写的，而墨迹未干，料想我一定在旅馆内，便来访问。我向他诉说了来由和苦衷，他慷慨地说："我有办法。也是先生运道太好：明天正有一辆运汽油的车子开都匀。所有空位，原是运送我的家眷，如今我让先生先走。途中只说我的眷属是了。"我说："那么你自己呢？"他说："我另有办法。况且战事尚未十分逼近，我是要到最后才好走的。"讲定了，他起身就走，说晚上再同司机来看我。

我好比暗中忽见灯光，惊喜之下，几乎雀跃起来。但一刹那间，我又消沉，颓唐，以至于绝望。因为过去种种忧患伤害了我的神经，使它由过敏而变成衰弱。我对人事都怀疑。这江苏人与我萍水相逢，他的话岂可尽信？况在找车难于上青天的今日，我岂敢盼望这种侥幸！他的话多分是不负责的。我没有把这话告诉我的家人，免得她们空欢喜。

岂知这天晚上，赵君果然带了司机来了。问明人数，点明行李，叮嘱司机。之后，他拿出一卷纸来，要我作画。我就在灯光之下，替他画了一幅墨画。这件事我很乐愿，同时又很苦痛。赵君慷慨乐助，救我一家出险，我写一幅画送他留个永念，是很乐愿的。但在作画这件事说，我一向欢喜自动，兴到落笔，毫无外力强迫，为作画而作画，这才是艺术品，如果为了敷衍应酬，为了交换条件，为了某种目的或作用而作画，我的手就不自然，觉得画出来的笔笔没有意味，我这个人也毫无意味。故凡笔债——平时友好请求的，和开画展时重订的——我认为一件苦痛的事。为避免这苦痛，我把纸整理清楚，叠在手边。待兴到时，拉一张来就画。过后补题上款，送给请求者。总之，我欢喜画的时候不知道为谁而画，或为若干润笔而画，而只知道为画而画。这才有艺术的意味。这掩耳盗铃之计，在平日可行，在那时候却行不通。为了一个情不可却的请求，为了交换一辆汽车，我不得不在疲劳忧伤之余，在昏昏灯火之下，用恶劣的纸笔作画。这在艺术上是一件最苦痛，最不合理的事！但我当晚勉力执行了。

次日一早，赵君亲来送行，汽车顺利地开走。下午，我们老幼五人及行李十二件，安全地到达了目的地都匀。汽车站壁上贴着我的老姐及儿女们的住址，他们都已先到了。全家十一人，在离散了十六天之后，在安全地带重行团聚，老幼俱各无恙。我们找到了他们的时候，大家笑得合不拢嘴来。正是"人世难逢开口笑，茅台须饮两千杯！"这晚上十一人在中华饭店聚餐，我饮茅台酒大醉。

一个普通平民，要在战事紧张的区域内舒泰地运出老幼五人和十余件行李，确是难得的事。我全靠一副对联的因缘，居然得到了这权利。当时朋友们夸饰为美谈。这就是张其昀先生所谓"艺术的逃难"。但当时那副对联倘不拿出去晒，赵君无由和我相晃，我就无法得到这权利，我这逃难就得另换一种情状。也许更好；但也许更坏：死在铁蹄下，转乎沟壑……都是可能的事。人真是可怜的动物！极微细的一个"缘"，例如晒对联，可以左右你的命运，操纵你的生死。而这些"缘"都是天造地设，全非人力所能把握的。寒山子诗云："碌碌群汉子，万事由天公。"人生的最高境界，只有宗教。所以我说，我的逃难，与其说是"艺术的"，不如说是"宗教的"。人的一切生活，都可说是"宗教的"。

赵君名正民，最近还和我通信。

三十五（1946）年四月二十九日于重庆。

（本篇为上海万叶书店1946年10月初版的《率真集》所收二十五篇随笔之一，选自《丰子恺文集》第6卷。）

大人

自来佛法难对俗人讲。后秦释僧肇论物不迁，开头说："谈真则逆俗，顺俗则违真。逆俗则言淡而无味，违真则迷性而莫返。故中人未分于存亡，下士抚掌而弗顾。"僧肇的时代，正当我国佛教空气非常浓重的时候。秦主苻坚为了求鸠摩罗什，命大将军吕光率铁甲兵十万伐龟兹。后秦主嗣兴也为了求鸠摩罗什，大举伐凉，灭了凉国而夺得鸠摩罗什来，供养他在宫中，请他翻译佛经。当时朝廷何等提倡佛教，盖可想见。上好之，下必有甚者，当时民间何等崇奉佛法，亦可想见。然而不拘何等提倡，何等崇奉，佛法之理还是不可说。故此论开头就说"中人未分于存亡，下士抚掌而弗顾"。这两句话原出老子："中士闻道，若存若亡。下士闻道大笑之。"老子之道尚且如此，而况于佛法乎。

佛法所以难被理解的原因，自来都从人的主观的赋秉方面说。谓上根利智的人，方可与言；若中根下根的人，则因所秉智慧薄弱，故听了或者茫然不解，或者认为荒诞而抚掌大笑。但我读经，每到若存若亡的时候，除自叹赋秉贫弱外，又常向客观方面，抱怨自然与人的比例支配得不良，致使中根以下的人慑于自然的空威，因而顺俗违真，迷性莫返。

自然与人的比例支配的不良在于何处呢？一言以蔽之：大小相差太远。在这大小悬殊的对比之下，中根以下的人就胁于对方势力的强大，不得不确认世间为牢不可破的真实，而笑佛说"虚空"为虚空了。

人生时间的太短，是使俗众迷真莫返的第一原因。有史至今，已是人生的百倍。而况史前还有不可限量的太古，今后还有不可想象的未来呢？我们回观过去，但见汗牛充栋地陈列着记载史实的书，每部都是古人费了毕生的日月而著成的。我们倘要研究，从童年到白首也研究不尽。提纲择要地浏览，但见书中记载着传统数千年的王朝，持续数百年的战争，还有累代帝王合力造成的长城，运河，金字塔，与大寺院。这些陈迹确凿地罗列在我们的眼前，绝非虚构。我们眺望未来，但见现代文明负着伟大的使命，安排着野心的计划，准备着无限的展开。对目前的繁华而推测千年后的世界，二千年后的世界，三千年后的世界，令人不堪设想。而我之一生所能参与于其间的，只是区区数十年的日月！因此人生有"朝露"，"大梦"，"电光石火"，"白驹过隙"之叹。你倘告诉一般人说：古今就是许多一生的集合，一生就是整个古今的代表，古今不过是许多一生的反复，一生具足着古今的性能，他抚掌大笑而不顾。因为比例相差太远，他没有这么远大的眼光，不能见到你所说的话。

人身所占空间太小，是使俗众迷真莫返的又一原因。天高无限，地广无际，而人身不过七尺。坐在亭子间里，这七尺之躯似乎也够大了。一旦走出门外，低垣也比你的头高，小屋也比你的身体大。粉墙高似青天，危楼上千云霄。相形之下，人身便似蝼蚁，不得不情怯气馁。古来帝王利用这作用，竭万夫之力，建造高大的宫殿，使自己所住的房子比百姓的身体高数十倍，使百姓见了心生畏敬，不敢抬头。埃及的帝王，死后还要建造比人身高数百倍的坟墓，使百姓在他的坟墓前自惭形小，不敢弹动他的王祚。然而这也只能在七尺之躯面前逞威。你倘离开城市，走入大自然的怀里，但见高山峨峨，层出不穷，大水洋洋，流泛无极。这里一个小丘比宫殿还大，一个浪头比金字塔还高。吾人的七尺之躯，对此高山只能仰止，望此大水惟有兴叹。倘再仰起头来看看，更要使你吃惊：天之高也，星辰之远也，苍茫无极，不可以道里计。前之高山大水，在这下面又相形见小了。于是人生有"沧海一粟"之叹。在沧海与一粟的悬殊比例之下，一粟就退避三舍，觉得这藐小的自己毫不足道，而那广大的沧海正是根深蒂固的真实的存在。你倘告诉他说：沧海是你的倍数，你是沧海的因数，你身中具足着沧海的性状呀！但他抚掌大笑而不顾。因为比例相差太远，他没有这么远大的眼光，不能见到你所说的话。

人心的智力大小，是使俗众迷真莫返的又一原因。过去的历史很长，遗下来的文献太多。十年窗下的钻研，所钻到的还只是一部分。廿四史已经读不胜读了，四库全书更浩如渊海，单读目录也费许多时光。这里面记载着的都是人生的事，都是前人留告后人的话。这里面蕴藏着种种广博的知识，种种高深的学理。能够用毕生的心力来探得一种，其人已算是聪明好学之士了。人世的范围很大，要研究的事也太多。天文，地理，动物，植物，矿学，物理，化学，医药，美术，工业，机械，政治，经济，法律……没有一样不是人生所应该知道的事，又没有一样不是毕生的心力所研究不尽的。能够用毕生的心力来贯通了某一种的一部分，其人已可顶戴学士、硕士、博士或专家的荣名了。加之世间各国方言各异，而交通方便；为了生活的要求，一国的人非学他国的语言文字不可。若欲广博地应付或研究，更非兼习数国的语言文字不可。各国的语言文字，各有其构造，各有其习性。学通一国的语言文字，虽上智者也不能速成；中人大都需要数年，下愚学了数年还只略识之无。中学的课程中，英文为必修课，每天教学一小时。shall（〔我〕将）与wiII（〔你，他〕将），tobe（是）与to have（有），纠缠不清地缠了六年，高中毕业生中还有许多人看不懂英文报。英文只是求学工具之一种耳！但人生里有几个六年呢？于是人生就叹"学无止境"。又说"生也有涯，知也无涯"。明者知道"以有涯攻无涯"之路不通，能从书本里抬起头来观望世间，思索人生的根蒂。但昧者没有这眼光，他们但见世间的学问太多，人的心力太小；在这大小悬殊的比例之下，但觉自己的心何等浅陋而贫乏，世间的学问何等广大而丰富；具有如此广大丰富的学问的世间，定是根深蒂固的真实的存在。你倘告诉他说：万种世智犹如大树王的枝叶，你的心才是大树王的根蒂呀！万种学问犹如大江河的支流，你的心才是大江河的源泉呀！世间一切都在你的心中呀！但他抚掌大笑而不顾。因世知太多，障蔽了他的眼光，他不能见到你所说的话。

人生的物力太小，是使俗众迷真莫返的又一原因。人间的建设，照理，田园是为人食而种的，房屋是为人住而造的，百工是为人用而兴的，交通是为人行而办的，学校是为人学而设的，医院是为人病而设的。但在事实，能完全享受这些建设的人很少。有病不得医者有之，有子不得学者有之，有身而不得衣食住行者有之。勉强维持最低限度的衣食住行而渡世者，占大多数。他们但得

黄莺何处知消息
便解寻香隔竹来

丰子恺　春消息

工作一天，换得三餐一觉，已应感天谢地，不许更有奢望于人世。他们偶入都市，观于富人之家，朱栏长廊，画栋雕梁，锦衣玉食，宝马香车。而自己的物力曾不能办到他的一个车轮。他们偶入京城，观于王者之居，千雉严城，九重宫阙，前列卫队，后曳罗绮。而自己的物力曾不能办到他后宫中的一只丝袜。他们也曾窥过银行，看见铜栏杆里面的法币成堆，同杂货店里的毛草纸一样。而自己毕生的劳作曾不能换得它的一束。他们也曾看报，知道某家喜庆的费用几万，某月化妆品的输入几十万，某项公债的数目几百万，某年战争的损失几千万，某国军事的设备几万万。而自己毕生的收入曾不及这种数目的零头。少数拥有物力的富贵的俗众，其力比较起世间的物力来又相形见小，因而其心也不餍足，仍在叹羡世间的富贵。于是一切俗众，皆叹羡世间，而确信其为真实的存在了。自来弃俗出家的人，半是穷极无聊，走投无路之辈。因此佛教向被俗众视为失意者的避难所。而衣食住行，名利恭敬，成了一切俗众生活的南针。茶馆，酒店中，红头赤颈地谈判着的，没有一个不是关于衣食住行的问题。办公室，会议厅中，冠冕堂皇地讨论着的，没有一件不是关于名利恭敬的事。但这是无足怪的。因为世间物力与个人物力的比例，相差太远。在这悬殊的比例之下，他们但觉自己何等贫乏，世间何等充实，哪有胆量来否定世间的真实的存在呢？你倘告诉他说：衣食住行之外，你还有更切身的问题没有顾着呢！名利恭敬之外，你还有更重大的问题没有顾着呢！但他抚掌大笑而不顾。因为物欲太盛，迷住了他的心窍。他不能相信你的话。

　　人生幸而有了无上的智慧。又不幸而得了这样短促的生命，这样藐小的身躯，这样薄弱的心力，与这样贫乏的物力，致使中人以下的俗众，慑于客观世间的强大，而俯首听命，迷真莫返。假如自然能改良其支配，使人的生命再长一点，人的身躯再大一点，人的心力再强一点，人的物力再富一点，使人处世如乘火车，如搭轮船，那么人与世的比例相差不会这么远，就容易看到时间空间的真相，而不复为世知物欲之所迷了。

　　但世间自有少数超越自然力的人，不待自然改良其支配，自能看到人生宇宙的真相。他们的寿命不一定比别人长，也许比别人更短，但能与无始无终相抗衡。他们的身躯不一定比别人大，也许比别人更小，但能与天地宇宙相比肩。他们的知识不一定比别人多，也许比别人更少，然而世事的根源无所不知。他们的物力不一定比别人富，也许比别人更贫，然而物欲不能迷他的性。这样的人可称之为"大人"。因为他自能于无形中将身心放大，而以浩劫为须臾，以天地为室庐，其住世就同乘火车，搭轮船一样。

　　只因其大无形，俗众不得而见。故虽有大人，往往为俗众所非笑。但这也不足怪。像老子云："下士闻道大笑之，不笑不足以为道。"

廿五（1936）年四月廿一日作，曾载《宇宙风》。

（本篇为上海开明书店 1937 年 1 月初版的《缘缘堂随笔》所收二十篇随笔之一，选自《丰子恺文集》第 5 卷。）

杀身成仁

　　贪生恶死，是一切动物的本能，人是动物之一，当然也有这种本能，但人贪生恶死，与其他动物的贪生恶死有点不同：其他动物的贪生恶死是无条件的。人的贪生恶死则为有条件的。古人云："人之所以异于禽兽者几希。"这几希可说就在于此。

何谓无条件的？只要吃得着东西就吃，只要逃得脱性命就逃，而不顾其他一切道理，叫做无条件的。人以外的动物都如此，狗争食肉骨头，猫争食鱼骨头，母鸡被捆，小鸡管自逃走，母猪被杀，小猪管自吃食，不是人所常见的吗？

何谓有条件？照道理可以吃，方才肯吃。照道理活不得，情愿死去。这叫做有条件的。条件就是道理。故人可说是讲道理的动物。除了白痴及法西斯暴徒以外，世间一切人都是讲道理的动物。

许多动物中，何以只有人讲道理呢？是为了人具有别的动物所没有的一件宝贝，这宝贝名叫"同情"。同情就是用自己的心来推谅别人的心。人间一切道德，一切文明，皆从这点出发。

孔子曰："己所不欲，勿施于人。"又曰："己欲立而立人，己欲达而达人。"这就是说：自己所不愿有的事，不要使别人有。自己要立身，希望别人都立身。自己要发达，希望别人都发达。故韩诗外传曰："己恶饥寒焉，则知天下之欲衣食也。己恶劳苦焉，则知天下之欲安佚也。己恶衰乏焉，则知天下之欲富足也。"这便是孔予所谓"忠恕"。忠恕就是同情的扩充。我国古代的圣人，普遍爱护一切同类。故孟子说："禹思天下有溺者，犹己溺之也。稷思天下有饥者，犹己饥之也。"伊尹也是如此，孟子说他"思天下之民，匹夫匹妇，有不被尧舜之泽者，若己推而纳之沟中"。他们为什么能如此？就为了富有同情。同情极度扩张，能把全人类看作一个身体。左手受伤，右手岂能独乐？一颗牙齿痛，全身为之不安。这样，"一己"和"大群"就不可分离。我就有"小我"和"大我"。小我就是一身，大我就是全群。

孔子曰："志士仁人，无求生以害仁，有杀身以成仁。"求生害仁，就是贪小我而不顾大我。杀身成仁，就是除小我以保全大我。子贡问政，子曰："足食，足兵，民信之矣。"子贡曰："必不得已而去，于斯三者何先？"孔子曰："去兵。"子贡曰："必不得已而去，于斯二者何先？"孔子曰："去食。自古皆有死，民无信不立。"信就是做人的道理。倘去信而保全食，就同不讲道理的禽兽一样。人是讲道理的动物，故最后必然去食而保住信。去食虽杀身，但人道可以保全。即虽失小我，而大我无恙。人总有一死。失了身体还是小事，倘失了人道，则万人万世沦为禽兽，损失甚大。志士仁人，因富有同情，故能为全体着想，故能杀身成仁。

　　舍小我以全大我，轻身体而重精神，不独志士仁人如此，一般人都有如此的倾向。孟子说得很详细："鱼，我所欲也。熊掌，亦我所欲也。二者不可得兼，舍鱼而取熊掌者也。生我所欲也，义亦我所欲也。二者不可得兼，舍生而取义者也。生亦我所欲，所欲有甚于生者，故不为苟得也。死亦我所恶，所恶有甚于死者，故患有所不避也。"他又加以反证："如使人之所欲莫甚于生，则凡可以得生者，何不用也？使人之所恶莫甚于死，则凡可以避患者，何不为也？"然后加以结论："由是则生，而有不用也。由是可以避患，而有不为也。是故所欲有甚于生者，所恶有甚于死者，非独贤者有是心也，人皆有之。贤者能勿丧耳。"他又举一个实例："一箪食，一豆羹，得之则生，弗得则死。嘑尔而与之，行道之人勿受。蹴尔而与之，乞人不屑也。"这就是前面所谓照道理可以吃，方才肯吃。照道理活不得，情愿死去。除了疯狂者及法西斯暴徒以外，凡人皆有此心，即凡人皆有杀身成仁之心，不过强弱厚薄有等差耳。

1939 年。

（发表于 1939 年 12 月 1 日上海《大美报》。作者在本文的一篇抄稿上，曾将题目写成"伟大的同情"。选自《丰子恺文集》第 5 卷。）

无常之恸

　　无常之恸，大概是宗教启信的出发点吧。一切慷慨的，忍苦的，慈悲的，舍身的，宗教的行为，皆建筑在这一点心上。故佛教的要旨，被包括在这个十六字偈内："诸行无常，是生灭法。生灭灭已，寂灭为乐。"这里下二句是佛教所特有的人生观与宇宙观，不足为一般人道；上两句却是可使谁都承认的一般公理，就是宗教启信的出发点的"无常之恸"。这种感情特强起来，会把人拉进宗教信仰中。但与宗教无缘的人，即使反宗教的人，其感情中也常有这种分子在那里活动着，不过强弱不同耳。

　　在醉心名利的人，如多数的官僚，商人，大概这点感情最弱。他们仿佛被荣誉及黄金蒙住了眼，急急忙忙地拉到鬼国里，在途中毫无认识自身的能力与余暇了。反之，在文艺者，尤其是诗人，尤其是中国的诗人，更尤其是中国古代的诗人，大概这点感情最强，引起他们这种感情的，大概是最能暗示生灭相的自然状态，例如春花，秋月，以及衰荣的种种变化。他们见了这些小小的变化，便会想起自然的意图，宇宙的秘密，以及人生的根柢，因而兴起无常之恸。在他们的读者——至少在我一个读者——往往觉到这些部分最可感动，最易共鸣。因为在人生的一切叹愿——如惜别，伤逝，失恋，辗轲等——中，没有比无常更普遍地为人人所共感的了。

《法华经》偈云：“诸法从本来，常示寂灭相。春至百花开，黄莺啼柳上。”这几句包括了一切诗人的无常之叹的动机。原来春花是最雄辩地表出无常相的东西。看花而感到绝对的喜悦的，只有醉生梦死之徒，感觉迟钝的痴人，不然，佯狂的乐天家。凡富有人性而认真的人，谁能对于这些昙花感到真心的满足？谁能不在这些泡影里照见自身的姿态呢？古诗十九首中有云：“伤彼蕙兰花，含英扬光辉。过时而不采，将随秋草萎。”大概是借花叹惜人生无常之滥觞。后人续弹此调者甚多。最普通传诵的，如：

“劝君莫惜金缕衣，劝君惜取少年时。花开堪折直须折，莫待无花空折枝！”（李锜妾）

“今年花似去年好，去年人到今年老。始知人老不如花，可惜落花君莫扫！（下略）”（岑参）

“一月主人笑几回？相逢相值且衔杯！眼看春色如流水，今日残花昨日开！”（崔惠童）

“梁园日暮乱飞鸦，极目萧条三两家。庭树不知人去尽，春来还发旧时花。”（岑参）

“越王宫里似花人，越水溪头采白蘋。白蘋未尽人先尽，谁见江南春复春？”（阙名）

慨惜花的易谢，妒羡花的再生，大概是此类诗中最普通的两种情怀。像“春风欲劝座中人，一片落红当眼堕。”“年年岁岁花相似，岁岁年年人不同。”便是用一两句话明快地道破这种情怀的好例。

最明显地表示春色，最力强地牵惹人心的杨柳，自来为引人感伤的名物。桓温的话是一个很好的证例：“昔年移植，依依汉南。今看摇落，凄怆江潭。树犹如此，人何以堪？”在纸上读了这几句文句，已觉恻然于怀；何况亲眼看见其依依与凄怆的光景呢？唐人诗中，借杨柳或类似的树木为兴感之由，而慨叹人事无常的，不乏其例，亦不乏动人之力。像：

"江风霏霏江草齐，六朝如梦鸟空啼。无情最是台城柳，依旧烟笼十里堤。"（韦庄）

炀帝行宫汴水滨，数株残柳不胜春。晚来风起花如雪，飞入官墙不见人。"（刘禹锡）

"梁苑隋堤事已空，万条犹舞旧春风。那堪更想千年后，谁见杨华入汉宫？"（韩琮）

"入郭登桥出郭船，红楼日日柳年年。君王忍把平陈业，只换雷塘数亩田？"（罗隐，《炀帝陵》）

"三十年前此院游，木兰花发院新修。如今再到经行处，树老无花僧白头。"（王播）

"汾阳旧宅今为寺，犹有当时歌舞楼。四十年来车马散，古槐深巷暮蝉愁。"（张籍）

"门前不改旧山河，破房曾经马伏波。今日独经歌舞地，古槐疏冷夕阳多。"（赵嘏）

凡自然美皆能牵引有心人的感伤，不独花柳而已。花柳以外，最富于此种牵引力的，我想是月。因月兴感的好诗之多，不胜屈指。把记得起的几首写在这里：

"山围故国周遭在，潮打空城寂寞回。淮水东边旧时月，夜深还过女墙来。"（刘禹锡，《石头城》）

"革遮回磴绝鸣銮，云树深深碧殿寒。明月自来还自去，更无人倚玉栏杆。"（崔鲁，《华清宫》）

"旧苑荒台杨柳新，菱歌清唱不胜春。只今唯有西江月，曾照吴王宫里人。"（李白，《苏台》）

"暮云收尽溢清寒，银汉无声转玉盘。此生此夜不长好，明月明年何处看？"（杜牧之，《中秋》）

"独上江楼思悄然，月光如水水如天。同来玩月人何在？风景依稀似去年。"（赵嘏，《江楼书怀》）

由花柳兴感的，有以花柳自况之心，此心常转变为对花柳的怜惜与同情。由月兴感的，则完全出于妒羡之心，为了它终古如斯地高悬碧空，而用冷眼对下界的衰荣生灾作壁上观。但月的感人之力，一半也是夜的环境所助成的。夜

丰子恺　被弃的小猫

的黑暗能把外物的诱惑遮住，使人专心于内省，耽于内省的人，往往慨念无常，心生悲感。更怎禁一个神秘幽玄的月亮的挑拨呢？故月明人静之夜，只要是敏感者，即使其生活毫无忧患而十分幸福，也会兴起惆怅。正如唐人诗所云："小院无人夜，烟斜月转明。清宵易惆怅，不必有离情。"

　　与万古常新的不朽的日月相比较，下界一切生灭，在敏感者的眼中都是可悲哀的状态。何况日月也不见得是不朽的东西呢？人类的理想中，不幸而有了"永远"这个幻象，因此在人生中平添了无穷的感慨。所谓"往事不堪回首"的一种情怀，在诗人——尤其是中国古代诗人——的笔上随时随处地流露着。有人反对这种态度，说是逃避现实，是无病呻吟，是老生常谈。不错，有不少的旧诗作者，曾经逃避现实而躲入过去的憧憬中或酒天地中，有不少的皮毛诗人曾经学了几句老生常谈而无病呻吟。然而真从无常之恸中发出来的感怀的佳作，其艺术的价值永远不朽——除非人生是永远朽的。会朽的人，对于眼前的

丰子恺　卷帘飞入两蜻蜓

衰荣兴废岂能漠然无所感动？"笙歌归院落，灯火下楼台。"这一点小暂的衰歇之象，已足使履霜坚冰的敏感者兴起无穷之慨；已足使顿悟的智慧者痛悟无常呢！这里我又想起的有四首好诗：

寥落故行宫，宫花寂寞红。白头宫女在，闲坐说玄宗。

朱雀桥边野草花，乌衣巷口夕阳斜。旧时王谢堂前燕，飞入寻常百姓家。

越王勾践破吴归，战士还家尽锦衣。宫女如花满春殿，只今唯有鹧鸪飞。

伤心欲问南朝事，唯见江流去不回。日暮东风春草绿，鹧鸪飞上越王台。

这些都是极通常的诗，我幼时曾经无心地在私塾学童的无心的口上听熟过。现在它们却用了一种新的力而再现于我的心头。人们常说平凡中寓有至理。我现在觉得常见的诗中含有好诗。

其实"人生无常"，本身是一个平凡的至理。"回黄转绿世间多，后来新妇变为婆。"这些回转与变化，因为太多了，故看作当然时便当然而不足怪。但看作惊奇时，又无一不可惊奇。关于"人生无常"的话，我们在古人的书中常常读到，在今人的口上又常常听到。倘然你无心地读，无心地听，这些话都是陈腐不堪的老生常谈。但倘然你有心地读，有心地听，它们就没有一字不深深地刺入你的心中。古诗中有着许多痛快地咏叹"人生无常"的话：古诗十九首中就有了不少：

> 人生寄一世，奄忽若飙尘。何不策高足，先据要路津？
>
> 浩浩阴阳移，年命如朝露。人生忽如寄，寿无金石固。万岁更相送，圣贤莫能度。
>
> 青青陵上柏，磊磊涧中石。人生天地间，忽如远行客。
>
> 人生非金石，焉能长寿考？奄忽随物化，荣名以为宝。

此外我能想起的也很多：

> 对酒当歌，人生几何？譬如朝露，去日苦多。（魏武帝）
>
> 惊风飘白日，光景驰西流。盛时不可再，百年忽我遒。生存华屋处，零落归山丘。（曹植）
>
> 置酒高堂，悲歌临觞。人寿几何？逝如朝霜。时元重至，华不再阳。（陆机）
>
> 欢乐极兮哀情多，少壮几时兮奈老何！（汉武帝）
>
> 采采荣木，结根于兹。晨耀其花，夕已丧之。人生若寄，憔悴有时。静心孔念，中心怅而。（陶潜）
>
> 朝为媚少年，夕暮成丑老。自非王子晋，谁能常美好？（阮籍）
>
> 君不见黄河之水天上来，奔流到海不复回？君不见高堂明镜悲白发，朝如青丝暮成雪？（李白）
>
> 白日何短短，百年苦易满。苍穹浩茫茫，万劫太极长。麻姑垂两鬓，一半已成霜。天公见玉女，大笑亿千场。吾欲揽六龙，回车挂扶桑。北斗

酌美酒，劝龙各一觞。富贵非所愿，为人驻颓光。（李白）

美人为黄土，况乃粉黛假。当时侍金舆，故物独石马。忧来藉草坐，浩歌泪盈把。冉冉问征途，谁是长年者？（杜甫）

青山临黄河，下有长安道。世上名利人，相逢不知老。（孟郊）

这些话，何等雄辩地向人说明"人生无常"之理！但在世间，"相逢不知老"的人毕竟太多，因此这些话都成了空言。现世宗教的衰颓，其原因大概在此。现世缺乏慷慨的，忍苦的，慈悲的，舍身的行为，其原因恐怕也在于此。

甘四（1935）年十二月廿六日，曾载《宇宙风》。
（本篇为上海开明书店 1937 年 1 月初版的《缘缘堂再笔》所收二十篇随笔之一，选自《丰子恺文集》第 5 卷。）

华瞻的日记

一

隔壁二十三号里的郑德菱，这人真好！今天妈妈抱我到门口，我看见她在水门汀上骑竹马。她对我一笑，我分明看出这一笑是叫我去一同骑竹马的意思。我立刻还她一笑，表示我极愿意，就从母亲怀里走下来，和她一同骑竹马了。两人同骑一枝竹马，我想转弯了，她也同意；我想走远一点，她也欢喜；她说让马儿吃点草，我也高兴；她说把马儿系在冬青上，我也觉得有理。我们真是同志和朋友！兴味正好的时候，妈妈出来拉住我的手，叫我去吃饭。我说："不高兴。"妈妈说："郑德菱也要去吃饭了！"果然郑德菱的哥哥叫着"德菱！"也走出来拉住郑德菱的手去了。我只得跟了妈妈进去。当我们将走进各自的门口的时候，她回头向我一看，我也回头向她一看，各自进去，不见了。

我实在无心吃饭。我晓得她一定也无心吃饭。不然，何以分别的时候她不对我笑，而且脸上很不高兴呢？我同她在一块，真是说不出的有趣。吃饭何必急急？即使要吃，尽可在空的时候吃。其实照我想来，像我们这样的同志，天天在一块吃饭，在一块睡觉，多好呢？何必分作两家？即使要分作两家，反正爸爸同郑德菱的爸爸很要好，妈妈也同郑德菱的妈妈常常谈笑，尽可你们大人作一块，我们小孩子作一块，不更好吗？

丰子恺　菊萎犹开卧地花

　　这"家"的分配法，不知是谁定的，真是无理之极了。想来总是大人们弄出来的。大人们的无理，近来我常常感到，不止这一端：那一天爸爸同我到先施公司去，我看见地上放着许多小汽车、小脚踏车，这分明是我们小孩子用的，但是爸爸一定不肯给我拿一部回家，让它许多空摆在那里。回来的时候，我看见许多汽车停在路旁；我要坐，爸爸一定不给我坐，让它们空停在路旁。又有一次，娘姨抱我到街里去，一个揸着许多小花篮的老太婆，口中吹着笛子，手里拿着一只小花篮，向我看，把手中的花篮递给我；然而娘姨一定不要，急忙抱我走开去。这种小花篮，原是小孩子玩的，况且那老太婆明明表示愿意给我，娘姨何以一定叫我不要接呢？娘姨也无理，这大概是爸爸教她的。

　　我最欢喜郑德菱。她同我站在地上一样高，走路也一样快，心情志趣都完全投合。宝姐姐或郑德菱的哥哥，有些不近情的态度，我看他们不懂。大概是他们身体长大，稍近于大人，所以心情也稍像大人的无理了。宝姐姐常常要说我"痴"。我对爸爸说，要天不下雨，好让郑德菱出来，宝姐姐就用指点着我，说："瞻瞻痴！"怎么叫"痴"？你每天不来同我玩耍，夹了书包到学校里去，难道不是"痴"吗？爸爸整天坐在桌子前，在文章格子上一格一格地填字，难道不是"痴"吗？天下雨，不能出去玩，不是讨厌的吗？我要天不要下雨，正是近情合理的要求。我每天晚上听见你要爸爸开电灯，爸爸给你开了，满房间就明亮；现在我也要爸爸叫天不下雨，爸爸给我做了，晴天岂不也爽快呢？你何以说我"痴"？郑德菱的哥哥虽然没有说我什么，然而我总讨厌他。我们玩耍的时候，他常常板起脸，来拉郑德菱，说"赤了脚到人家家里，不怕难为情！"又说"吃人家的面包，不怕难为情！"立刻拉了她去。"难为情"是大人们惯说的话，大人们常常不怕厌气，端坐在椅子里，点头，弯腰，说什么"请，请"，"对不起"，"难为情"一类的无聊的话。他们都有点像大人了！

啊！我很少知己！我很寂寞！母亲常常说我"会哭"，我哪得不哭呢？

二

今天我看见一种奇怪的现状：

吃过糖粥，妈妈抱我走到吃饭间里的时候，我看见爸爸身上披一块大白布，垂头丧气地朝外坐在椅子上，一个穿黑长衫的麻脸的陌生人，拿一把闪亮的小刀，竟在爸爸后头颈里用劲地割。啊哟！这是何等奇怪的现状！大人们的所为，真是越看越稀奇了！爸爸何以甘心被这麻脸的陌生人割呢？痛不痛呢？

更可怪的，妈妈抱我走到吃饭间里的时候，她明明也看见这爸爸被割的骇人的现状。然而她竟毫不介意，同没有看见一样。宝姐姐夹了书包从天井里走进来，我想她见了一定要哭。谁知她只叫一声"爸爸"，向那可怕的麻子一看，就全不经意地到房间里去挂书包了。前天爸爸自己把手指割开了，他不是大叫"妈妈"，立刻去拿棉花和纱布来吗？今天这可怕的麻子咬紧了牙齿割爸爸的头，何以妈妈和宝姐姐都不管呢？我真不解了。可恶的，是那麻子。他耳朵上还夹着一支香烟，同爸爸夹铅笔一样。他一定是没有铅笔的人，一定是坏人。

后来爸爸挺起眼睛叫我："华瞻，你也来剃头，好否？"

爸爸叫过之后，那麻子就抬起头来，向我一看，露出一颗闪亮的金牙齿来。我不懂爸爸的话是什么意思，我真怕极了。我忍不住抱住妈妈的项颈而哭了。这时候妈妈、爸爸和那个麻子说了许多话，我都听不清楚，又不懂。只听见"剃头"、"剃头"，不知是什么意思。我哭了，妈妈就抱我由天井里走出门外。走到门边的时候，我偷眼向里边一望，从窗缝窥见那麻子又咬紧牙齿，在割爸爸的耳朵了。

门外有学生在抛球，有兵在体操，有火车开过。妈妈叫我不要哭，叫我看火车。我悬念着门内的怪事，没心情去看风景，只是凭在妈妈的肩上。

我恨那麻子，这一定不是好人。我想对妈妈说，拿棒去打他。然而我终于不说。因为据我的经验，大人们的意见往往与我相左。他们往往不讲道理，硬要我吃最不好吃的"药"，硬要我做最难当的"洗脸"，或坚不许我弄最有趣的水、最好看的火。今天的怪事，他们对之都漠然，意见一定又是与我相左的。我若提议去打，一定不被赞成。横竖拗不过他们，算了吧。我只有哭！最可怪的，平常同情于我的弄水弄火的宝姐姐，今天也跳出门来笑我，跟了妈妈说我"痴子"。我只有独自哭！有谁同情于我的哭呢？

到妈妈抱了我回来的时候，我才仰起头，预备再看一看，这怪事怎么样了？那可恶的麻子还在否？谁知一跨进墙门槛，就听见"拍，拍"的声音。走进吃饭间，我看见那麻子正用拳头打爸爸的背。"拍，拍"的声音，正是打的声音。可见他一定是用力打的，爸爸一定很痛。然而爸爸何以任他打呢？妈妈何以又不管呢？我又哭。妈妈急急地抱我到房间里，对娘姨讲些话，两人都笑起来，都对我讲了许多话。然而我还听见隔壁打人的"拍，拍"的声音，无心去听她们的话。

爸爸不是说过"打人是最不好的事"吗？那一天软软不肯给我香烟牌子，我打了她一掌，爸爸曾经骂我，说我不好；还有那一天我打碎了寒暑表，妈妈打了我一下屁股，爸爸立刻抱我，对妈妈说"打不行。"何以今天那麻子在打爸爸，大家不管呢？我继续哭，我在妈妈的怀里睡去了。

我醒来，看见爸爸坐在披雅娜（钢琴）旁边，似乎无伤，耳朵也没有割去，不过头很光白，像和尚了。我见了爸爸，立刻想起了睡前的怪事，然而他们——爸爸、妈妈等——仍是毫不介意，绝不谈起。我一回想，心中非常恐怖又疑惑。明明是爸爸被割项颈，割耳朵，又被用拳头打，大家却置之不问，任我一个人恐怖又疑惑。唉！有谁同情于我的恐怖？有谁为我解释这疑惑呢？

一九二七年初夏。

（发表于1927年6月《小说月报》第18卷第6号，选自《丰子恺文集》第5卷。）

给我的孩子们

我的孩子们！我憧憬于你们的生活，每天不止一次！我想委曲地说出来，使你们自己晓得。可惜到你们懂得我的话的意思的时候，你们将不复是可以使我憧憬的人了。这是何等可悲哀的事啊！

瞻瞻！你尤其可佩服。你是身心全部公开的真人。你什么事体都像拼命地用全副精力去对付。小小的失意，像花生米翻落地了，自己嚼了舌头了，小猫不肯吃糕了，你都要哭得嘴唇翻白，昏去一两分钟。外婆普陀去烧香买回来给你的泥人，你何等鞠躬尽瘁地抱他，喂他；有一天你自己失手把他打破了，你的号哭的悲哀，比大人们的破产，失恋，broken heart（心碎），丧考妣，全军覆没的悲哀都要真切。两把芭蕉扇做的脚踏车，麻雀牌堆成的火车，汽车，你何等认真地看待，挺直了嗓子叫"汪——"，"咕咕咕……"，来代替汽笛。宝姐姐讲故事给你听，说到"月亮姐姐挂下一只篮来，宝姐姐坐在篮里吊了上去，瞻瞻在下面看"的时候，你何等激昂地同她争，说"瞻瞻要上去，宝姐姐在下面看！"甚至哭到漫姑面前求去审判。我每次剃了头，你真心地疑我变了和尚，好几时不要我抱。最是今年夏天，你坐在我膝上发见了我腋下的长毛，当作黄鼠狼的时候，你何等伤心，你立刻从我身上爬下去，起初眼瞪瞪地对我端相，继而大失所望地号哭，看看，哭哭，如同对被判定了死罪的亲友一样。你要我抱你到车站里去，多多益善地要买香蕉，满满地撷了两手回来，回到门口时你已经熟睡在我的肩上，手里的香蕉不知落在哪里去了。这是何等可佩服的真率，自然，与热情！大人间的所谓"沉默"，"含蓄"，"深刻"的美德，比起你来，全是不自然的，病的，伪的！

你们每天做火车，做汽车，办酒，请菩萨，堆六面画，唱歌，全是自动的，创造创作的生活。大人们的呼号"归自然！""生活的艺术化！""劳动的艺术化！"在你们面前真是出丑得很了！依样画几笔画，写几篇文的人称为艺术家，创作家，对你们更要愧死！

你们的创作力，比大人真是强盛得多哩：瞻瞻！你的身体不及椅子的一半，却常常要搬动它，与它一同翻倒在地上；你又要把一杯茶横转来藏在抽斗里，要皮球停在壁上，要拉住火车的尾巴，要月亮出来，要天停止下雨。在这等小小的事件中，明明表示着你们的小弱的体力与智力不足以应付强盛的创作欲、表现欲的驱使，因而遭逢失败。然而你们是不受大自然的支配，不受人类社会的束缚的创造者，所以你的遭逢失败，例如火车尾巴拉不住，月亮呼不出来的时候，你们决不承认是事实的不可能，总以为是爹爹妈妈不肯帮你们办到，同不许你们弄自鸣钟同例，所以愤愤地哭了，你们的世界何等广大！

你们一定想：终天无聊地伏在案上弄笔的爸爸，终天闷闷地坐在窗下弄引线的妈妈，是何等无气性的奇怪的动物！你们所视为奇怪动物的我与你们的母亲，有时确实难为了你们，摧残了你们，回想起来，真是不安心得很！

阿宝！有一晚你拿软软的新鞋子，和自己脚上脱下来的鞋子，给凳子的脚穿了，划袜立在地上，得意地叫"阿宝两只脚，凳子四只脚"的时候，你母亲喊着"龌龊了袜子！"立刻擒你到藤榻上，动手毁坏你的创作。当你蹲在榻上

丰子恺　温课

注视你母亲动手毁坏的时候，你的小心里一定感到"母亲这种人，何等杀风景而野蛮"吧！

瞻瞻！有一天开明书店送了几册新出版的毛边的《音乐入门》来。我用小刀把书页一张一张地裁开来，你侧着头，站在桌边默默地看。后来我从学校回来，你已经在我的书架上拿了一本连史纸印的中国装的《楚辞》，把它裁破了十几页，得意地对我说："爸爸！瞻瞻也会裁了！"瞻瞻！这在你原是何等成功的欢喜，何等得意的作品！却被我一个惊骇的"哼！"字喊得你哭了。那时候你也一定抱怨"爸爸何等不明"吧！

软软！你常常要弄我的长锋羊毫，我看见了总是无情地夺脱你。现在你一定轻视我，想道："你终于要我画你的画集的封面！"

最不安心的，是有时我还要拉一个你们所最怕的陆露沙医生来，教他用他的大手来摸你们的肚子，甚至用刀来在你们臂上割几下，还要教妈妈和漫姑擒住了你们的手脚，捏住了你们的鼻子，把很苦的水灌到你们的嘴里去。这在你们一定认为太无人道的野蛮举动吧！

孩子们！你们真果抱怨我，我倒欢喜；到你们的抱怨变为感谢的时候，我的悲哀来了！

我在世间，永没有逢到像你们样出肺肝相示的人。世间的人群结合，永没有像你们样的彻底地真实而纯洁。最是我到上海去干了无聊的所谓"事"回来，或者去同不相干的人们做了叫做"上课"的一种把戏回来，你们在门口或车站旁等我的时候，我心中何等惭愧又欢喜！惭愧我为什么去做这等无聊的事，欢喜我又得暂时放怀一切地加入你们的真生活的团体。

但是，你们的黄金时代有限，现实终于要暴露的。这是我经验过来的情形，也是大人们谁也经验过的情形。我眼看见儿时的伴侣中的英雄，好汉，一个个退缩，顺从，妥协，屈服起来，到像绵羊的地步。我自己也是如此。"后之视今，亦犹今之视昔"，你们不久也要走这条路呢！

我的孩子们！憧憬于你们的生活的我，痴心要为你们永远挽留这黄金时代在这册子里。然这真不过像"蜘蛛网落花"略微保留一点春的痕迹而已。且到你们懂得我这片心情的时候，你们早已不是这样的人，我的画在世间已无可印证了！这是何等可悲哀的事啊！

《子恺画集》代序，一九二六年耶诞节作。

（发表于 1926 年 12 月《文学周报》第 4 卷第 6 期，选自《丰子恺文集》第 5 卷。）

从孩子得到的启示

一

晚上喝了三杯老酒，不想看书，也不想睡觉，捉一个四岁的孩子华瞻来骑在膝上，同他寻开心。我随口问：

"你最喜欢什么事？"

他仰起头一想，率然地回答：

"逃难。"

我倒有点奇怪："逃难"两字的意义，在他不会懂得，为什么偏偏选择它？倘然懂得，更不应该喜欢了。我就设法探问他：

"你晓得逃难就是什么？"

"就是爸爸、妈妈、宝姐姐、软软……娘姨，大家坐汽车，去看大轮船。"

啊！原来他的"逃难"的观念是这样的！他所见的"逃难"，是"逃难"的这一面！这真是最可喜欢的事！

一个月以前，上海还属孙传芳的时代，国民革命军将到上海的消息日紧一日，素不看报的我，这时候也定一份《时事新报》，每天早晨看一遍。有一天，我正在看昨天的旧报，等候今天的新报的时候，忽然上海方面枪炮声起了，大家惊惶失色，立刻约了邻人，扶老携幼地逃到附近的妇孺救济会里去躲避。其实倘然此地果真进了战线，或到了败兵，妇孺救济会也是不能救济的。不过当时张皇失措，有人提议这办法，大家就假定它为安全地带，逃了进去。那里面地方很大，有花园、假山、小川、亭台、曲栏、长廊、花树、白鸽，孩子们一进去，登临盘桓，快乐得如入新天地了。忽然兵车在墙外轰过，上海方面的机关枪声、炮声，愈响愈近，又愈密了。大家坐定之后，听听，想想，方才觉到这里也不是安全地带，当初不过是自骗罢了。有决断的人先出来雇汽车逃往租界。每走出一批人，留在里面的人增一次恐慌。我们结合邻人来商议，也决定出来雇汽车，逃到杨树浦的沪江大学。于是立刻把小孩子们从假山中、栏杆内捉出来，装进汽车里，飞奔杨树浦了。

所以决定逃到沪江大学者，因为一则有邻人与该校熟识，二则该校是外国人办的学校，较为安全可靠。枪炮声渐远渐弱，到听不见了的时候，我们的汽车已到沪江大学。他们安排一个房间给我们住，又为我们代办膳食。傍晚，我坐在校旁的黄浦江边的青草堤上，怅望云水遥忆故居的时候，许多小孩子采

丰子恺 漫画手稿

花、卧草，争看无数的帆船、轮船的驶行，又是快乐得如入新天地了。

次日，我同一邻人步行到故居来探听情形的时候，青天白日的旗子已经招展在晨风中，人人面有喜色，似乎从此可庆承平了。我们就雇汽车去迎回避难的眷属，重开我们的窗户，恢复我们的生活。从此"逃难"两字就变成家人的谈话的资料。

这是"逃难"。这是多么惊慌、紧张而忧患的一种经历！然而人物一无损丧，只是一次虚惊；过后回想，这回好似全家的人突发地出门游览两天。我想假如我是预言者，晓得这是虚惊，我在逃难的时候将何等有趣！素来难得全家出游的机会，素来少有坐汽车、游览、参观的机会。那一天不论时，不论钱，浪漫地、豪爽地、痛快地举行这游历，实在是人生难得的快事！只有小孩子真果感得这快味！他们逃难回来以后，常常拿香烟篓子来叠作栏杆、小桥、汽车、轮船、帆船；常常问我关于轮船、帆船的事；墙壁上及门上又常常有有色粉笔画的轮船、帆船、亭子、石桥的壁画出现。可见这"逃难"，在他们脑中有难忘的欢乐的印象。所以今晚我无端地问华瞻最喜欢什么事，他立刻选定这"逃难"。原来他所见的，是"逃难"的这一面。

不止这一端：我们所打算，计较，争夺的洋钱，在他们看来个个是白银的浮雕的胸章；仆仆奔走的行人，血汗涔涔的劳动者，在他们看来个个是无目的地在游戏，在演剧；一切建设，一切现象，在他们看来都是大自然的点缀，装饰。

唉！我今晚受了这孩子的启示了：他能撤去世间事物的因果关系的网，看见事物的本身的真相。他是创造者，能赋给生命于一切的事物。他们是"艺术"的国土的主人。唉，我要从他学习！

二

两个小孩子，八岁的阿宝与六岁的软软，把圆凳子翻转，叫三岁的阿韦坐在里面。他们两人同他抬轿子。不知哪一个人失手，轿子翻倒了。阿韦在地板上撞了一个大响头，哭了起来。乳母连忙来抱起。两个轿夫站在旁边呆看。乳母问："是谁不好？"

阿宝说："软软不好。"

软软说："阿宝不好。"

阿宝又说："软软不好，我好！"

软软也说："阿宝不好，我好！"

阿宝哭了，说："我好！"

软软也哭了，说："我好！"

他们的话由"不好"转到了"好"。乳母已在喂乳，见他们哭了，就从旁调解：

"大家好，阿宝也好，软软也好，轿子不好！"

孩子听了，对翻倒在地上的轿子看看，各用手背揩揩自己的眼睛，走开了。

孩子真是愚蒙。直说"我好"，不知谦让。

所以大人要称他们为"童蒙"，"童昏"，要是大人，一定懂得谦让的方法：心中明明认为自己好而别人不好，口上只是隐隐地或转弯地表示，让众人看，让别人自悟。于是谦虚，聪明，贤慧等美名皆在我了。

讲到实在，大人也都是"我好"的。不过他们懂得谦让的一种方法，不像孩子地直说出来罢了。谦让方法之最巧者，是不但不直说自己好，反而故意说自己不好。明明在谆谆地陈理说义，劝谏君王，必称"臣虽下愚"。明明在自陈心得，辩论正义，或惩斥不良、训诫愚顽，表面上总自称"不佞"，"不慧"，或"愚"。习惯之后，"愚"之一字竟通用作第一身称的代名词，凡称"我"

处，皆用"愚"。常见自持正义而赤裸裸地骂人的文字函牍中，也称正义的自己为"愚"，而称所骂的人为"仁兄"。这种矛盾，在形式上看来是滑稽的；在意义上想来是虚伪的，阴险的。"滑稽"，"虚伪"，"阴险"，比较大人评孩子的所谓"蒙"，"昏"，丑劣得多了。

对于"自己"，原是谁都重视的。自己的要"生"，要"好"，原是普遍的生命的共通的大欲。今阿宝与软软为阿韦抬轿子，翻倒了轿子，跌痛了阿韦，是谁好谁不好，姑且不论；其表示自己要"好"的手段，是彻底地诚实，纯洁而不虚饰的。

我一向以小孩子为"昏蒙"。今天看了这件事，恍然悟到我们自己的昏蒙了。推想起来，他们常是诚实的，"称心而言"的；而我们呢，难得有一日不犯"言不由衷"的恶德！

唉！我们本来也是同他们那样的，谁造成我们这样呢？

一九二七年作。

（发表于 1927 年 7 月《小说月报》第 18 卷第 7 号，选自《丰子恺文集》第 5 卷。）

儿女

回想四个月以前，我犹似押送囚犯，突然地把小燕子似的一群儿女从上海的租寓中拖出，载上火车，送回乡间，关进低小的平屋中。自己仍回到上海的租界中，独居了四个月。这举动究竟出于什么旨意，本于什么计划，现在回想起来，连自己也不相信。其实旨意与计划，都是虚空的，自骗自扰的，实际于人生有什么利益呢？只赢得世故尘劳，做弄几番欢愁的感情，增加心头的创痕罢了！

当时我独自回到上海，走进空寂的租寓，心中不绝地浮起这两句《楞严》经文："十方虚空在汝心中，犹如白云点太清里；况诸世界在虚空耶！"

晚上整理房室，把剩在灶间里的篮钵、器皿、余薪、余米，以及其他三年来寓居中所用的家常零星物件，尽行送给来帮我做短工的、邻近的小店里的儿子。只有四双破旧的小孩子的鞋子（不知为什么缘故），我不送掉，拿来整齐地摆在自己的床下，而且后来看到的时候常常感到一种无名的愉快。直到好几天之后，邻居的友人过来闲谈，说起这床下的小鞋子阴气追人，我方始悟到自己的痴态，就把它们拿掉了。

朋友们说我关心儿女。我对于儿女的确关心，在独居中更常有悬念的时候。但我自以为这关心与悬念中，除了本能以外，似乎尚含有一种更强的加味。所以我往往不顾自己的画技与文笔的拙陋，动辄描摹。因为我的儿女都是孩子们，最年长的不过九岁，所以我对于儿女的关心与悬念中，有一部分是对于孩子们——普天下的孩子们——的关心与悬念。他们成人以后我对他们怎样？现在自己也不能晓得，但可推知其一定与现在不同，因为不复含有那种加味了。

　　回想过去四个月的悠闲宁静的独居生活，在我也颇觉得可恋，又可感谢。然而一旦回到故乡的平屋里，被围在一群儿女的中间的时候，我又不禁自伤了。因为我那种生活，或枯坐，默想，或钻研，搜求，或敷衍，应酬，比较起

丰子恺　儿戏

他们的天真、健全、活跃的生活来，明明是变态的，病的，残废的。

有一个炎夏的下午，我回到家中了。第二天的傍晚，我领了四个孩子——九岁的阿宝、七岁的软软、五岁的瞻瞻、三岁的阿韦——到小院中的槐荫下，坐在地上吃西瓜。夕暮的紫色中，炎阳的红味渐渐消减，凉夜的青味渐渐加浓起来。微风吹动孩子们的细丝一般的头发，身体上汗气已经全消，百感畅快的时候，孩子们似乎已经充溢着生的欢喜，非发泄不可了。最初是三岁的孩子的音乐的表现，他满足之余，笑嘻嘻摇摆着身子，口中一面嚼西瓜，一面发出一种像花猫偷食时候的"ngam ngam"的声音来。这音乐的表现立刻唤起了五岁的瞻瞻的共鸣，他接着发表他的诗："瞻瞻吃西瓜，宝姐姐吃西瓜，软软吃西瓜，阿韦吃西瓜。"这诗的表现又立刻引起了七岁与九岁的孩子的散文的、数学的兴味：他们立刻把瞻瞻的诗句的意义归纳起来，报告其结果："四个人吃四块西瓜。"

于是我就做了评判者，在自己心中批判他们的作品。我觉得三岁的阿韦的音乐的表现最为深刻而完全，最能全般表出他的欢喜的感情。五岁的瞻瞻把这欢喜的感情翻译为（他的）诗，已打了一个折扣；然尚带着节奏与旋律的分子，犹有活跃的生命流露着。至于软软与阿宝的散文的、数学的、概念的表现，比较起来更肤浅一层。然而看他们的态度，全部精神没入在吃西瓜的一事中，其明慧的心眼，比大人们所见的完全得多。天地间最健全的心眼，只是孩子们的所有物，世间事物的真相，只有孩子们能最明确、最完全地见到。我比起他们来，真的心眼已经被世智尘劳所蒙蔽，所斩丧，是一个可怜的残废者了。我实在不敢受他们"父亲"的称呼，倘然"父亲"是尊崇的。

我在平屋的南窗下暂设一张小桌子，上面按照一定的秩序而布置着稿纸、信笺、笔砚、墨水瓶、浆糊瓶、时表和茶盘等，不喜欢别人来任意移动，这是我独居时的惯癖。我——我们大人——平常的举止，总是谨慎，细心，端详，斯文。例如磨墨，放笔，倒茶等，都小心从事，故桌上的布置每日依然，不致破坏或扰乱。因为我的手足的筋觉已经由于屡受物理的教训而深深地养成一种谨惕的惯性了。然而孩子们一爬到我的案上，就捣乱我的秩序，破坏我的桌上的构图，毁损我的器物。他们拿起自来水笔来一挥，洒了一桌子又一衣襟的墨水点；又把笔尖蘸在浆糊瓶里。他们用劲拔开毛笔的铜笔套，手背撞翻茶壶，壶盖打碎在地板上……这在当时实在使我不耐烦，我不免哼喝他们，夺脱他们手里的东西，甚至批他们的小颊。然而我立刻后悔：哼喝之后立刻继之以笑，夺了之后立刻加倍奉还，批颊的手在中途软却，终于变批为抚。因为我立刻自悟其非：我要求孩子们的举止同我自己一样，何其乖谬！我——我们大人——的举止谨惕，是为了身体手足的筋觉已经受了种种现实的压迫而痉挛了的缘故。孩子们尚保有天赋的健全的身手与真朴活跃的元气，岂像我们的穷屈？揖让、进退、规行、矩步等大人们的礼貌，犹如刑具，都是戕贼这天赋的健全的身手的。于是活跃的人逐渐变成了手足麻痹、半身不遂的残废者。残废者要求健全者的举止同他自己一样，何其乖谬！

儿女对我的关系如何？我不曾预备到这世间来做父亲，故心中常是疑惑不明，又觉得非常奇怪。我与他们（现在）完全是异世界的人，他们比我聪明、

丰子恺　东风浩荡

健全得多；然而他们又是我所生的儿女。这是何等奇妙的关系！世人以膝下有儿女为幸福，希望以儿女永续其自我，我实在不解他们的心理。我以为世间人与人的关系，最自然最合理的莫如朋友。君臣、父子、昆弟、夫妇之情，在十分自然合理的时候都不外乎是一种广义的友谊。所以朋友之情，实在是一切人情的基础。"朋，同类也。"并育于大地上的人，都是同类的朋友，共为大自然的儿女。世间的人，忘却了他们的大父母，而只知有小父母，以为父母能生儿女，儿女为父母所生，故儿女可以永续父母的自我，而使之永存。于是无子者叹天道之无知，子不肖者自伤其天命，而狂进杯中之物，其实天道有何厚薄于其齐生并育的儿女！我真不解他们的心理。

近来我的心为四事所占据了：天上的神明与星辰，人间的艺术与儿童，这小燕子似的一群儿女，是在人世间与我因缘最深的儿童，他们在我心中占有与神明、星辰、艺术同等的地位。

戊辰（1928）年韦驮圣诞作于石湾。

（发表于 1928 年 10 月《小说月报》第 19 卷第 10 号，选自《丰子恺文集》第 5 卷。）

作父亲

楼窗下的弄里远地传来一片声音"咿哟，咿哟……"渐近渐响起来。

一个孩子从算草簿中抬起头来，张大眼睛倾听一会，"小鸡！小鸡！"叫了起来。四个孩子同时放弃手中的笔，飞奔下楼，好像路上的一群麻雀听见了行人的脚步声而飞去一般。

我刚才扶起他们所带倒的凳子，拾起桌子上滚下去的铅笔，听见大门口一片呐喊："买小鸡！买小鸡！"其中又混着哭声。连忙下楼一看，原来元草因为落伍而狂奔，在庭中跌了一交，跌痛了膝盖骨不能再跑，恐怕小鸡被哥哥、姐姐们买完了轮不着他，所以激烈地哭着。我扶了他走出大门口，看见一群孩子正向一个挑着一担"咿哟，咿哟"的人招呼，欢迎他走近来。元草立刻离开我，上前去加入团体，且跳且喊："买小鸡！买小鸡！"泪珠跟了他的一跳一跳而从脸上滴到地上。

孩子们见我出来，大家回转身来包围了我。"买小鸡！买小鸡！"的喊声由命令的语气变成了请愿的语气，喊得比前更响了。他们仿佛想把这些音蓄入我的身体中，希望它们由我的口上开出来。独有元草直接拉住了担子的绳而狂喊。

我全无养小鸡的兴趣；而且想起了以后的种种麻烦，觉得可怕。但乡居寂寥，绝对屏除外来的诱惑而强迫一群孩子在看惯的几间屋子里隐居这一个星期日，似也有些残忍。且让这个"咿哟、咿哟"来打破门庭的岑寂，当作长闲的春昼的一种点缀吧。我就招呼挑担的，叫他把小鸡给我们看看。

他停下担子，揭开前面的一笼。"咿哟，咿哟"的声音忽然放大。但见一个细网的下面，蠕动着无数可爱的小鸡，好像许多活的雪球。五六个孩子蹲集在笼子的四周，一齐倾情地叫着"好来！好来！"一瞬间我的心也屏绝了思虑而没入在这些小动物的姿态的美中，体会了孩子们对于小鸡的热爱的心情。许多小手伸入笼中，竞指一只纯白的小鸡，有的几乎要隔网捉住它。挑担的忙把盖子无情地冒上，许多"咿哟，咿哟"的雪球和一群"好来，好来"的孩子就变成了咫尺天涯。孩子们怅望笼子的盖，依附在我的身边，有的伸手摸我的袋。我就向挑担的人说话：

"小鸡卖几钱一只？"

"一块洋钱四只。"

"这样小的，要卖二角半钱一只？可以便宜些否？"

"便宜勿得，二角半钱最少了。"

他说过，挑起担子就走。大的孩子脉脉含情地目送他，小的孩子拉住我的衣襟而连叫"要买！要买！"挑担的越走得快，他们喊得越响。我摇手止住孩子们的喊声，再向挑担的问：

"一角半钱一只卖不卖？给你六角钱买四只吧！"

"没有还价！"

他并不停步，但略微旋转头来说了这一句话，就赶紧向前面跑。"咿哟，咿哟"的声音渐渐地远起来了。

元草的喊声就变成哭声。大的孩子锁着眉头不绝地探望挑担者的背影，又注视我的脸色。我用手掩住了元草的口，再向挑担人远远地招呼：

"二角大洋一只，卖了吧！"

"没有还价！"

他说过便昂然地向前进行，悠长地叫出一声"卖——小——鸡——！"其背影便在弄口的转角上消失了。我这里只留着一个嚎啕大哭的孩子。

对门的大嫂子曾经从矮门上探头出来看过小鸡，这时候就拿着针线走出来，倚在门上，笑着劝慰哭的孩子，她说：

"不要哭！等一会儿还有担子挑来，我来叫你呢！"她又笑着向我说：

"这个卖小鸡的想做好生意。他看见小孩子哭着要买，越是不肯让价了。昨天坍墙圈里买的一角洋钱一只，比刚才的还大一半呢！"

我同她略谈了几句，硬拉了哭着的孩子回进门来。别的孩子也懒洋洋地跟了进来。我原想为长闲的春昼找些点缀而走出门口来的，不料讨个没趣，扶了一个哭着的孩子而回进来。庭中柳树正在骀荡的春光中摇曳柔条，堂前的燕子正在安稳的新巢上低徊软语。我们这个刁巧的挑担者和痛哭的孩子，在这一片和平美丽的春景中很不调和啊！

关上大门，我一面为元草揩拭眼泪，一面对孩子们说：

"你们大家说'好来，好来'，'要买，要买'，那人就不肯让价了！"

小的孩子听不懂我的话，继续抽噎着；大的孩子听了我的话若有所思。我继续抚慰他们：

"我们等一会再来买吧，隔壁大妈会喊我们的。但你们下次……"

我不说下去了。因为下面的话是"看见好的嘴上不可说好，想要的嘴上不可说要"。倘再进一步，就变成"看见好的嘴上应该说不好，想要的嘴上应该说不要"了。在这一片天真烂漫光明正大的春景中，向哪里容藏这样教导孩子的一个父亲呢？

廿二（1933）年五月二十日。

（发表于1933年7月1日《文学》杂志第1卷第1号，选自《丰子恺文集》第5卷。）

送阿宝出黄金时代

阿宝，我和你在世间相聚，至今已十四年了，在这五千多天内，我们差不多天天在一处，难得有分别的日子。我看着你呱呱坠地，嘤嘤学语，看你由吃奶改为吃饭，由匍匐学成跨步。你的变态微微地逐渐地展进，没有痕迹，使我全然不知不觉，以为你始终是我家的一个孩子，始终是我们这家庭里的一种点缀，始终可做我和你母亲的生活的慰安者。然而近年来，你态度行为的变化，渐渐证明其不然。你已在我们的不知不觉之间长成了一个少女，快将变为成人了。古人谓"父母之年不可不知也，一则以喜，一则以惧"。我现在反行了古人的话，在送你出黄金时代的时候，也觉得悲喜交集。

所喜者，近年来你的态度行为的变化，都是你将由孩子变成成人的表示。我的辛苦和你母亲的劬劳似乎有了成绩，私心庆慰。所悲者，你的黄金时代快要度尽，现实渐渐暴露，你将停止你的美丽的梦，而开始生活的奋斗了，我们仿佛丧失了一个从小依傍在身边的孩子，而另得了一个新交的知友。"乐莫乐于新相知"；然而旧日天真烂漫的阿宝，从此永远不得再见了！

记得去春有一天，我拉了你的手在路上走。落花的风把一阵柳絮吹在你的头发上，脸孔上，和嘴唇上，使你好像冒了雪，生了白胡须。我笑着搂住了你的肩，用手帕为你拂拭。你也笑着，仰起了头依在我的身旁。这在我们原是极寻常的事：以前每天你吃过饭，是我同你洗脸的。然而路上的人向我们注视，对我们窃笑，其意思仿佛在说："这样大的姑娘儿，还在路上教父亲搂住了拭脸孔！"我忽然看见你的身体似乎高大了，完全发育了，已由中性似的孩子变成十足的女性了。我忽然觉得，我与你之间似乎筑起一堵很高，很坚，很厚的无影的墙。你在我的怀抱中长起来，在我的提携中大起来；但从今以后，我和你将永远分居于两个世界了。一刹那间我心中感到深痛的悲哀。我怪怨你何不永远做一个孩子而定要长大起来，我怪怨人类中何必有男女之分。然而怪怨之后立刻破悲为笑。恍悟这不是当然的事，可喜的事吗？

丰子恺　阿宝赤膊

记得有一天，我从上海回来。你们兄弟姊妹照例拥在我身旁，等候我从提箱中取出"好东西"来分。我欣然地取出一束巧格力来，分给你们每人一包。你的弟妹们到手了这五色金银的巧格力，照例欢喜得大闹一场，雀跃地拿去尝新了。你受持了这赠品也表示欢喜，跟着弟妹们去了。然而过了几天，我偶然在楼窗中望下来，看见花台旁边，你拿着一包新开的巧格力，正在分给弟妹三人。他们各自争多嫌少，你忙着为他们均分。在一块缺角的巧格力上添了一张五色金银的包纸派给小妹妹了，方才三面公平。他们欢喜地吃糖了，你也欢喜地看他们吃。这使我觉得惊奇。吃巧格力，向来是我家儿童们的一大乐事。因为乡村里只有箬叶包的糖塌饼，草纸包的状元糕，没有这种五色金银的糖果；只有甜煞的粽子糖，咸煞的盐青果，没有这种异香异味的糖果。所以我每次到上海，一定要买些回来分给儿童，借添家庭的乐趣。儿童们切望我回家的目的，大半就在这"好东西"上。你向来也是这"好东西"的切望者之一人。你曾经和弟妹们赌赛谁是最后吃完；你曾经把五色金银的锡纸积受起来制成华丽的手工品，使弟妹们艳羡。这回你怎么一想，肯把自己的一包藏起来，如数分给弟妹们吃呢？我看你为他们分均匀了之后表示非常的欢喜，同从前赌得了最后吃完时一样，不觉倚在楼上独笑起来。因为我忆起了你小时候的事：十来年之前，你是我家里的一个捣乱分子，每天为了要求的不满足而哭几场，挨母亲打几顿。你吃蛋只要吃蛋黄，不要吃蛋白，母亲偶然夹一筷蛋白在你的饭碗里，你便把饭粒和蛋白乱拨在桌子上，同时大喊"要黄！要黄！"你以为凡物较好者就叫做"黄"。所以有一次你要小椅子玩耍，母亲搬一个小凳子给你，你也大喊"要黄！要黄！"你要长竹竿玩，母亲拿一根"史的克"给你，你也大喊"要黄！要黄！"你看不起那时候还只一二岁而不会活动的软软。吃东西时，把不好吃的东西留着给软软吃；讲故事时，把不幸的角色派给软软当。向母亲有所要求而不得允许的时候，你就高声地问："当错软软吗？当错软软吗？"你的意思以为：软软这个人要不得，其要求可以不允许；而阿宝是一个重要不过的人，其要求岂有不允许之理？今所以不允许者，大概是当错了软软的原故。所以每次高声地提醒你母亲，务要她证明阿宝正身，允许一切要求而后已。这个一味"要黄"而专门欺侮弱小的捣乱分子，今天在那里牺牲自己的幸福来增殖弟妹们的幸福，使我看了觉得可笑，又觉得可悲。你往日的一切雄心和梦想已经宣告失败，开始在遏制自己的要求，忍耐自己的欲望，而谋他人的幸福了；你已将走出惟我独尊的黄金时代，开始在尝人类之爱的辛味了。

　　记得去年有一天，我为了必要的事，将离家远行。在以前，每逢我出门了，你们一定不高兴，要阻住我，或者约我早归。在更早的以前，我出门须得瞒过你们。你弟弟后来寻我不着，须得哭几场。我回来了，倘预知时期，你们常到门口或半路上来迎候。我所描的那幅题曰《爸爸还不来》的画，便是以你和你的弟弟的等我归家为题材的。因为我在过去的十来年中，以你们为我的生活慰安者，天天晚上和你们谈故事，作游戏，吃东西，使你们都觉得家庭生活的温暖，少不来一个爸爸，所以不肯放我离家。去年这一天我要出门了，你的弟妹们照旧为我惜别，约我早归。我以为你也如此，正在约你何时回家和买些什么东西来，不意你却劝我早去，又劝我迟归，说你有种种玩意可以骗住弟妹们盼阻止和盼待。原来你已在我和你母亲谈话中闻知了我此行有早去迟归的必要，决意为我分担生活的辛苦了。我此行感觉轻快，但又感觉悲哀。因为我家将少却了一个黄金时代的幸福儿。

以上原都是过去的事，但是常常切在我的心头，使我不能忘却。现在，你已做中学生，不久就要完全脱离黄金时代而走向成人的世间去了。我觉得你此行比出嫁更重大。古人送女儿出嫁诗云："幼为长所育，两别泣不休。对此结中肠，义往难复留。"你出黄金时代的"义往"，实比出嫁更"难复留"，我对此安得不"结中肠"？所以现在追述我的所感，写这篇文章来送你。你此后的去处，就是我这册画集里所描写的世间。我对于你此行很不放心。因为这好比把你从慈爱的父母身旁遣嫁到恶姑的家里去，正如前诗中说："自小闺内训，事姑贻我忧。"事姑取甚样的态度，我难于代你决定。但希望你努力自爱，勿贻我忧而已。

约十年前，我曾作一册描写你们的黄金时代的画集（《子恺画集》）。其序文（《给我的孩子们》）中曾经有这样的话："我的孩子们！我憧憬于你们的生活，每天不止一次！我想委曲地说出来，使你们自己晓得。可惜到你们懂得我的话的时候，你们将不复是可以使我憧憬的人了。这是何等可悲哀的事啊！""但是你们的黄金时代有限，现实终于要暴露的。这是我经验过来的情形，也是大人们谁也经验过来的情形。我眼看见儿时伴侣中的英雄，好汉，一个个退缩，顺从，妥协，屈服起来，到像绵羊的地步。我自己也是如此，后之视今，亦犹今之视昔，你们不久也要走这条路呢！"写这些话时的情景还历历在目，而现在你果然已经"懂得我的话"了！果然也要"走这条路"了！无常迅速，念此又安得不结中肠啊！

廿三 [1934] 年岁暮，选辑近作漫画，定名为《人间相》，付开明出版。选辑既竟，取十年前所刊《子恺画集》比较之，自觉画趣大异。读序文，不觉心情大异。遂写此篇，以为《人间相》辑后感。

（本篇为上海良友图书印刷公司 1935 年 7 月初版的《车厢社会》所收三十篇随笔之一，选自《丰子恺文集》第 5 卷。）

谈自己的画

去秋语堂先生来信，嘱我写一篇《谈漫画》。我答允他一定写，然而只管不写。为什么答允写呢？因为我是老描"漫画"的人，约十年前曾经自称我的画集为"子恺漫画"，在开明书店出版。近年来又不断地把"漫画"在各杂志和报纸上发表，惹起几位读者的评议。还有几位出版家，惯把"子恺漫画"四个字在广告中连写起来，把我的名字用作一种画的形容词；有时还把我夹在两个别的形容词中间，写作"色彩子恺新年漫画"（见开明书店本年一月号《中学生》广告）。这样，我和"漫画"的关系就好像很深。近年我被各杂志催稿，随便什么都谈，而独于这关系好像很深的"漫画"不谈，自己觉得没理由，而且也不愿意，所以我就答允他一定写稿。为什么又只管不写呢？因为我对于"漫画"这个名词的定义，实在没有弄清楚：说它是讽刺的画，不尽然；说它是速写画，又不尽然；说它是黑和白的画，有色彩的也未始不可称为"漫画"，说它是小幅的画，小幅的不一定都是"漫画"。……原来我的画称为漫画，不是我自己作主的，十年前我初描这种画的时候，《文学周报》编辑部的朋友们说要拿我的"漫画"去在该报发表。从此我才知我的画可以称为"漫画"，画集出版时我就遵用这名称，定名为"子恺漫画"。这好比我的先生（从前浙江第一师范的国文教师单不厂先生，现在已经逝世了）根据了我的单名"仁"而给我取号为"子恺"，我就一直遵用到今。我的朋友们或者也是有所根据而称我的画为"漫画"的，我就信受奉行了。但究竟我的画为什么称为"漫画"？可否称为"漫画"？自己一向不曾确知。自己的画的性状还不知道，怎么能够普遍地谈论一般的漫画呢？所以我答允了写稿之后，踌躇满胸，只管不写。

最近语堂先生又来信，要我履行前约，说不妨谈我自己的画。这好比大考时先生体恤学生抱佛脚之苦，特把题目范围缩小。现在我不可不缴卷了，就带着眼病写这篇稿子。

把日常生活的感兴用"漫画"描写出来——换言之，把日常所见的可惊可喜可悲可哂之相，就用写字的毛笔草草地图写出来——听人拿去印刷了给大家看，这事在我约有了十年的历史，仿佛是一种习惯了。中国人崇尚"不求人知"，西洋人也有"What's in your heart let no one know"的话。我正同他们相反，专门画给人家看，自己却从未仔细回顾已发表的自己的画。偶然在别人处看到自己的画册，或者在报纸、杂志中翻到自己的插画，也好比在路旁的商店的样子窗中的大镜子里照见自己的面影，往往一瞥就走，不愿意细看。这是什么心理？很难自知。勉强平心静气观察自己，大概是为了太稔熟，太关切，表面上反而变疏远了的原故。中国人见了朋友或相识者都打招呼，表示互相亲爱；但见了自己的妻子，反而板起脸不搭白，表示疏远的样子。我的不欢喜仔细回顾自己的画，大约也是出于这种奇妙的心理的吧？

但现在要我写这个题目，我非仔细回顾自己的画不可了。我找集从前出版的《子恺漫画》、《子恺画集》等书来从头翻阅，又把近年来在各杂志和报纸上发表的画的副稿来逐幅细看，想看出自己的画的性状来，作为本题的材料。结果大失所望。我全然没有看到关于画的事，只是因了这一次的检阅，而把自己过去十年间的生活与心情切实地回味了一遍，心中起了一种不可名状的感慨，竟把画的一事完全忘却了。

因此我终于不能谈自己的画。一定要谈，我只能在这里谈谈自己的生活和心情的一面，拿来代替谈自己的画吧。

约十年前，我家住在上海。住的地方迁了好几处，但总无非是一楼一底的"弄堂房子"，至多添了一间过街楼。现在回想起来，上海这地方真是十分奇妙：看似那么忙乱的，住在那里却非常安闲，家庭这小天地可与忙乱的环境判然地隔离，而安闲地独立。我们住在乡间，邻人总是熟识的，有的比亲戚更亲切；白天门总是开着的，不断地有人进进出出；有了些事总是大家传说的，风俗习惯总是大家共通的。住在上海完全不然。邻人大都不相识，门镇日严扃着，别家死了人与你全不相干。故住在乡间看似安闲，其实非常忙乱；反之，住在上海看似忙乱，其实非常安闲。关了前门，锁了后门，便成一个自由独立的小天地。在这里面由你选取甚样风俗习惯的生活：宁波人尽管度宁波俗的生活，广东人尽管度广东俗的生活。我们是浙江石门湾人，住在上海也只管说石门湾的土白，吃石门湾式的饭菜，度石门湾式的生活；却与石门湾相去数百里。现在回想，这真是一种奇妙的生活！

除了出门以外，在家里所见的只是这个石门湾式的小天地。有时开出后门去换掉些头发（《子恺画集》六四页），有时从过街楼上挂下一只篮去买两只粽子（《子恺漫画》七○页），有时从洋台眺望屋瓦间浮出来的纸鸢（《子恺漫画》六三页），知道春已来到上海。但在我们这个小天地中，看不出春的来到。有时几乎天天同样，辨不出今日和昨日。有时连日没有一个客人上门，我妻每天的公事，就是傍晚时光抱了瞻瞻，携了阿宝，到弄堂门口去等我回家（《子恺漫画》六九页）。两岁的瞻瞻坐在他母亲的臂上，口里唱着"爸爸还不来！爸爸还不来！"六岁的阿宝拉住了她娘的衣裾，在下面同他和唱。瞻瞻在马路上扰攘往来的人群中认到了带着一叠书和一包食物回家的我，突然欢呼舞蹈起来，几乎使他母亲的手臂撑不住。阿宝陪着他在下面跳舞，也几乎撕破了她母亲衣裾。他们的母亲呢，笑着喝骂他们。当这时候，我觉得自己立刻化身为二人。其一人做了他们的父亲或丈夫，体验着小别重逢时的家庭团圆之乐；另一个人呢，远远地站了出来，从旁观察这一幕悲欢离合的活剧，看到一种可喜又可悲的世间相。

　　他们这样地欢迎我进去的，是上述的几与世间绝缘的小天地。这里是孩子们的天下。主宰这天下的，有三个角色，除了瞻瞻和阿宝之外，还有一个是四岁的软软，仿佛罗马的三头政治。日本人有 tototenka（父天下）、kakatenka（母天下）之名，我当时曾模仿他们，戏称我们这家庭为 tsetse-tenka（瞻瞻天下）。因为瞻瞻在这三人之中势力最盛，好比罗马三头政治中的领袖。我呢，名义上是他们的父亲，实际上是他们的臣仆；而我自己却以为是站在他们这政治舞台下面的观剧者。丧失了美丽的童年时代，送尽了蓬勃的青年时代，而初入黯淡的中年时代的我，在这群真率的儿童生活中梦见了自己过去的幸福，觅得了自己已失的童心。我企慕他们的生活天真，艳羡他们的世界广大。觉得孩子们都有大丈夫气，大人比起他们来，个个都虚伪卑怯；又觉得人世间各种伟大的事业，不是那种虚伪卑怯的大人们所能致，都是具有孩子们似的大丈夫气的人所建设的。

　　我翻到自己的画册，便把当时的情景历历地回忆起来。例如：他们跟了母亲到故乡的亲戚家去看结婚，回到上海的家里时也就结起婚来。他们派瞻瞻做新官人。亲戚家的新官人曾经来向我借一顶铜盆帽。（注：当时我乡结婚的男子，必须戴一顶铜盆帽，穿长衫马褂，好像是代替清朝时代的红缨帽子、外套的。我在上海日常戴用的呢帽，常常被故乡的乡亲借去当作结婚的大礼帽用。）瞻瞻这两岁的小新官人也借我的铜盆帽去戴上了。他们派软软做新娘子。亲戚家的新娘子用红帕子把头蒙住，他们也拿母亲的红包袱把软软的头蒙住了。一个戴着铜盆帽好像苍蝇戴豆壳；一个蒙住红包袱好像猢狲扮把戏，但两人都认真得很，面孔板板的，跨步缓缓的，活像那亲戚家的结婚式中的人物。宝姐姐说"我做媒人"，拉住了这一对小夫妇而教他们参天拜地，拜好了又送他们到用凳子搭成的洞房里（见《子恺画集》三七页）。

我家没有一个好凳，不是断了脚的，就是擦了漆的。它们当凳子给我们坐的时候少，当游戏工具给孩子们用的时候多。在孩子们，这种工具的用处真真广大：请酒时可以当桌子用，搭棚棚时可以当墙壁用，做客人时可以当船用，开火车时可以当车站用。他们的身体比凳子高得有限，看他们搬来搬去非常吃力。有时汗流满面，有时被压在凳子底下。但他们好像为生活而拼命奋斗的劳动者，决不辞劳。汗流满面时可用一双泥污的小手来揩摸，被压在凳子底下时只要哭脱几声，就带着眼泪去工作。他们真可说是"快活的劳动者"（《子恺画集》三四页）。哭的一事，在孩子们有特殊的效用。大人们惯说"哭有什么用？"原是为了他们的世界狭窄的原故。在孩子们的广大世界里，哭真有意想不到的效力。譬如跌痛了，只要尽情一哭，比服凡拉蒙灵得多，能把痛完全忘却，依旧遨游于游戏的世界中。又如泥人跌破了，也只要放声一哭，就可把泥人完全忘却，而热中于别的玩具（《子恺画集》一六页）。又如花生米吃得不够，也只要号哭一下，便好像已经吃饱，可以起劲地去干别的工作了（《子恺漫画》六六页）。总之，他们干无论什么事都认真而专心，把身心全部的力量拿出来干。哭的时候用全力去哭，笑的时候用全力去笑，一切游戏都用全力去干。干一件事的时候，把除这以外的一切别的事统统忘却。一旦拿了笔写字，便把注意力全部集中在纸上（《子恺漫画》六八页）。纸放在桌上的水痕里也不管，衣袖带翻了墨水瓶也不管，衣裳角拖在火钵里燃烧了也不管。一旦知道同伴们有了有趣的游戏，冬晨睡在床里的会立刻从被窝钻出，穿了寝衣来参加；正在换衣服的会赤了膊来参加（《子恺漫画》九〇页）；正在洗浴的也会立刻离开浴盆，用湿淋淋的赤身去参加。被参加的团体中的人们对于这浪漫的参加者也恬不为怪，因为他们大家把全精神沉浸在游戏的兴味中，大家入了"忘我"的三昧境，更无余暇顾到实际生活上的事及世间的习惯了。

成人的世界，因为受实际的生活和世间的习惯的限制，所以非常狭小苦闷。孩子们的世界不受这种限制，因此非常广大自由。年纪愈小，其所见的世界愈大。我家的三头政治团中瞻瞻势力最大，便是为了他年纪最小，所处的世界最广大自由的原故。他见了天上的月亮，会认真地要求父母给他捉下来（《儿童漫画》）；见了已死的小鸟，会认真地喊它活转来（《子恺画集》二八页）；两把芭蕉扇可以认真地变成他的脚踏车（《子恺画集》一七页）；一只藤椅子可以认真地变成他的黄包车（《子恺画集》一八页）；戴了铜盆帽会立刻认真地变成新官人；穿了爸爸的衣服会立刻认真地变成爸爸（《子恺漫画》

九五页）。照他的热诚的欲望，屋里所有的东西应该都放在地上，任他玩弄；所有的小贩应该一天到晚集中在我家的门口，由他随时去买来吃弄；房子的屋顶应该统统除去，可以使他在家里随时望见月亮、鹞子和飞机；眠床里应该有泥土，种花草，养着蝴蝶与青蛙，可以让他一醒觉就在野外游戏（《子恺画集》二〇页）。看他那热诚的态度，以为这种要求绝非梦想或奢望，应该是人力所能办到的。他以为人的一切欲望应该都是可能的。所以不能达到目的的时候，便那样愤慨地号哭。拿破仑的字典里没有"难"字，我家当时的瞻瞻的词典里一定没有"不可能"之一词。

我企慕这种孩子们的生活的天真，艳羡这种孩子们的世界的广大。或者有人笑我故意向未练的孩子们的空想界中找求荒唐的乌托邦，以为逃避现实之所；但我也可笑他们的屈服于现实，忘却人类的本性。我想，假如人类没有这种孩子们的空想的欲望，世间一定不会有建筑、交通、医药、机械等种种抵抗自然的建设，恐怕人类到今日还在茹毛饮血呢。所以我当时的心，被儿童所占据了。我时时在儿童生活中获得感兴。玩味这种感兴，描写这种感兴，成了当时我的生活的习惯。

欢喜读与人生根本问题有关的书，欢喜谈与人生根本问题有关的话，可说是我的一种习性。我从小不欢喜科学而欢喜文艺。为的是我所见的科学书，所谈的大都是科学的枝末问题，离人生根本很远，而我所见的文艺书，即使最普通的《唐诗三百首》、《白香词谱》等，也处处含有接触人生根本而耐人回味的字句。例如我读了"想得故园今夜月，几人相忆在江楼"，便会设身处地地做了思念故园的人，或江楼相忆者之一人，而无端地兴起离愁。又如读了"流光容易把人抛，红了樱桃，绿了芭蕉"，便会想起过去的许多的春花秋月，而无端地兴起惆怅。我看见世间的大人都为生活的琐屑事件所迷着，都忘记人生的根本；只有孩子们保住天真，独具慧眼，其言行多足供我欣赏者。八指头陀诗云："吾爱童子身，莲花不染尘。骂之唯解笑，打亦不生嗔。对境心常定，逢人语自新。可慨年既长，物欲蔽天真。"我当时曾把这首诗用小刀刻在香烟嘴的边上。

这只香烟嘴一直跟随我，直到四五年前，有一天不见了。以后我不再刻这诗在什么地方。四五年来，我的家里同国里一样的多难：母亲病了很久，后来死了；自己也病了很久，后来没有死。这四五年间，我心中不觉得有什么东西占据着，在我的精神生活上好比一册书里的几页空白。现在，空白页已经翻厌，似乎想翻出些下文来才好。我仔细向自己的心头探索，觉得只有许多乱杂的东西忽隐忽现，却并没有一物强固地占据着。我想把这几页空白当作被开的几个大"天窗"，使下文仍旧继续前文，然而很难能。因为昔日的我家的儿童，已在这数年间不知不觉地变成了少年少女，行将变为大人。他们已不能像昔日的占据我的心了。我原非一定要拿自己的子女来作为儿童生活赞美的对象，但是他们由天真烂漫的儿童渐渐变成拘谨驯服的少年少女，在我眼前实证地显示了人生黄金时代的幻灭，我也无心再来赞美那昙花似的儿童世界了。

古人诗云："去日儿童皆长大，昔年亲友半凋零。"这两句确切地写出了中年人的心境的虚空与寂寥。前天我翻阅自己的画册时，陈宝（就是阿宝，就是做媒人的宝姐姐）、宁馨（就是做新娘子的软软）、华瞻（就是做新官人的瞻瞻）都从学校放寒假回家，站在我身边同看。看到"瞻瞻新官人，软软新娘子，宝姐姐做媒人"的一幅，大家不自然起来。宁馨和华瞻脸上现出忸怩的笑，宝姐姐也表示决不肯再做媒人了。他们好比已经换了另一班人，不复是昔

丰子恺
好鸟枝头亦朋友

日的阿宝、软软和瞻瞻了。昔日我在上海的小家庭中所观察欣赏而描写的那群天真烂漫的孩子，现在早已不在人间了！他们现在都已疏远家庭，做了学校的学生。他们的生活都受着校规的约束，社会制度的限制，和世智的拘束；他们的世界不复像昔日那样广大自由；他们早已不做房子没有屋顶和眠床里种花草的梦了。他们已不复是"快活的劳动者"，正在为分数而劳动，为名誉而劳动，为知识而劳动，为生活而劳动了。

我的心早已失了占据者。我带了这虚空而寂寥的心，彷徨在十字街头，观看他们所转入的社会，我想象这里面的人，个个是从那天真烂漫、广大自由的儿童世界里转出来的。但这里没有"花生米不满足"的人，却有许多面包不满足的人。这里没有"快活的劳动者"，只见锁着眉头的引车者，无食无衣的耕织者，挑着重担的颁白者，挂着白须的行乞者。这里面没有像孩子世界里所闻的号啕的哭声，只有细弱的呻吟，吞声的呜咽，幽默的冷笑，和愤慨的沉默。这里面没有像孩子世界中所见的不屈不挠的大丈夫气，却充满了顺从，屈服，消沉，悲哀，和诈伪，险恶，卑怯的状态。我看到这种状态，又同昔日带了一叠书和一包食物回家，而在弄堂门口看见我妻提携了瞻瞻和阿宝等候着那时一样，自己立刻化身为二人。其一人做了这社会里的一分子，体验着现实生活的辛味；另一人远远地站出来，从旁观察这些状态，看到了可惊可喜可悲可哂的种种世间相。然而这情形和昔日不同：昔日的儿童生活相能"占据"我的心，能使我归顺它们；现在的世间相却只是常来"袭击"我这空虚寂寥的心，而不能占据，不能使我归顺。因此我的生活的册子中，至今还是继续着空白的页，不知道下文是什么。也许空白到底，亦未可知啊。

为了代替谈自己的画，我已把自己十年来的生活和心情的一面在这里谈过了。但这文章的题目不妨写作"谈自己的画"。因为：一则我的画与我的生活相关联，要谈画必须谈生活，谈生活就是谈画。二则我的画既不摹拟什么八大山人、七大山人的笔法，也不根据什么立体派、平面派的理论，只是像记账般地用写字的笔来记录平日的感兴而已。因此关于画的本身，没有什么话可谈；要谈也只能谈谈作画时的因缘罢了。

廿四（1935）年二月四日。

（本篇为上海良友图书印刷公司 1935 年 7 月初版的《车厢社会》所收三十篇随笔之一，选自《丰子恺文集》第 5 卷。）

绘画之用

从前英国的大诗人拜轮（拜伦）（Byron）的葬仪在伦敦举行的时候，伦敦街上的商人们望见了这大出丧的威仪，惊叹之余，私下相问："诗人到底是做什么生意的人？"

从前日本有一个名画家，画一幅立轴，定价洋六十元，画中只是疏朗朗地描三粒豆。有一个商人看见了，惊叹道："一粒豆值洋二十元！？"

这种大概是形容过分的笑话吧。诗人不是做生意的人，画中的豆与粮食店内的豆不同，这是谁也不会弄错的，不致发那种愚问吧。不过，"诗到底有什么用？""画到底有什么用？"也许是一般人心中常有的疑问。

在展览会中，如果有人问我：，"绘画到底有什么用？"我准拟答复他说："绘画是无用的。""无用的东西！画家何苦画？展览会何苦开？""纯正的绘画一定是无用的，有用的不是纯正的绘画。无用便是大用。容我告诉你这个道理。"

普通所见的画，种类甚多：纪念厅里的总理遗像也是画，教室里的博物挂图也是画，地理教科书中的名胜图也是画，马路里墙壁上的广告图也是画。然而这种都不是纯正的绘画。展览会里的才是纯正的美术的绘画。为什么道理呢？就为了前者是"有用"的，后者是"无用"的。

纪念厅里有总理遗像，展览会里也有人物画。但前者是保留孙中山先生的遗容，以供后人的瞻仰的，后者并无这种目的，且不必标明是何人。博物挂图中有梅花图，吴昌硕的立幅中也有梅花图。然前者是对学生说明梅花有几个瓣，几个雄蕊与雌蕊的；吴昌硕并不是博物教师。地理教科书中有西湖的风景图，油画中也有西湖的风景图。但前者是表明西湖的实景，使没有到过杭州的人可以窥见西湖风景的一斑的；后者并不是冒充西湖的照相。马路里墙上的广告画中有香烟罐，啤酒瓶，展览会里的静物画中也有香烟罐，啤酒瓶。但前者的目的是要诱人去买，后者并不想为香烟公司及酿造厂推广销路。大厦堂前的立幅，试问有什么实用？诸君手中的扇子上画了花，难道会多一点凉风？展览会里的作品，都是这类的无目的的、无用的绘画。——无用的绘画，才是真正的美术的绘画。

何以言之？因为真的美术的绘画，其本质是"美"的。美是感情的，不是知识的，是欣赏的，不是实用的。所以画家但求表现其在人生自然中所发见的美，不是教人一种知识；看画的人，也只要用感情去欣赏其美，不可用知识去探究其实用。真的绘画，除了表现与欣赏之外，没有别的实际的目的。前述四种实例，遗像、博物图、名胜图、广告画，都是实用的，或说明的。换言之，都是为了一种实际的目的而画的。所以这种都是实用图，都不是美术的绘画。但我的意思，并非说实用图都没有价值。我只是说，实用图与美术的绘画性质完全不同。看惯实用图的人，一旦走进展览会里，慎勿仍用知识探究的态度去看美的绘画。不然，就不免做出"一粒豆值洋二十元"的笑柄来。美术的绘画虽然无用（详之，非实用，或无直接的用处），但其在人生的效果，比较起有用的（详言之，实用的，或直接有用的）图画来，伟大得多。

人类倘然没有了感情，世界将变成何等机械、冷酷而荒凉的生存竞争的战场！世界倘没有了美术，人生将何等寂寥而枯燥！美术是感情的产物，是人生的慰安。它能用慰安的方式来潜移默化我们的感情。

所以说"真的绘画是无用的，有用的不是真的绘画。无用便是大用"。用

丰子恺　蝴蝶来仪

慰安的方式来潜移默化我们的感情，便是绘画的大用。

十八（1929）年清明于石门湾，为全国美展刊作。

（选自《丰子恺文集》第2卷）

代自序

阅尽沧桑六十年，可歌可泣几千般。

有时不眠歌和泣，且用寥寥数笔传。

泥龙竹马眼前情，琐屑平凡总不论。

最喜小中能见大，还求弦外有余音。

也学欧风不喜专，偏怜象管与蛮笺。

漫言此是新风格，尝试成功自古难。

当年惨像画中收，曾刻图章曰速朽。

盼到速朽人未老，欣将彩笔绘新猷。

天地回春万象新，百花齐放百家鸣。

此花细小无姿色，也蒙东风雨露恩。

壬寅（1962年）小春于上海日月楼。

（载于上海人民美术出版社1963年12月版《丰子恺画集》卷首，选自《丰子恺文集》第7卷。）

赤心国

抗战时期中，有一个军官，在近海的某城中服务。他有临危不惧的镇静；清楚灵敏的头脑；不屈不挠的精神；刻苦耐劳的毅力；和爱好和平的天性。他天天努力训练他的军队，预备将来率领了去杀敌人。这地方离前线很近，故敌机时常来滥施轰炸。幸而城外有一个坚固可靠的山洞，而且非常之深，可以容很多的人。有人说这洞是无底的，但无人知道它的究竟。

有一个初夏的午后，炎热的太阳照遍了大地。忽然警报响了。"呜——"，声音凄惨可怕得很。许多居民都纷纷逃到这山洞里去。那军官也跟着众人逃避在这洞里。这平时冷静得可怕的山洞，现在顿时热闹起来。那些胆大的，不耐烦的和头脑不清的人们，都拥挤在洞口，不愿躲到里面去，虽然他们知道里面很深。

不一会，敌机果然来了，架数很多，炸弹立刻像雨一般落下。大概是看得惯了的缘故吧，洞口的那批人依旧拥在洞口，心以为他们的地点已很安全。忽然一个重磅炸弹飞下，正落在洞口。那一批可怜的无辜者顿时血肉横飞，化为乌有。军官幸而没有被难。他的身体跳了丈把高，但是他竭力保持镇定。在这一刹那间，他眼看见无数平民变成了血浆和肉块。这景象吓得他不知如何是好。本能指使他往里钻，其余的许多平民也都争着往里面挤。小孩的号哭声，妇人的惊喊声，嘈杂的脚步声，都混成一片。数千人挤成一团。

那军官终究年富力强，他走在最前面，钻进洞的深处；无数男女老幼都跟着他向里面挤。忽然又是震天一声响，不料洞上面的岩石压了下来。把洞口封住了！一刹那间，哭声喊声和脚步声同时骤然中止。军官忽然觉得异样，忙回头拿电筒一照，只见跟在他后面的大队民众已尽数被岩石压死，他自己离开岩石落下的地方仅三尺，侥幸不死！他吓得大喊起来，可是这喊声没有人响应，只有岩石间的回声跟着他的喊声作悠长而凄惨的反响。"呀，只留下我一个！"他不禁喊出这句话，同时又听见一个短促而可怕的回声。他立刻觉得绝望。再用电筒照时，只见岩石的隙缝间参差露着被压死的人们的手、脚、和小孩的头、小手等。有的头颅被压碎，脑浆淋漓；有的只露着一个头，两个眼球仿佛两个胡桃，向外突出；有的因为肚子和胸部被岩石突然重击，肠胃等竟从口中吐了出来！……军官再也不忍看了。他熄了电筒，两腿站不住，便倒在地上，几乎昏过去。

不一会，他清醒了。他想，在这情形之下应当怎么办？他知道这山很高很大，简直是一条长岭。要掘一条通路呢，他身边没有家伙；况且这山都是岩石，即使有家伙，也是不容易的。大声喊救呢，便是震断了声带，外面也无论如何听不到。向洞的深处走呢，只觉里面阴气袭人，好像伏着可怕的鬼怪。况且这里面十有八九是绝路呢！他想到这里，觉得完全绝望。他想到不如像那些平民一样被炸死或压死了干净。像他现在的情形，正是不死不活，使他万分焦虑而难受。后来他想，与其这样活活地饿死，还不如现在撞死在石上了痛快。打定了主意，他便站起身来，用尽平生之力向岩石上撞去。

但是，他忽然把头缩回。他想道："就这样撞死了，未免太不甘心。我何不冒着险向洞里走，或有一线希望。如果这是绝路，到那时再撞死还不迟。"他就开始实行他的计划。他很经济地使用他那唯一的光源——电筒。幸而前面并没有可怕的阻碍物，又并不是绝路。不过路很崎岖，而且黑得伸手不见五指。但是这些他都不怕，因为他能刻苦耐劳，他有不屈不挠的精神。他一刻不停的前进，希望能发现生路。

可是，一个阻碍来了——就是肚子饿了。他伸手向衣袋里一摸，幸而带有一包糕，这是平时备着逃警报时吃的。他拿出来省省地吃，一面又不断地前进。他用电筒照照前途，依旧有通路，但依旧是黑暗，依旧是崎岖。在这里不知白昼和黑夜，但照他的经验估计，大约已经走了一天光景了。在平时，他一天能走七八十里路。现在他在黑暗中走这崎岖的路，大约只走四五十里。他只管前进。可是，又有一个不可避免的阻碍来了——他疲倦了。于是只好随地躺下来休息。不一会，他就昏昏睡去。

他醒来的时候，起初还以为睡在自己寝室里的行军床上。疑虑了好一会，他才觉察了：原来自己正处在这绝境里，前途渺茫之极。悲哀和绝望立刻笼罩了他的全身。幸而勇气出来把它们赶走了。他起来继续前进。可是肚里饿得难受。他又伸手向袋里搜寻食物，但只有不可吃的钥匙和一些钞票。这时候，电也用完了。他只好弃了电筒，暗中摸索爬行。他像狗一样地向前爬去。忽然他的头在岩石上撞了一下。"呀，不通了？"他惊恐地自语，忙举起双手向前摸索，果然前面都是凹凸不平的岩石，没有通路。他忙转身向左去摸，又都是岩石。他慌极了，心想右边也许通的，急转至右边，双手向前乱摸。果然，天无绝人之路，两手明明没有碰到阻碍物。他才透了一口大气，不觉自言道："原来转了一个弯！真吓得我要死。"

转弯之后，他忽然看见很细的一线阳光从远处射来。他忙上前去把手放入光线中，居然看见了五指。他欢喜极了，心中立刻充满了快乐和希望，顿时忘记了饥饿和疲劳，急向着光明前进。后来洞渐渐狭小，只能容一人通过。

不久，他便到了洞口。他向洞外一望，只见一片平原，平原外面是汪洋大海。好久不见阳光了的他，一时觉得异常兴奋。起初他觉得非常耀眼，不能正视洞外的景物，但不久也就惯了。于是他便想钻出洞去。可是他忽然又把身子缩回来，因为他看见那平原上有许多野人般的东西在来往工作。他想道："奇怪，这些是什么东西？会不会害我呢？"为了小心起见，他暂时不出去，躲在洞口探望，想等那些野人走后再出去。可是他等了好久，野人们只管不走。他饿得实在难当，疲倦得再也不能支持了。他想，若再不出去，便要饿死在这里了。不如冒着险出去，如果他们对我凶，我可用手枪吓他们。这祥，或者还有生望。心中想着，便钻出洞来。

军官刚出洞，就被野人注意了。他们都停止了工作，惊异地向他看。其中有几个急忙逃去报告一个胸部很高的野人，这大概是他们的王。野人王来了，他向军官叽哩咕噜地问，军官一句也不能懂。他看见野人并不凶，才放了心。于是他便以手指口，表示饥饿。野人王懂得他的意思，就向旁边的野人叽咕了一会，他们立刻跑去拿了两大碗热腾腾的东西来。军官一看，两碗都是煮熟的马铃薯。尝一尝，原来一碗是咸的，一碗是甜的。他已饿得很，便不顾一切，狼吞虎咽的把两大碗马铃薯一顿吃完，觉得味道真好。野人王见他吃完了，便过来指着碗，又指着他的嘴，叽咕地问了些话，军官懂得他的意思，便摇摇头，又指自己的肚子，表示"已经吃饱"。他见野人待他这样好，心里好欢喜。

吃饱之后，他才开始认识他的环境。原来这地方很好：中央一片半圆形的平原，三面是崇山峻岭，一面是茫茫大海。世间的人永不知道有这地方。这里很有些像桃源洞，真是所谓"峡里谁知有人事，世中遥望空云山"。可是这位军官终不免"尘心未尽思乡县"。他望着大海，心想："如果遥见有海船驶过，我可以大声喊救，叫他们把我载回去。"他又回转身来看那些山岭，只见岩石间有许多洞，一层层排着，好像大洋房的窗子。在每个洞里，住着男女老幼的野人。他们身上都有毛，外面穿着棕榈制的衣服。岩石的中央有一个较狭长的小洞，他就是从这洞里出来的。只见这洞口的地上植着几排形似蜡烛的植物，又放着几个棕榈制造的蒲团。他初出洞的时候却没有注意到。他不懂这是什么意思，难道他们向这洞礼拜的吗？这洞的左边有一个精致的小洞。那野人王一手拉着他，一手指这小洞，他知道意思是叫他住这洞，便点点头。天色渐黑，众野人都各自钻进洞里去睡，他也就钻进自己的洞里去躺下。因为几日来身心都很辛苦，故躺下来就昏昏睡去。

次是，军官到海边去眺望，希望有海船驶过。但近岸一带水很浅，故航线离这里一定很远。他望穿了眼，也不见有船只驶过。于是他觉得绝望，心想只好永远住在这里了。幸而野人们都待他很好。他们一天吃三餐马铃薯。早上是淡的，中午是甜的，晚上是咸的。吃之前，有一野人用木锤击石器数下，几十个洞里的野人听见了都纷纷出来，排成圆形，坐在地上。国王坐在圆形的中央。每人手里捧了一碗马铃薯，大家欢乐地吃。他们很客气，请军官同国王并坐。

他在这里住了几天，渐渐知道了他们的组织：胸部最高的一个是王，还有六个是官，胸部比王稍低，其余的都是平民，他们的胸部又比官稍低，但和世间的人相比，还是高得多。六个官各有其职，其中一个专管"衣"的事，其余五个分管"食"的事。"食"的事共分五项，即马铃薯、甘蔗、糖、海盐、土器皿及柴火，每个官担任其中一项。每天，这六个官各向人民中轮选数十人去工作，官在旁监督，指挥和教导。他们工作的地方是海边和左边山坡上。这里中央及右边都是岩石造成的峭壁，上有无数的洞，独有这左边的山上却是一片肥沃的土地，上面种满了植物。

军官常到海边去散步，看野人们做晒盐的工作；或是坐在洞口闲眺风景。他到左边山坡上去参观他们工作：有的在剥下棕皮，有的在缝成棕衣。官在林间来往发令，指挥他们。众野人无不绝对服从。棕林外面是数百亩马铃薯地，他们正在收获。管马铃薯的官在旁监督并教导。棕林旁边是一大丛的甘蔗林，他们也正在收获，后面的山上隐约可望见许多野人在丛莽及茂林间樵柴。山的左边有一个天然的岩石的平台，上面建着一个大窑，窑口冒着火焰和浓烟。这是烧碗盏的。平台上有野人们在工作。有的打粘土，有的制器皿，有的烧火。这里俨然是一个小工场，他们所制造的器皿虽粗，形式却很美观，可用以盛马铃薯、盛盐、盛糖。他们工作都很认真而尽责，从不偷闲，永无争吵。军官看了这分工合作的办法，这忠勤简朴的民众，和这和平欢乐的景象，他觉得真可佩而可羡。他想，这正是一个理想的国家的缩型。

光阴如箭。军官虽没有日历，但由他的经验和时节气候的变迁，他知道在野人国已过了四五个月。这时候已是秋天了。他渐渐懂得他们的言语，现在他差不多已能和他们随意闲谈了。有一次，野人王工作完毕，便来找他闲谈。他们两人坐在地上晒太阳，一面就开始谈话：

"你们这里真好！地方又好，人又好！"军官真心的称赞。

"地点的确很好！至于人民，就是大家能互相帮助，互相爱护罢了。"野人王说。

"你们究竟共有几百人？我还没有清楚。"军官问。

"约有五百人呢！"野人王回答。"你们呢？你们世界上大约有几千人吧？"

"不止！有几万万呢！"军官心中不觉好笑。

"万？什么是万？"野人王很奇怪。

丰子恺　大道将成

"一万就是十千。我们共有几万万！"军官解释给他听。

"啊，真多！"他似乎不能相信，因为多得不能想象。"那么，都是像你这样身上没有毛的吧？"

"自然都没有毛的。"军官回答。他觉得太阳晒得怪热，便把自己的衣服脱下。里面穿的是一件织得特别细致的夹棕衣，中间还填满了芦花。这是野人王叫他的人民为军官特制的。因为恐怕他身上没有毛，禁不起冷，所以特制这夹棕衣给他。他把脱下的衣服在地上一丢，同时发出"汀零"一声。

"什么东西？你袋里有什么东西？"野人王听到这声音便问。

"这是我袋里的钥匙，是从前带来的。钥匙！你知道？"军官恐他不懂这名字，故反复问一句。

"什么是钥匙？"他果然不懂。

"这就是——"军官觉得有些难以解释，他一面拿起衣服从袋里取出那串钥匙。"你看，是这样的东西。我们的衣服等藏在箱子里，箱子关好后，一定要在上面加一个'锁'。锁好之后，箱子便不能再开。要开的时候，一定要用这种钥匙才行。"军官以为已解释得很清楚。

"那么为什么一定要把箱子锁好呢？"野人王还是不懂。

"因为如果不锁好，别的人便要来偷。"他看见野人王听到"偷"字茫然不解，便继续说："'偷'就是有些不好的人等物主不在的时候，把箱子里的衣服等东西私下拿了去。倘使——"

"有这样的事吗？"野人王打断了他的话，很惊奇地问。"怎么可以偷呢？哈哈，你们世界上的事真奇怪！"这时，站在旁边的几个野人都惊奇得笑起来。

人间情味

"是的，你们听了原要奇怪。"军官脸上不觉有羞惭之色。"我们的世界没有你们这样好，故我们的箱子一定要锁好，不锁便有人要偷。倘使我的衣服被人偷了去，我便没得穿，便要觉得冷。"

"你冷了，偷的人难道不冷吗？别的人难道都不冷吗？"野人王惊异地问。

"哦？"军官不懂他的意思。"我冷了，别的人怎么会冷呢？"

"咦！你们的世界真太奇怪了。怎么一个人冷了，别的人都不冷呢？"野人王说。这时旁听的野人都表示异常的惊奇。

"我是我，别人是别人。我冷了，与别人有什么关系？偷的人既已得了衣服，哪里还会冷呢？别的人只要有衣服，当然是不冷的。"

"啊，原来你们和我们不同。我们五百人中，若有一人冷了，其余的人大家觉得冷。因为我们个个都有赤心！"他说着便解开棕衣，露出他的赤心。"你看，是这样的东西。"

军官看时，只见他胸前突出一个很大的心形，鲜红得非常可爱。

"我们五百人都有赤心，不过大小稍异。"他继续说。"我是他们的王，故我的赤心最大。那六个是官，赤心比我略小。其余的都是民众，他们的赤心又比官的略小。赤心越大，感觉越灵敏。譬如五百人中有一人没有衣服而冷了，我最先有同感，其次是官觉得冷了，然后人民都觉得冷了。"

"啊，有这样的事吗？"军官奇怪之极，几乎不能相信。

"这有什么奇怪？我们觉得这是很平常，很合理的事。你们世界上的事才真奇怪呢！什么'钥匙，什么'偷'……啊，你还有什么奇怪的东西从世界中带来吗？"

"还有——"军官迟疑了一会。可是野人王早已拿起地上的衣服，自己伸手在袋里搜寻了。他取出一叠钞票来。

"这是什么东西？"他问，一面把手里的钞票分给旁边的野人鉴赏，大家翻来翻去地细细地看。

"多么精美的东西！"旁边一个野人不觉喊道。"我知道了，这一定是你们玩的！"

"不是玩的，这是我们世界上最重要的东西。这叫做'钞票'！"军官为他们解释。

"有什么用处呢？"他们齐声问道。

"这可以拿了去买东西。'买'就是拿这种钞票去向别人交换你所需要的东西。譬如你想吃马铃薯，你便可拿钞票去买。"

"那么没有钞票呢？"他们又问。

"没有钞票便不能买，只好挨饿。我们世界上很不好，有些人有很多的钞票，有些人一张也没有。没有钞票的人便只好挨饿。"军官说到这里，不觉现出愤恨。

"没有钞票的人饿了，别的人难道不饿吗？"他们又很奇怪。

"别的人有钞票，要吃东西只要去买，自然不会饿的。"军官还是现着愤恨。

"哈哈，你们又和我们不同了；我们五百人中若有一人饿了，其余的人都觉得饿，心里都很不安。一定要等那人吃饱了，方才大家都舒服。因为我们都有赤心，五百个胃都相关的。"

"原来如此！"军官不胜羞惭，又不胜羡慕。这时野人们都要去工作了。军官却还是坐在那里独自出神。他想：

"这里真是一个理想的世界！我以前因为见他们身上有毛，故把他们当作野人看，这真是亵渎了他们。原来这里不是野人国，这里是赤心国！那个胸部最高的不是野人王，他是理想世界的领袖，是赤心国的国王！那些钥匙，钞票，的确是奇怪的东西，是可耻的东西！"他忽然想起了裤袋里的手枪。"啊，还有这东西！这是何等野蛮，何等可耻的东西！幸亏这手枪还没被他们看见。如果给他们知道了它的用处，他们将怎样地笑我们，我将何等地羞耻！他们若知道我以前曾把他们当作野人看，他们一定要说：'你们痛痒不关，自相残杀，你们才是野人！'啊，我必须小心藏好这手枪，无论如何不能给他们看见。"他觉得手枪硬硬的在他身边，怪不舒服。

可是有一次，军官不小心把手枪落在地上。恰巧被赤心国的国民看见了。他们忙拾起来，喧哗地争着看，一面问他是什么东西。赤心国的国王也来了。

"多么精致的东西！这是做什么用的？"国王好奇地问，似乎希望再听到一些奇怪的事。

"这是——"军官现出很狼狈的样子。"这不过是一种装饰品罢了。"他说谎了，态度很不自然。

"啊，多美丽的装饰品！你们的世界上真好，有这么精美的装饰品！"他们齐声真心地称赞，大家轮流把手枪在身上试挂，现出很高兴的样子。军官在旁看了，现出尴尬的神情。幸而他们只拿来挂挂，就还了他，并没有细玩。他才放心了。

自此军官不再把手枪拿出来。他安心地在赤心国里和他们共享和平幸福的生活。

有一个半夜里，天气很冷。军官正睡得很熟。忽听见五百人都起来，喧哗不住。军官被他们惊醒，忙跑出洞来问。只见围着一个不穿棕衣的青年，正在关心地问他什么。那管衣的官忙拿了一件新的棕衣来给他披上。原来这人夜里起来到洞口小便，忽然一阵大风把他身上的棕衣吹了去，他冷得发抖，使得所有洞里的人都觉得冷，所以大家起来查问。他们见军官也起来了，大家问他："对不起得很！你也觉得冷了吗？"军官回答说，他并不觉得冷，不过听见他们喧哗，所以起来问问。

又有一天的正午，大家正在吃马铃薯。忽然中央的国王皱着眉头高声问周围的人：

"我觉得很饿，你们都觉得吗？"

"啊，果然饿得很！"大家仿佛被提醒了，齐声回答。

"你们赶快去调查，不知有谁没吃饱呢！"国王关心地吩咐那些管食事的官。

他们不等国王说完，早已跑去侦查了。不久，他们拉着一个孩子来了。

"这孩子到山上去采花，迷了路不能回来，肚子饿得很！"他们一面拉着他过来，一面报告国王和大家。

那管马铃薯的官忙捧了一碗马铃薯来给那孩子吃。他便捧着碗大吃。他吃饱后，大家方才觉得饱了，现出舒服的样子。

又有一次，潮水来了。声音宏大而可怕，像狮吼，又像打雷。在海边工作的人来不及逃避，几乎被潮水卷去。他们拉住海边的芦苇，拼命挣扎。忽然国王慌张地从洞里出来，四顾而大喊：

"有谁遇着灾难了？大家快去查！"

他没有说完，许多人民都纷纷从洞里出来，脸上都有惊慌之色，一齐叫道："我们身上也觉得不安，一定是谁遭遇祸患了！"于是大家忙向四处寻找。

"呀！你们看，潮水里不是有人在挣扎吗？"国王同那盐务官同声喊起来。

民众看见如此，忙去拿竹竿来救。海边的人拉住了竹竿，爬上岸来。管衣的官早已拿了新的棕衣来给他换。大家都去慰问。军官和国王也去问讯。幸而没有被潮水卷去。

军官看了这种现象，觉得惊奇，羞惭，又欢喜。他想："我虽然没有赤心，但我要竭力仿他们做。"自此军官和他们同欢乐，共患难。他每天帮他们做些轻便的工作。除了身上没有毛和赤心之外，他简直和他们一样了。

这一天，天气很好。军官和许多人民在棕榈树间工作。暖和的太阳射入林中，晒在他们身上，温暖得全身很舒服。他们一面工作，一面闲谈：

"你们的世界真好！我希望永远住在这里。"军官说。

"我们也希望你永远和我们在一起！"他们高兴地说。

"前几天潮水几乎把你们的同胞卷了去，我看见你们大家立刻现出不安和惊慌。难道你们不仅是冻和饿大家同感，连灾难也有同感的吗？"军官想起了前几天的事，便问。

"当然啰！只要一个人遭了灾祸，我们大家便觉得有亲自遭灾祸似的感觉。"他们回答。

"那么你们之中若有一个人生了病，五百人便都生病吗？"军官暂停了工作，奇怪地问。

"生病？是什么意思？"他们望着军官，不懂这话。

"你们有人死的时候，怎么样呢？"军官不答而问。

"我们凡到了很老的时候，便安然死了，一点苦痛也没有。我们把尸体缚在板上，大家唱着悲哀的歌送他到海里去。"

"啊，原来你们都是无病而逝的！"军官不觉自语。

"……？"他们疑惑地向他望，不懂他的话。

"如果你们的国王死了，谁即王位呢？"他忽然想起了这问题。

"如果国王死了，人民中自然有人的赤心变大起来。谁的赤心最大，谁便是我们的王。因为做王的应该有最大的赤心。"他们回答。这时候，平原上传来敲石器的声音。大家便停止了工作，一同去用午餐。

军官觉得这种生活有趣得很。他跟着他们日出而作，日入而息。闲时散散步，看看风景，或是和他们谈谈天。度着这种和平幸福的生活，他的身体一天健康一天了。

光阴如飞，时候已到严冬了。山上那株大橘子树已经结实累累。果实又大又红又可爱。有一天，国王指着这橘子树对军官说：

"你看，这些橘子都已成熟了！等我们每人尝了一个后，便把所有的橘子采下来，剥出来，放了糖，烧甜羹吃。这时候便要开一个大的宴会。你一定欢喜参加的。"

春色滿園關不住

德晃先生 雅屬

子愷畫

丰子恺　春色满园关不住

军官很高兴。他想，这和我们的过年无异。

没有几天之后，第一个橘子落下来了。他们拾得后，便拿去献给国王先尝。第二个落下后，便拿来送给军官尝。其次的给六个官。以后便按着年纪的大小，顺次分给人民。所有的人都尝到后，树上还有许多橘子没有落下。于是他们便爬上去尽数采了下来。这一天，大家停止每日的工作，围着橘子堆剥皮。剥好之后，放入一个很大的沙锅里，加了许多甘蔗糖烧起来。酸甜的香气从锅中喷出，散遍了满个平原。

不久，橘子羹烧好了。他们把大锅子放在中央，请国王，军官和六个官坐在锅旁。几百人民绕着他围成圆形。各人手里捧着一大碗橘子羹，欢乐地吃。军官觉得的确好吃。又甜，又酸，又香，又鲜。这时候，没有一个人不喜形于色。有时候，他们放下碗，手搀着手，绕着国王等跳舞，口里唱着庆祝的歌。国王也欢乐之极，哈哈大笑。

"呀，我想起了，你不是有一件很精美的饰品吗？当这快乐的时候，为什么不把它拿出来挂着？"国王忽然问军官。

军官没法，只好把手枪从衣服里取出。国王一面细细玩赏，一面亲自替他挂上。忽然"砰"的一声，军官倒下了。原来国王不知道，碰动了那扳机。子弹飞出，却巧穿过军官的喉边，流血不止。他立刻昏了。众人非常惊骇，忙聚集拢来。幸而子弹没有伤及喉管，只是在其旁的肉里通过。不一会，他略略清醒了些，但不能讲话，也不能动。他隐约听见众人惊骇及诧异：

"这不是装饰品吧？这究竟是什么呢？"有的怀疑了。

"他们的世界到底不好！怎么有这样危险可怕的东西？"有的摇着头太息。

"他有没有死？我们怎么救他呢？"大家同情的说。

众人纷纷地议论了好久，终于没有办法。有的说，他一定死了，为什么他不动呢？国王起初也惊慌，但不久就镇静了。他问众人：

"我想他一定痛苦，你们都觉得痛吗？"

"奇怪，我们都不觉得痛。"众人回答。

"我也不觉痛苦。大概他和我们没有关系的。我想，他一定就要死了。"国王说到这里，现出悲哀样子。众人也都悲伤起来。不一会，国王又说：

"现在，你们大家静听我讲！你们都知道，这人是从中央的小洞里出来的。以前我常常吩咐你们，大家应该向这小洞礼拜，祈祷上苍保佑我们，切不可进去窥探。但我没有把这理由告诉你们。现在我告诉你们这理由：每当一个王传位给另一个王的时候，必定将一句话传下。这话就是'中央的小洞里万不可去窥探，因为这洞通一个不好的世界'。我以前不把这事告诉你们，是因为恐怕你们知道这洞是通另一个世界的，心中起了奇异之感而偷偷地去窥探。当我初见这人时，我以为他一定很坏。哪知后来看他倒很好。但从他的口中，你们一定相信那世界的确是很坏的。况且他们竟有这种可怕的杀人的家伙！现在这人既已无知觉，我们赶快把他送入海中，现在，我告诉你们，让我们赶快把这危险的洞封了，免得再有后患。好，大家听我的命令！你们几十个人快去封洞！喂，你们几个人来，把这不幸的人缚在木板上！"国王结束了他的说话。

军官没有完全昏去，他听见国王的话，但他不能动，只好任他们缚。他很不愿离开这地方，心中很悲伤，恨不得立刻挣扎起来，告诉他们："我虽是从那坏世界中来的，但我不是坏人！"可是他没有气力。

"不要忘记把那可怕的'装饰品'给他带回去！"他隐约听见国王的声音。于是他听见他们齐声唱追悼歌，遂即觉得身入水中，他又昏过去了。

当他醒来的时候，发现自己安卧在船舱里的床上。原来他已被一只大轮船上的水手们救了起来，伤口已被搽上药膏，绷上纱布。床的周围站着医生，看护妇和别的人，他们都注视着他。现在他完全清醒了。大家忙问他是怎么一回事。他便断断续续地把他所遇的一切完全告诉他们。

全船的人都知道了这军官的奇遇。有的人不信；有的人半信半疑；有的完全相信，并且说一定要亲自驾驶了帆船去寻找这赤心国。

军官不管他们信与不信，他心里永远憧憬着赤心国里的和平幸福的生活。当这大轮船泊岸之后，他便回到家乡，把他因躲警报而得的奇遇讲给人们听，并且希望把我们的社会改成同赤心国的一样。人们听他讲到胸前那颗赤心，大家都笑他发痴。有的人说，他大约被炸弹吓坏了，所以讲这些疯话。但他不同人争辩，管自努力考虑改良的办法。他到现在还在努力考虑着。

卅六（1947）年十月于杭州。

（发表于1947年8月《论语》第134期，选自《丰子恺文集》第6卷。）

大人国

我讲的大人国，和一般童话里所讲的不同。所谓大人，并不是身体比山还高，脚比船还大，把房子当凳子坐，而在烟囱上吸烟的那种大人，却是和我们一样的人。那么为什么他们的国叫做"大人国"呢？诸位小朋友读后，也许会相信他们的确是大人。

这个国在什么地方？我忘记了。但我曾经去玩过，觉得很特别，所以讲给诸位小朋友听。这国内的社会状态，与我们的国内相同，有农夫，有工厂，有市场，有学者和公教人员，而且也有叫化子，贼骨头，和强盗。他们也有语言文字，但是他们对于有几个字的解释，意义与我们相反。譬如物价涨的"涨"字，他们当作"跌"字讲。福利的"利"字，他们当作"害"字讲。"吃亏"两字，他们当作"便宜"讲。……这样一来，他们的人事就和我们不同，简直使我们笑杀。我先把他们的商卖和公教的情形讲给你们听：

我们买东西，总希望多得东西，少出铜钱。他们却相反：我看见有一人去买米，问"多少钱一斗？"店主说："顶多八千[1]块钱一斗，再贵没有了！"买主惊奇地说："哪里的话？别人都卖一万二千元一斗，为什么你只卖八千？我是老主雇，你要客气点，算一万二千吧！"店主不肯："你放心，不会亏待老主雇的！既然说了，就算八千五吧！"买主也不肯："你这老板太精明了，只加五百块钱，差得太多了！顶少顶少，我出一万一，总好卖了！"再三讲价，最后店主说："爽爽气气，一万块钱，再多一个铜板也不卖！"买主勉强答允了。店主拿斗去量米，买主赶过去监督："量好一点，不要量得太满！"店主说："放心，不会叫你吃亏的。"说时斗的上面已经戴了一个高帽子。买主连忙抢上去，用手把米捋平[2]，又挖了一个深的窟窿。店主连忙拦住他的手，愤愤地说："这变成半斗了！这样我吃亏不起……"双手把米捧进斗去。买主又来抢住。结果，用木棒来夹，公平交易，米才量成功。买主拿了米出去，嘴里还在叽哩咕噜，嫌他们的斗太大。店主点一点钞票，追上去说："喂喂，这里是一万一千五百元，多了一千五，不相信你自己去点！"买主惊奇地接了钞票，点过一遍，果然多了一千五百元，只得收回，悻悻然地说："是别人当作一万元给我的，我没有点过，不是有心欺骗你的啊！"这交易方才完成。

小孩子去买东西，最易受商人欺侮。常常有父亲或母亲去向商店交涉。我曾见一个母亲，同一家酱园吵架。母亲手提一瓶菜油，点着瓶说："我叫我家的宝宝拿了一千六百块钱来，买半斤菜油，怎么你们给她装了这满满的一瓶，

---

〔1〕 八千，指当时的"法币"，下同。——编者注。
〔2〕 捋平，江南一带方言，意即抹平。——编者注。

一斤半还不止？而且只收她一千块钱，退还了六百元来。你们大字号，做生意应该童叟无欺！怎样好欺骗我家这个小孩子呢？不成！"她定要店伙把油倒出，而且定要补送六百块钱。店伙辩解："没有这回事的！这两天菜油跌价，你不相信可以去问。半斤油收她一千块钱，已经二千元一斤了。别家卖一千六的也有！至于斤两，你这瓶装满也不过半斤多一点点，我们的秤本来是这样大的。"说过，略为倒出一点油。母亲赶上去握住了瓶，狠命地一竖，倒出了小半瓶，店伙连忙抢住。母亲把六百块钱丢在柜上，三脚两步走了。店伙拿了六百块钱追出去，硬要还她："这不行，我们做生意说一不二的！"讲之再三，母亲收回三百块钱，店伙只得拿了其余三百块钱回店，口里不绝地喊："蚀本生意。"

有一次我看见他们的市教育局门前，有大批群众示威请愿。这批人都穿制服，原来是学校的教师。他们手里都拿着旗子，旗子上面写着："要求减低待

丰子恺　远书

遇！""要求政府保证以后不再预发薪水！"我看了纳罕。但他们非常认真，高呼口号，群情激昂。后来里面出了一个代表，对群众解释："并非教育局不肯减低，只因政府拨给的教育经费，有增无减。物价一天一天地低落，而政府的教育经费毫不减少；不但不减，而且还有增的消息。至于预发，不瞒你们说，我们已经受了政府五个月预发教育经费，而我们对学校只预发两个月，并不算多。希望诸位体谅国库经济过剩的困难，暂且忍耐。只要国库渐渐空松起来，总有一天接受你们的请愿，而实行减低待遇的。"群众被他搪塞，也只得解散回校。中有一位校长，似乎认识我，就在路上同我谈天。他恳切地告诉我："你是外客，不知道我们的教育界的苦况。我们并非嚣张，实在到这地步，非示威请愿不可了。就照我所管的初中说：底薪五百万，薪水一倍多，平均每人有一千多万，而教师们大都单身青年，担负很轻的，这许多钱叫他们怎么用？最可恶的，物价一天一天地跌落，这一个月来米价跌了一倍多，十二万一担忽然变成五万，猪肉又大跌，五千元一斤的已经跌到两千！听说就要卖一千五呢！你想，这种时局，叫他们做教师的怎么过日子？我们的会计处，天天有人来存薪水，接受了一个人，其他的人都来，那位体育教师，敲台拍桌，硬要存进三个月的薪津，竟同会计先生吵起架来。你看，这时局怎么得了！……"走了一会，他又说了："实在，我们的教师的生活，的确为难！第一，政府拨给的房屋太大。一个单身教师，派到两幢三层楼洋房，叫他怎么支配？勉强雇了三四个工役，还是空得很，许多沙发椅子上积满灰尘，空房里老鼠夜夜猖獗！第二，衣服，政府不断地按月赠送。不是三件哔叽料，就是四匹士林布。堆在家里，鼠咬虫伤。拿出去送人，受的人一定要出钱，出的比市价高几倍！第三，食物更是一大问题：政府把军政界不放在心上，而对于我们教育界太偏爱了。薪水吃用不完，还要每星期发给公粮。不是面粉，就是奶粉。许多教师家里，面粉堆积如山，都在虫蛀；奶粉堆积日久，发了霉，也只得喂猪；自己又不养猪，拿去送给人家，人家定要付很多的钱。第四，行也是一个问题：街上公共汽车，电车，这样多，这样空，政府还要送给每个教师一辆小包车，弄得汽车、电车竟无一人搭乘，常常空车开来开去！……总之，我们今天的示威游行，决不是嚣张，好事，真是万不得已的啊！"讲到这里，我和他分手了。

＊　＊　＊

　　我和那校长分手之后，在街上漫步，想再找点花样看看。忽然看见一家公馆门口，有一个男人在那里表示要求，公馆里的主人在那里表示拒绝。我走近去，靠在一根电杆上，仔细观看。旁边又来了一个人，一个瘦长子，也站着观看。他自言自语的说道："叫化子这样多，不得了！"我才知道这是叫化子。我看见这叫化子手里拿一只大袋，从袋里摸出一束钞票来，鞠躬如也地向主人哀求：

"谢谢你，好先生！收了这一点点！我实在太多了。送了半天，只送掉二百万。家里还有一屋子的万元钞票呢！先生做做好事，收了这一点点，不过一百万，不在乎的！有福有寿的好先生！"

公馆主人厉声地说："不要，不要，走，走！昨天受了你一大束，你今天又来了，宠不起的！以后一点也不再受了！快走，快走！"

叫化子把钞票分出一半，又哀求道："好先生，受了五十万吧！以后我不再来了，只此一回，谢谢你好先生！"主人说："你年纪轻轻，不晓得自己去享用，来推给别人；不要，一个钱都不要！快走，快走！"那叫化子只得收了钞票，垂头丧气地走了。

主人刚想关门，忽又来了一个女人。她手提一只篮，向主人鞠躬，看样子又是一个叫化子。我听她说道："大老板，修福修寿的吃了这一点！"她揭开篮盖，露出一大碗红烧蹄膀，和一大碗鱼翅来。"我实在吃得太饱，不能再吃了！大老板做做好事吧！"接着就伸手去拿出碗来。主人的太太出来了，骂道："叫化子走！又不是吃饭时光，谁有胃口吃你的？走，走，走！"就把门关上了。女叫化子咕噜咕噜地走开了。

我看得出神，忽然觉得，手里的皮包为什么重起来了？提起来一看，发现皮包上已割了一条缝，约有半尺来长。打开来一看，原来的一副衬衣和毛巾，牙刷，牙膏之外，多了两条金条，怪不得这样重！我正在惊讶，一位老人走过，看见我皮包一条缝，就站住了，对我说："你可是遭扒手？这几天扒手多得很，要当心呢！"他问我多了什么东西，我说："两根金条！"他愤然地说："岂有此理！这损失太大了，我替你去报警察。"老人就陪我去告诉岗警。岗警检点我的皮包，问："什么时候被扒的？"我说："我看得出神，竟不觉得。"他说："那很难查，叫我哪里去捉人呢？"我说："我疑心是一个脸有麻点的瘦长子扒的，因为他曾与我一同站着观看叫化子。"警察说："有麻点的瘦长子不只有一个，也很难捉。你留下地址，捉到时再通知你好了。"我说："那么，我把金条给了你，你捉到时还了他吧！"警察双手乱摇："那不行，我们当警察的受不起！"他就去指挥汽车了。

我和老人只得走开。老人边走边对我说："算了吧！你的皮包横竖空空的，受了这两根金条吧。你这损失不算大。我告诉你，上一个月，我家遭贼偷，这损失才大呢……"我请教他怎样大，他继续说道："那一天，风雨之夜，我半夜里起来小便，两脚从床上挂不下来，似觉有物阻挡了。点上灯一看，大吃一惊：满屋子都是钞票，凳上，桌上，地上，床前踏脚板上，纯是钞票。家人被我喊起，大家喊'捉贼'，东寻西找，发现墙脚上一个大洞，可容一个人进出，贼便是从那里送进钞票来的，这一次损失浩大！大大小小，共有二三十捆，而且都是万元大钞票，顶小的也是五千元票子。总数是有几百亿呢！"老人言下不胜悲愤。我说："你报警察吗？"他说："当然！我雇一辆大卡车，装了这些钞票，直送警察局。"我说："他们受了么？"他说："哪里肯受，同你刚才一样：他们说我们警察只能给你们通缉，不能赔偿损失。我只得仍旧把钞票载回。但他们始终没有给我捉到这贼骨头。唉，现在的警察也办得不好！"他不胜悲愤。

　　谈谈说说，不觉已经走到市梢。忽然听见前面大吹警笛。老人说："又发生事体了！"我跟他上前去看，看见许多武装警察，向公路那边出发。这里公路上停着一辆大卡车，车中满装着米，堆得比黔桂路上逃难的车子还高。一个司机哭丧着脸，向一个警察告诉："我这卡车从君子县开出，本来是空的。不料开到谦让乡附近，突有暴徒十余人从路旁草中跃出，手持木壳枪，迫我停车，将预藏草中的白米两百余袋，如数堆入车中，又用木壳枪迫我开车。我是替老板当司机的，负不起这个责任，务请赶快抓住强盗，退还赃物！"警察说："已经派一小队前去剿缉了。不过谦让乡离此有二十里路，深恐强盗已经匿迹。你何不就近告警察呢？"司机说："没有警察，叫我哪里去告诉？"警察看看车上堆得高高的米，皱一皱眉头，安慰他说："你暂且运去，我们负责侦缉是了。"司机看看米，号哭起来："这许多米叫我怎么办呢！"路上的人都来安慰他。最后他没精打采地上车，把车子开走。

　　老人又悲愤地对我说："警察办得不好！二十里内没有一个警察，无怪盗贼蜂起了！"至此我就和他分手。因为有要事，我在这一天就离开大人国，回到我自己的中华民国来。被扒来的两根金条，依旧存在我的破皮包里。我回进中国，搭上火车。下车的时候，觉得皮包忽然又轻了。打开一看，只有衬衣，毛巾，牙刷，牙膏。那两根金条已经不见了。我记起了，我在火车中看《申报》时，觉得旁座的人摸索摸索，金条一定是他拿去的。我高兴得很，我想："到底是中国！我们的乘客比他们的警察更好。他知道我被扒了，自动替我还

月上柳梢頭 子愷畫

丰子恺
月上柳梢头

赃，而且不告诉我，免得我报谢他。到底是中国！"

卅六（1947）年五月三十日于杭州作。

（本篇曾连载于 1947 年 6 月和 9 月的《儿童故事》第 6 期和第 9 期，选自《丰子恺文集》第 6 卷。）

有情世界

阿因的爸爸坐在椅子里看书，忽然对着书笑起来，阿因料想，书里一定有好听的故事了，就放下泥娃娃，走到爸爸面前来问：

"爸爸笑什么？讲给我听！"

爸爸指着书，又指着阿因，说道：

"我笑的是他和你。你们两人一样。你替凳子的脚穿鞋子，同泥娃娃讨相骂，给枕头吃牛奶。这位宋朝的大词人辛弃疾，就同你一样，他同松树讲话，你看。"

说着，指着书上一段，读给阿因听：

"昨夜松边醉倒，问松'我醉如何？'只疑松动要来扶，以手推松曰'去！'"

又解给阿因听："辛弃疾喝酒醉了，倒在松树旁边的草地上。他就问松树：'喂，老松！你看我醉得什么样了？'"松树不答话，它的身体动起来了，似乎要把辛弃疾扶起来。辛弃疾很疲倦，想躺在松树旁边的草地上休息一会，不要它来扶起。就用手推开松树的身子，喊道：'不要来扶我，你去！'"

阿因听了，很奇怪。他张大眼睛想了一会，也笑起来。他的笑是表示高兴。他想：大人们都说我痴。哪知大人们也是痴的。他们的痴话还要印在书上给大家看呢。自今以后，如果再有人说我痴，我就可回驳："你们大人也是痴的，有辛弃疾的书为证。"

这天晚上，阿因就去遨游"有情世界"。

他吃过夜饭，正被母亲迫着去睡的时候，忽然看见地上一块白布。他想把布拾起来。先用脚踢它一下，白布不动。仔细一看，原来是窗外照进来的月光。他抬头向窗外望，但见月亮正在对他笑，好像有话要说。他高兴极了，先向窗外喊一声："月亮姐姐，我就来了。"飞也似的跑出去了。

他跑到门外草上，仰起头来一望，月亮姐姐的脸孔比窗里看见的更加白，更加圆，更加大了。同时笑得更加可爱了。但听她说：

"阿因哥儿，到山上去野餐，他们都在等候你呢。快去拿了小篮出来，我陪你同去吧。"

阿因不及回答，三步并作两步，回进屋里，走到床前，向枕头边去取出小篮。一看，里面有半篮花生米，两包巧克力，是白天爸爸买给他的，现在正好拿上山去野餐。他提了小篮出门，说声："月亮姐姐，同去，同去！"就快步上山。月亮姐姐走得同他一样快，两人一边说话，一边上山。忽然路旁一群小声音在喊：

"阿因哥哥，月亮姐姐，我们也要去野餐，带我们同去！"

阿因回头一看，原来是一群蒲公英。阿英站住了，月亮姐姐也站住了。阿因说：

"好极，好极，我正想多几个人携着手，一同上山。月亮姐姐高高地在上面走，不肯同我携手呢！"

他便伸手拉蒲公英。蒲公英们齐声叫道："拉不得，拉不得，我们痛得很！"

阿因一看，知道他们都是生根的，便皱着眉头，想不出办法。月亮姐姐喊道："阿因哥儿，他们是走不动的，你给他们吃些东西吧！"阿因觉得这话不

错，便从小篮里取出花生米来，给蒲公英们一人一粒。蒲公英们都笑了，大家鞠一个躬，谢谢他。阿因再走上山，月亮姐姐又跟着他走，快慢完全一样。虽然不能携手，一路上都好谈话，不知不觉，已到山顶。山顶上有方平原，平原中央有一块大石，一块小石。阿因坐了小石，就把小篮里的花生米和巧克力倒在大石上，开始野餐了。他叫道："大家来吃东西！"山顶四周围站着的松树一齐"哗啦哗啦"地笑起来。阿因向四周一望，但见他们一个长，一个短，一个蓬头，一个尖头，大家正在探头探脑地望着石桌上的花生米和巧克力，嘴里都滴着口水呢。忽然附近发出一阵娇嫩的喊声，原来是睡在石桌周围的杜鹃花们：

"阿因哥哥，你这时候还来野餐？我们早已睡着，被你惊醒了！谁带你上来的呀？"

阿因点着上面说："月亮姐姐带我上来的！杜鹃花妹妹，你们睡得这么早，真是无聊！大家快点起来吃东西吧？今晚月亮姐姐这样高兴，你们不可不陪她。你们看，她的脸孔从来没有这样地白，这样地圆，这样地大；从来没有这样地可爱的呢！"

白云听见了阿因、杜鹃花们、松树们的笑语声，慢慢地从远方跑过来，也要来参加这野餐大会了。白云走到了石桌顶上，望着花生米和巧克力吞唾液。忽然松树们、杜鹃花们，一齐喊起来：

"白云伯伯，让开点，不要遮住月亮姐姐！"同时月亮姐姐也在上面喊起来：

"白云伯伯最讨厌！他老是欢喜站在我的面前，使我看不到你们。"

松树们大家同情月亮姐姐，接着说道：

"对啊！白云伯伯不但欢喜遮住我，有时竟会走下来，蒙住我们的头，气闷得很！这人真讨厌！"

杜鹃花们也娇声娇气地喊起来：

"白云伯伯怕你们吃东西，所以拿他那个庞大的身体来遮住你们。他想一人独吃这花生米和巧克力呢！"

白云被他们说得难为情起来，只好让开。但他的身体实在庞大，行动很不自由，过了好一会，阿因方才看见月亮姐姐的脸。白云伯伯被骂，阿因觉得太可怜了。他就劝道：

"白云伯伯，你下次站在月亮姐姐的后面，就好了。何必一定站在她前面呢？你横竖身体伟大，她遮不到你的呢！"

月亮姐姐扑嗤地笑起来。白云伯伯说：

"阿因哥儿，你不知道我的苦处，我是不能走到她后面去的。她的身体实在太娇小，我的身体实在太庞大，一不小心，就要遮住她。如今我有办法：我把身体变个样子，站在她的周围，好不好？"

阿因、松树、杜鹃花们大家赞美。白云就慢慢地变样子，先把身子伸长，变成一条，然后弯转来，变成一个白环，绕在月亮姐姐的四周。底下的人们看了这变态，大家拍手喝彩，大家吃东西，高兴得很！从此大家不讨厌白云伯伯，而且请他多吃点东西了。

大家吃饱了东西，月亮姐姐的身体渐渐地横下去，好像想休息的样子。阿因说：

"我们散会吧，月亮姐姐疲倦了，大家明天再会！"月亮姐姐要送他下山。阿因说：

"你要休息了，不必送我下山。就叫松树哥哥送我下去吧！"

杜鹃花们一齐笑起来。松树说：

"阿因弟弟，要是我们走得动，我们很想送你下去，看看世景，可惜我们是走不动的呀！我有办法：叫我们的溪涧妹妹代送吧。她是一天到晚欢喜跑路的。"

溪涧接着说话了：

"我因为忙得很，没有参加你们的野餐会。但你们的谈话我都听见；而且风伯伯把你们的花生米和巧克力包纸都带给我吃了。香气倒很好。谢谢你们。我原要下山去，就由我代表你们，陪送阿因哥儿下山吧。"

阿因就跟了溪涧妹妹一齐下山。溪涧妹妹会唱许多的歌，在路上唱给阿因听，一直唱到阿因家的门前的河岸边，方始"再会"分手。阿因在路上，从溪涧妹妹学得了一曲最好听的歌。他一边唱着，一边走进屋里去，直到听见他母亲的声音："阿因，你睡梦里唱的歌真好听！"他方始停唱。张开眼睛一看，只见母亲坐在床前的椅子上，泥娃娃笑嘻嘻地站在他的枕头旁边，等候他起来同她玩呢。

卅六（1947）年清明于西湖作。

（发表于 1947 年 7 月《儿童故事》第 7 期，选自《丰子恺文集》第 6 卷。）

伍元的话[1]

　　我姓伍，名元。我的故乡叫做"银行"。我出世后，就同许多弟兄们一齐被关在当地最高贵的一所房屋里。这房屋铜墙铁壁，金碧辉煌，比王宫还讲究。只是门禁森严，我不得出外游玩，很不开心。难得有人来开门，我从门缝里探望外界，看见青天白日，花花世界，心中何等艳羡！我恨不得插翅飞出屋外，恣意游览。可是那铁门立刻紧闭，而且上锁。这时候我往往哭了。旁边有个比我年长的人，姓拾，名字也叫元的，劝慰我说："不要哭，你迟早总有一天出门的。你看，他们给你穿这样新的花衣服，原是叫你出外游玩的。耐心等着，说不定明天就放你出去了。"我听从这位拾大哥的话，收住眼泪，静候机会。

　　果然，第二天，一个胖胖的人开了铁门，把我们一大群弟兄一齐拉了出去。"拾大哥再会！"我拉住胖子的手，飞也似地出去了。外面果然好看：各式各样的人，各式各样的景致，我看得头晕眼花了。不知不觉之间，胖子已把我们一群人交给一个穿制服的人。这人立刻把我关进一个黑皮包中，我大喊："不要关进，让我玩耍一会！"但他绝不理睬，管自关上皮包，挟了就走。我在皮包内几乎闷死！幸而不久，皮包打开，那穿制服的人把我们拖出来，放在一个桌子上。我看见桌子的边上有一块木牌，上写"出纳处"三字。又看见一堆信壳，上面印着"中心小学缄"五个字。还有一只铃，闪亮地放在我的身旁。我知道，他是带我们来参观学校了。我想，他们的操场上一定有秋千，浪木和网球，篮球，倒是很好玩的！谁知他并不带我们去参观，却把我们许多弟兄们一一检点，又把我们分作好几队：有的十个人一队，也有八个人一队、六个人一队……只有我孤零零地一个，被放在桌子的一旁。

　　"这是什么意思？"我一边看那人打算盘，一边心中猜想。忽见那人把我们的弟兄们，一队一队地装进信壳里，且在每个信壳上写字。只有我一人未被装进，还可躺在桌上看风景。我很高兴，同时又很疑惑。那人在每个信壳上写好了字，就伸手按铃。"丁丁丁丁……"声音非常好听！我想，他大约对我特别好，要和我一起玩耍了。岂知忽然走来一个麻子，身穿一件破旧的粗布大褂，向那人一鞠躬，站在桌旁了。那人对麻子说："时局不好，学校要关门。这个月的工钱，今天先发了。"就把我交给他，又说："这是你的。你拿了就回

〔1〕　本篇曾载 1947 年 3 月《儿童故事》第 3 期。——编者注。

人间情味

丰子恺 轻纨

家去吧。校长先生已经对你说过了吗？"那麻子带了我，皱着眉对那穿制服的说："张先生，学校关了门，教我们怎么办呢？"那人说："日本鬼子已经打到南京了，你知道么？我们都要逃难，大家顾不得了。你自己想法吧！"麻子哭丧着脸，带我出门。

麻子非常爱护我。他怕我受寒，从怀中拿出一块小小的毛巾来，把我包裹。嘴里说："可恶的日本鬼，害得你老子饭碗打破。这最后的五块钱做什么呢？还是买了一担米，逃到山乡去避难吧。"我在他怀里的温暖的毛巾内睡觉了。等到醒来，不见麻子，只见一个近视眼，正在把我加进许多弟兄的队伍里去。旁边坐着一个女人，愁眉不展，近视眼一面整理我们的队伍，一面对那女人说："听说松江已经沦陷，鬼子快打到这里来了。市上的店都已关门，我们只好抛弃了这米店，向后方逃难。但是总共只有这点钱（他指点我们），到后方去怎么生活呢？"这时候我才明白：人们已在打仗，而逃难的人必须有我们才能生活。我很自傲！我不必自己逃难，怕他们不带我走？怕他们不保护我？我又睡了。

我睡了一大觉醒来，觉得身在一个人的衣袋里，这衣袋紧贴着那人的身体，温暖得很。那人在说话，正是那近视眼的口音："听船老大说，昨天这路上有强盗抢劫，一船难民身上的钞票尽被搜去，外加剥了棉衣。这怎么办呢？"他说时用手把我们按一按。又听见一个女人的声音，低声的讲些什么，我听不清楚。但觉一只手伸进袋来，把我和其他许多弟兄拉了出去。不久，我们就分散了。我和其他三个弟兄被塞进一个地方，暗暗的，潮湿的，而且有一股臭气的地方。忽然上面的一块东西压下来，把我们紧紧地压住。经我仔细观察，才知道这是脚的底下，毛线袜的底上！我苦极了！那种臭气和压力，我实在吃不消。我大喊"救命"，没有人理睬。我昏昏沉沉地睡着了。

我醒来，发见我和其他许多同伴躺在油盏火下的小桌上。那近视眼愁眉不展地对那女人说："听说明天的路上，盗匪更多，怎么办呢？钞票藏在脚底下，也不是办法。听说强盗要搜脚底的。"女人想了一会，兴奋地说："我有好办法了。我们逃难路上不是带粽子吗？我们把粽子挖空，把钞票塞进，依旧裹好，提着走路。强盗不会抢粽子的。"两人同意了。女的就挖空一只粽子，首先把我塞进，然后封闭了。这地方比脚底固然好些。糯米的香气也很好闻。可是弄得我浑身粘湿，怪难过的！我被香气围困，又昏沉地睡着了。

一种声音将我惊醒，原来他们又在打开我的粽子来了。但听那女人说："放在这里到底不是久长之计。路上要操心这提粽子，反而使人起疑心；况且钞票被糯米粘住，风干了展不开来，撕破了怕用不得。你看，已经弄得这样了！据我的意思，不如把钞票缝在裤子里。强盗要剥棉衣，裤子总不会剥去的。还是这办法最稳妥。"两人又同意了。我就被折成条子，塞进一条夹裤的贴边里，缝好。近视眼就穿了这裤子。其他同伴被如何处置，我不得而知了。这里比粽子又好些；可是看不见一点风景，寂寞得很！我只是无昼无夜的睡。

这一觉睡得极长，恐怕有四五年！我醒来时，一个女人正在把我从夹裤的贴边里拉出来，但不是从前的女人，却是一个四川口音的胖妇人了。她一边笑着说："旧货摊上买一条夹裤来，边上硬硬的，拆开一看，原来是一张五元钞票！"把我递给一个红面孔男人看。男人接了我，看了一会，说："唉，想必是逃难来的下江人，路上为防匪劫，苦心地藏在这裤子里，后来忘记了的。

粽子裏有钞票

麻子伯 ~ 的窗

唉，这在二十六年（指一九三七年），可买一担多米呢！但是现在，只能买一只鸡蛋！可怜可怜！"他把我掷在桌上了。我听了这话，大吃一惊。我的身价如此一落千丈，真是意外之事！但也有一点好处：从此没有人把我藏入暗处，只是让我躺在桌上，睡在灯下，甚或跌在地上。我随时可以看看世景，没有以前的苦闷了。

有一天，扫地的老太婆把我从地上捡起，抖一抖灰尘，说："地上一张五元票，拿去买开水吧！"就把我塞进衣袋中。我久已解放，一旦再进暗室，觉得气闷异常！我打着四川白说："硬是要不得！"她不听见。幸而不久她就拉我出来，交给一个头包白布，手提铜壶的男人。这男人把我掷在一只篮子里。里面已有许多我的同伴躺着，坐着，或站着。我向篮子外一望，真是好看！许多人围着许多桌子吃茶，有的说，有的笑，有的正在吵架，我从来没有见过这样热闹的光景，我乐极了！我知道这就是茶店。我正想看热闹，那头包白布，手提铜壶的男人把我一手从篮中拉出，交给一个穿雨衣戴眼镜的人，说道："找你五元！"那人立刻接了我，把我塞入雨衣袋里。从此我又被禁闭在暗室里了！无聊之极，我只有昏睡。

这一觉又睡得极长，恐怕又有四五年！一只手伸进雨衣袋内，把我拉出，我一看这手的所有者，就是当年穿大衣戴眼镜的人。他笑着对一青年人说："啊！雨衣袋里一张五元钞票！还是在后方时放进的。我难得穿这雨衣，就一直遗忘了它，到今天才发现！"他把我仔细玩弄，继续说："不知哪一年，在哪一地，把这五元钞票放进雨衣袋内的。"我大声地喊："在四五年之前，在四川的茶店内，那头包白布，手提铜壶的人找你的！"但他不听见，管自继续说："在抗战时的内地，这张票子有好些东西可买（我又喊："一只鸡蛋！"他又不听见），但在胜利后的上海，连给叫化子都不要了！可怜可怜！"坐在他对面的青年说："我倒有一个用处；我这桌子写起字来摇动，要垫一垫脚。用砖瓦，嫌太厚；把这钞票折起来给我垫桌子脚，倒是正好。"他就把我折叠，塞入桌子脚下。我身受重压，苦痛得很！幸而我的眼睛露出在外面，可以看看世景，倒可聊以解忧。

我白天看见许多学生进进出出。晚上看见戴眼镜的人和青年睡在对面的两只床铺里。我知道这是一个学校的教师宿舍，而这学校所在的地方是上海。原来我又被从四川带回上海来了。从戴眼镜的人的话里，我又知道现在抗战已经"胜利"；而我的身价又跌，连给叫化子都不要，真是一落万丈了！想到这里，不胜感叹！

我的叹声，大约被扫地的工人听见了。他放下扫帚，来拉我的手。我仔细一看，大吃一惊：原来这人就是很久以前拿我去买一担米的那个麻子！他的额上添了几条皱纹，但麻点还是照旧。"旧友重逢"，我欢欣之极，连忙大叫："麻子伯伯，你还认得我吗？从前你曾经爱我，用小毛巾包裹我，后来拿我去换一担米的！自从别后，我周游各地，到过四川，不料现在奏凯归来，身价一落万丈，连叫化子都不要我，只落得替人垫桌子脚！请你顾念旧情，依旧爱护我吧！"他似乎听见我的话的，把我从桌子脚下拉出来，口中喃喃地说："罪过，罪过！钞票垫桌脚！在从前，这一张票子可换一担白米呢！我要它！"他就替我抖一抖灰尘，放在桌上；又用粗纸叠起来，叫它代替了我的职务，他扫好了地，带我出门。

麻伯伯住在大门口一个小房间内，门上有一块木牌，上写"门房"二字。里面有桌椅，床铺。床铺上面有一对木格子的纸窗。麻伯伯带我进门，把我放在桌上。他坐在床上抽旱烟。一边抽，一边看我。后来他仰起头来看看那纸窗上的一个破洞，放下旱烟袋，拿出一瓶浆糊来。他在窗的破洞周围涂了浆糊，连忙把我贴上。喃喃地说："窗洞里的风怪冷，拿这补了窗洞，又坚牢，又好看。"窗洞的格子是长方的。我补进去，大小正合适。麻伯伯真是好人！他始终爱护我，给我住在这样的一个好地方。我朝里可以看见麻伯伯的一切行动，以及许多来客，朝外更可以看见操场上的升旗、降旗、体操和游戏。我长途跋涉，受尽辛苦，又是身价大跌，无人顾惜，也可以说是"时运不济，命途多舛"了！如今得到这样的一个养老所，也聊可自慰。但望我们宗族复兴起来，大家努力自爱，提高身份，那时我就可恢复一担白米的身价了。

卅五（1946）年十二月十三日于南京。

（发表于 1947 年 3 月《儿童故事》第 3 期，选自《丰子恺文集》第 6 卷。）

赌的故事

我做小孩子的时候，每逢新年，镇上开放赌博四天。无论大街小巷，到处都有赌场。公然地赌博，警察看见了也不捉。非但不捉，警察自己参加也不要紧。因为这四天是一年一度，人人同乐的日子；而警察也是人做的。那是前清末年的事，大家用阴历，警察局叫做团防局，警察叫做团丁。

后来民国光复，废止阴历。改用阳历。公开赌博也废止，虽然人家家里及冷僻的地方，仍有偷偷地赌博的。我向大后方逃难，去了十年。我重归故乡，今年过第一个新年，我很奇怪：胜利后的阴历新年，比抗战前的阴历新年过得更加隆重，好比是倒退了十年。记得抗战以前，阴历新年虽然没有尽废，但除了十分偏僻的地方以外，大都已经看轻，淡然处之。岂知胜利以后，反而看重起来：公然地休市，公然地拜年，有几处小地方，竟又公然地赌博。这显然是沦陷区遗留下来的腐败相，这便是战争的罪恶。

我好比返老还童，今年在乡间的朋友家里（我自己已无家可归）过了一个隆盛的阴历年。在炉边吃糖茶年糕的时候，听别人谈赌经，想起了儿时不知从哪里听来的一个故事。我讲了一遍，围炉的人听了都很纳罕。我现在就写出来，再在纸上谈给诸位小朋友听。

赌博之中，有一种叫做"打宝"。其赌法是这样：有一只有盖的四方匣子，匣子里面有一块四方的木片，木片的一边上有一个"宝"字。摆赌的主人秘密地将木片放入匣中，使"宝"字向着一边，然后将匣子盖好，拿出来放在桌上，叫人猜度"宝"字在哪一边。赌客中有的猜度"宝"字在东面，就在东面打一笔钱；有的猜度在南面，就在南面打一笔钱；有的猜度在西面，北面，就在西面、北面打一笔钱。打齐了，主人把匣子的盖揭开，一看，"宝"字在南面。于是打在南面的人就赢了，主人加三倍赔他，例如他打十个铜板，主人要赔他三十个铜板。打在东面，西面，北面的钱，都归主人没收。——但我所讲的，不过是一种原理。因为我不懂得赌，所以只能讲个原理。他们有种种名称，什么天门，地门，青龙，白虎……我都弄不清楚。久住在沦陷区的乡间的小朋友，看惯赌博的，也许比我内行，要笑我讲不清楚。但我情愿被笑，而且希望大家不要把这种东西弄清楚。因为这是低级的而且有害的玩耍，我们不可参加。我们现在的兴味，在于一个奇离的故事。

有一个人想靠赌发财。他借了一笔大款子作本钱。在新年里大规模地摆宝。在一个大房间里设一张大桌子，桌子上放着宝匣，许多人围着匣子打宝。大房间里面还有个小房间，小房间与大房间之间的壁上开一个窗洞，他自己住在小房间里做宝。他雇用一个伙计，叫他住在大房间里大桌子旁边开宝，收付银钱。开赌的时候，他先在小房间内把宝做好（就是把匣内的木片上的宝字旋向某一边）。把盖盖上，把宝匣放在窗洞缘上。窗洞的外面挂一个布幕。伙计撩开布幕，取出宝匣，放在桌上，让赌客们大家来打。打齐了，伙计嘴里唱着，把宝匣的盖揭开。一看，宝字在哪一边，打在哪一边的钱都要加赔三倍；打在其他三边的钱一概吃进。收付完毕，伙计再撩开布幕，把宝匣还放在窗洞缘上，让主人去做宝。主人自己不出来对付赌客，但他可从布幕里静听赌场的情形，知道赢输的消息。

这一天开赌，主人运气不好，连输了三次。到第四次上，有两个大赌客，拿一笔大钱来打在"天门"上，数目我已忘记，总之是很多的，比方是现在的几千万或几万万。主人从幕里听见这情形，大吃一惊。因为这回的宝正做在"天门"上！他听见伙计开宝，他听见一片欢呼声，他听见伙计把他所有的钱配给这两大赌客还不够，又亏欠了一笔大债，而他的赌本完全是借来的，他这一急，非同小可！他急得发晕了！

伙计照常办事；他借债来赔了钱，仍旧撩开布幕，把宝匣放在窗缘边，让主人去做。过了一会，又撩开布幕，把宝匣取出，再叫赌客们来打宝。赌客们一想，上次"天门"上庄家大输，这次决不再在"天门"，大家打其余的三门。谁知伙计开出宝来，宝字又在"天门"上！于是庄家统统吃进，上次所负的债，还清了一半。

伙计又撩开布幕，把宝匣放在窗缘上，让主人去做。，过了一会，又撩开布幕，取出宝匣来赌。赌客们想："天门"上一连两次，如今决不再在天门上了。于是大家坚决地打其余三门。谁知伙计开宝，第三次又是"天门"！大批银钱全部吃进，庄家还清了债，还赢了不少。

伙计又撩开布幕，把宝匣放在窗缘上，让主人去做。过了一会，又撩开布幕，取出宝匣来赌。这回赌客想："天门"上一连三次了，决不会再联第四次。于是更坚决地打其他三门，而且打的钱数更多。有许多人同时打三门，因为他们计算，吃两门，赔一门，还是赢的。谁知伙计开宝，第四次又是"天门"！更大批的银钱全部吃进，庄家发了财！

伙计又撩开布幕，把宝匣放在窗缘上，让主人去做。过了一会，又撩开布幕，取出宝匣来赌。赌客们看见过去四次都是"天门"，料想他赌五次决不敢再做"天门"。于是大家打其他三门，一人同时打三门的比前次更多。谁知伙计开宝，第五次又是天门！赌客们大声地喧嚣起来，但也无可奈何，只是惊讶庄家好大胆而已。庄家又发了一笔财。

到了第六次，赌客们纷纷议论了。有人说："恐怕第六次又是天门？"但多数赌客不相信，说："从来没有这样的戆大。"于是大家又打其他三门。结果开出宝来，第六次又是"天门"。大批的钱，又归庄家吃进。

如此下去，一连十次，统统是天门。庄家发了大财，银钱堆了两大桌子。赌客们大嚷起来，都说："从来没有这种赌法，"一定要叫主人出来讲话。伙计也被弄得莫名其妙，就推进门去看主人。但见主人躺在榻上，一动不动，手足冰冷，早已气绝了！

原来第一次天门上大输的时候，主人心里一急，竟急死了！后来伙计每次撩开布幕，把宝匣放在窗缘上的时候，主人早已死去，并未拿宝匣去从新做过。所以一连十次，都是"天门"。这无心的奇计，竟能使主人大赢；只可惜赢来的这笔大财，主人已经享用不着了！

卅六（1947）年二月九日于西湖招贤寺。

（发表于 1947 年 5 月《儿童故事》第 5 期，选自《丰子恺文集》第 6 卷。）

博士见鬼

林博士，是研究数学的人。他曾经留学西洋，发明一个数学定理，得到国际学术研究会的奖。回国以后，他在国立大学当理学院院长，一方面继续研究。他是一个光明正大的科学家。然而他曾经看见鬼，而且吃了鬼的许多苦头。你们倘不相信，请听我讲来。

林博士回国后，就同一位王女士结婚。这王女士也是研究数学的，曾在大学数学系毕业，成绩十分优良。两人志同道合，夫妻爱情比海更深。博士曾对他的太太说："倘没有了你，我不能继续研究。"太太也说："倘没有了你，我不能做人！"两人爱情之深，由此可以想见。

哪里晓得结婚的后一年，林太太忽然生病，是一种伤寒症，非常沉重，百计求医，毫无效果。眼见得生命危在旦夕了。有一天，林博士坐在病床上摸她的脉搏，觉得异常微弱，吃惊之下，掉下泪来。王女士看见了，心知绝望，悲伤之余，紧握林博士的手，呜咽起来。林博士安慰她。她和泪说道："我这病不会好了……我死后，你……"说不下去了。林博士感动之极，接着说："你一定会好的。假定你真个死了，我永远不再结婚。"两人默默地哭泣，不久之后，林太太果然一命呜呼，与林博士永别了。林博士抱着林太太的尸体号啕大哭，他用嘴巴贴着林太太的耳朵，哀哀地告道："我永远为你守节！我永不再和别人结婚，请你安眠在地下等候我吧！"旁边的人都揩眼泪。

林太太死时，正是阴历年底。林博士忙着办丧葬，一直忙到开年，方始了结。林博士鳏居，起初很悲伤，后来渐渐忘情，哀悼也淡然了。过了一二个月，独行独坐，独起独卧，觉得非常寂寞。他渐渐感到没有太太的苦痛了。后来，警得饮食起居，一切日常生活，都非常不便。他渐渐感到没有太太的不合理了。他不免向亲戚朋友诉说独居的苦处。亲戚朋友就劝他续弦。他想起了王女士临终时他所发的誓言，起初坚决否定。后来他想，人已经死了，对她守信，于她毫无益处，而于我却实在有碍。这可说是愚笨的，不合理的行为。况且她生前如此爱我，死而有知，一定也不愿意叫我独居受苦。我死守信用，反而使她在地下不安。……他的心念一转，就决意续弦。其实他是科学家，根本不相信有鬼的。

亲戚朋友介绍亲事的很多；他终于爱上了一位李女士。清明过后，就是他的前太太王女士死后约三个月，他就和李女士结婚。李女士是大学教育系毕业的，循规蹈矩，非常贤淑，当一个著名学者的太太，是最合格的。两人情爱，又是很深。但在林博士方面，对后妻的爱，终不似对前妻的爱那样纯全。他每逢欢喜的时候，往往忽然敛住笑容，陷入沉思；或者颦眉闭目，若有所忧。晚上睡梦中，他又常常呓语，语音悲哀，沉痛，甚至呜咽。李女士推他醒来，问他做什么噩梦，他总笑着说："没有做噩梦，不知怎么的会梦呓。"

林博士这种忧愁和梦呓，后来越发增多，使得李女士惊奇。李女士屡次盘问他有何心事。他起初总是推托没有心事，后来自己觉得太苦，就坦白地说了出来："不瞒你说，我的前妻临终时，我曾对她起誓：永不再娶。后来我背了誓约，和你结婚。我想起此事心甚抱歉。最近的忧愁和梦呓，便是为此。"

李女士是十分贤淑的人，一听此话，大为惊骇。她是循规蹈矩的人，以为失信背约，是一大罪恶。她又是半旧式女子，不能完全破除迷信，就疑心林博士的忧愁和梦呓，是前太太的鬼在作祟。她就后悔，自己不该和林博士结婚。因此想起，前太太的鬼对她一定也很妒恨。她怕极了！从此她也常常忧愁，常常梦中哭喊。从此林博士夫妇二人，常常见鬼。有一天晚上，李女士看见门角落里仿佛有一只面孔，正与王女士的遗像相似。有一天晚上，电灯熄了，她仿佛看见一个女人走上楼梯，忽然不见了。又有一天半夜里，她同林博士共同听见一个女子的啜泣声，林博士说声音很像他的前妻的。又有一天半夜里，二人同时从梦中惊醒，因为大家梦见王女士披头散发，血流满面，来拉他们二人同到阴司去。……幸福的家庭，变成了忧愁苦恨的牢狱！

年关到了。王女士逝世，已经周年。冬至那一天晚上，林博士夫妇二人，请和尚来诵经；在灵座前，二人虔诚地膜拜。李女士拜下去，口中喃喃有词，意思是向死者道歉，请她原谅她误嫁林博士的罪过。林博士默默祷告，请死者

原谅他的背约。和尚诵经到夜深始散。

次日早晨，李女士走到灵前，"啊哟！"惊叫一声，全身发抖，倒在椅上。林博士追出来看，李女士用手指着灵座，不作一声。一看，原来灵座上的纸牌位，已经反身，写着"先室王某某女士之灵位"的一面向着墙壁了！这在李女士看来，明明是死者的显灵，表示痛恨他们，不受他们的道歉，不要看他们。终于两人恭敬地将牌位反过来，点上香烛，又是虔诚地膜拜。

谁知第二天早晨，纸牌位又是面向墙壁了！毕生研究科学而不信鬼的林博士，这回也信心动摇起来。他小心地将纸牌位旋转，然后上香烛，二人双双跪下，一拜，再拜。

岂料第三天早晨，纸牌位又是面向墙壁了！二人又把它扶正，又是焚香礼拜。此时林博士已确信有鬼，李女士更不消说。从此以后，二人见鬼更多，一切黑暗的地方，都有王女士的脸孔，而且相貌狰狞。李女士忧惧过度，寝食不调，不久竟成了病。医生说是心脏病；只要营养好，可以康复。但李女士在病床上日夜见鬼，吓也吓饱了，哪有胃口去吃参药粥饭？因此，身体越弄越瘦，病势越来越重。病了一春一夏，病到这一年的秋末冬初，李女士又是一命呜呼！临终时连声地喊："来讨命了，来讨命了！"

前妻的灵座还没有撤除，第二妻又死。林博士堂前设了两个灵座，两个纸牌位。这一年又到冬至，照例又祭祀。和尚经忏散后，林博士独自在灵堂前，看看两个灵座，觉得这两年来好似一场恶梦，现在方始梦醒。他想，我毕生研究学术，读破万卷，从未知道鬼神存在的理由。难道世间真有鬼吗？他发一誓愿：我今晚不睡，在两妻的灵前坐守一夜。倘真有鬼，即请今晚显灵，当面旋牌位给我看！

他正襟危坐在灵前荧荧的烛光之下，注视两个纸牌位，目不转睛。夜深了，鸦雀无声，但闻邻家农夫打米的声音。这地方农夫很勤谨，利用冬日的夜长，冬至前后必做夜工。林博士耳闻打米"砰，砰"之声，眼看两个牌位。他忽然兴奋，立起身来。因为他亲眼看见两个纸牌位在桌上一跳一跳地转动。每一跳与打米的每一"砰"相合拍；而转动的速度很小，与时表上长针转动的速度相似。于是他明白了：原来邻家打米，使地皮震动；地皮影响到桌子，使桌子也震动；桌子影响到纸牌位，使纸牌位跟着跳动。又因桌子稍有点儿倾斜，故纸牌位每一跳动，必转变其方向，转得很微，每次不过一度的几分之一。然而打米继续数小时，振动不止千百次；纸牌位跳了千百次，正好旋转一百八十度，便面向墙壁了。

林博士恍然大悟，他拍着灵座，大声地独白："鬼！鬼！原来逃不出物理！"继续又慨叹道："倘使去年就发现这物理，我的后妻是不会死的！她死得冤枉！"

1947 年。

（发表于 1947 年 4 月《儿童故事》第 4 期，选自《丰子恺文集》第 6 卷。）

油钵

古代，在南方的一个国家里，曾经有这样一个故事。

国王要选一个赤胆忠心的人来做宰相，为人民谋幸福。怎样选法呢？他确信凡专心致志，坚定不移的人，必定能够尽忠报国，成就大事。他就照这标准去选人。他找了很久，发现有一个小官，最为合格。但他不敢决定，还要考考他看。有一天，他做错了一件小事，国王大发雷霆，要办他的罪。那是个专制国家，不像我们的有法律，一切由国王作主。国王说要怎样，就怎样，没有人敢反对。那天，国王就对这小官说："你犯罪了！现在我要罚你做一件事：我有一钵油，你捧了这油钵，从国都的北门走到南门，路上只要不掉出一滴油。这样，不但可以免罪，而且封你做宰相。如果掉出一滴油，立刻在当地斩首！"

兵士把他押送到北门，他看见地上放着满满的一钵油，约有十余斤重。这一钵油，满到不能再满，钵的口上，几乎溢出来。油钵旁边站着一个刽子手，拿着一把闪亮的大刀。这刽子手是押送他捧油钵走路的。从北门到南门有二十里路。

这小官心想，这回一定死了！这样重而满的油钵捧着走几步，早已滴了；何况二十里，更何况这样闹热纷乱的街道！他最初觉得非常恐怖而且悲伤；后来他想：准备死了！但我要尽我平生之力去做这件难事。万一成功，还有活的希望。"尽人力以听天命！"

他下了这样的决心之后，就振作精神，走上前来，不慌不忙地双手捧起油钵，开始走路。最初，油面略起波浪，幸而没有滴出。他两眼注视油钵，绝不看别处！他两耳对于周围一切声音，如同不闻。总之，他全身之力，集中在油钵上，他心中只有一个"油"字，其他一概不知。这样，他果然顺利地开始进行了。岂知一路困难很多。

这消息震动了全城。许多人跑来看这奇怪的刑罚。他的前后左右，簇拥了大群男女老幼。大家跟着他走，一边看他捧油，一边纷纷议论。有的人说："你们看这个人，生得一脸苦相，他一定是个杀头犯。这样满的油钵，这样远的路程，怎么会不掉呢？"有的人说："你看，他的脸色发青了！他的手上青筋突起了，他的手就要发抖了！"有的人说："前面的坡，高低不平。他上坡的时候，油一准会掉出。唉，他就要死了！……"你一声，我一句，说得可怕之极。但他全不听见，专心一意，只管捧着油钵，一步一步的走。

这消息传到了他的家族和亲戚那里。他们大为惊骇，大家跑来探看。他的亲戚们在他身边悲叹吊慰。有的说："唉，你真命苦，犯了这样的罪！我对你有无限的同情！"有的说："你要小心，千万不可掉出油来呢！"他的父母在他身边呜咽呜咽地说："我的儿呀！你死得这样苦，做父母的肝肠寸断了！"他的夫人在他身边号啕大哭："啊呀！我苦命的丈夫呀！我同你恩爱夫妻，如今不能到头了！啊呀！我要和你一同死呀！"就滚倒在他身旁的地上。他的孩子们在他背后哭："爸爸不要捧油！和我们一同回家去呀！……"哭得旁边的人都掉下泪来。但他的油，没有掉下来。因为他的心中只有"油"，没有别的，所以一切悲叹号哭，他都没有听见。这样，他已经走了五里路，到了繁华的大街。

忽然前面有人叫喊："标准美人来了，大家看！"原来这国有十个美女，是国王选定的，叫做标准美人。这一天，标准美人打扮得十分艳丽，乘车在市中游行。观者人山人海。看捧油的人们就转向去看美人。有的说："啊！你看她们的脸庞儿，个个像盛开的桃花呢！"有的说："你看她们的胸脯多么白嫩！腰身多么窈窕！她们的腿都是透明的呢！"还有些人说："近看更加漂亮了！竟是天上的仙子呢！""看了这样的美人，我死也情愿了！""不看这样的美人而死，才是冤枉死呢！""嗄！美人在车上舞蹈了！大家看！"……这种话声就在他的耳边，照理他都听见。但他如同不闻，他目不转睛，只管注视着手中的油钵，一步一步地，稳健地向前进行。此时他已走了十里路，到了市中心区。

标准美女过去了不久，忽然前面发生一片惊喊之声，路上的人纷纷逃避，店铺纷纷关门，好像我们抗战期中来了警报。原来是一只疯象，逃出槛门，闯进市内，踏伤行人，撞破房屋，真是可怕得很！有几个胆大的人，拿出刀枪来驱象，谁知那象一点不怕，张开大口，好像一扇血门，翘起鼻头，在空中乱舞，吓得人们东西乱窜，大喊救命。忽然又有人喊："象师来了！"原来南国地方多象，有一种人专门管象的，叫做象师。凡有疯象、凶象，象师都能救治镇压。这回，他们把象师请到。象师手拿着法宝，口里唱一种奇怪的歌，来镇压这疯象。逃避的人大家又走出来，争看象师治象。象师唱了许多歌（他们本

地人说，念了许多咒），疯象渐渐静起来了，后来把头垂下了，最后它跪倒了。看的人大家拍手，喝彩。象跪倒的地方，就在捧油的罪人的身旁。但一切惊呼，号哭，骚乱，歌唱，喝彩，对他没有丝毫影响，在他如同不闻。因为他心中只有"油"，别无他物。这样，他已经走了十五里路，不曾掉下一滴油。

走了一会，前面又传来一片哭喊奔逃之声，比前更加惨哀，原来这大街上失了火，两座大楼正在焚烧，火光烛天，爆声震地。许多人被火灼伤，许多人被屋压倒，正在大声哭喊；许多人正在抢救人命，搬运货物；还有许多消防队员正在救火，许多水龙尽量地喷射，好像许多小瀑布。水沫溅在捧油的罪人的头上，火星飞到罪人的衣上，烟气迷漫在罪人的眼前，哭声起伏在罪人的耳旁。但他对于一切没有感觉。因为他心中只有"油"，没有其他。这时候，他已经走了十八里路。再走两里，就是南门了。

刽子手在后面喊了："到了，把油钵放下！"但他没有听见，只管捧了油钵出南门去。直到刽子手放下了刀，伸手去接他的油钵，他方才喊道："你不得打翻我的油！性命交关！'"刽子手笑着对他说道："国王指定的地点已经到了！你已经是一个无罪的人了！"这时候他方才从"油"中惊醒过来。他向四面一看，摸摸自己的头，问道："唉！果然到了？"刽子手恭敬地答道："而且可去做大官了！"就指着旁边的大车说："请宰相爷上车！这是国王预先派来等候着的。"

原来国王预料这人有绝大的毅力，无论何事，能够专心一志，坚定不移地去办，一定办得成功，所以预先派了御用的大车，在南门等候他。经过这番考核，国王更加信任他。车子到了王宫，国王就拜他为丞相，把国家大事全权委托他。后来这个国家迅速进步，非常昌盛。

1947 年。

（发表于 1947 年 11 月《儿童故事》第 11 期，选自《丰子恺文集》第 6 卷。）

一篑之功

古人有一句话，叫做"为山九仞，功亏一篑"。就是说造一座山，已经造到九仞（八尺）高了，再加一篑泥土，山就成功。一篑就是一畚箕，缺乏这一点就不成山。故凡事差一点点就不成功，叫做"功亏一篑"。譬如小学六年毕业，你读了五年半不读了，便是"功亏一篑"，这一篑之功，是很大的！

我逃难到大后方，曾经听见一件"一篑之功"的故事，现在讲给小朋友们听听：

四川省西部，有一个地方，叫做自流井。这地方产盐有名。我曾经去参观过自流井的盐井。我们海边上的人，从海水中取盐。他们山乡的人，从井中取盐。但这井不是随地可开的，只有自流井等地方可开。这井的口，不是同普通井这么大的，只有饭碗口大小。但是深得很，有数十丈的，有数百丈的。用一个长竹筒，吊下井去。吊到井底，竹筒里便灌满了盐水。拉起竹筒来，把盐水放出，用火烧干，便成为盐。竹筒数分钟上下一次，每天每井出产的盐，很多很多！自流井地方共有数百口盐井。所以盐的产量，非常之大！抗战期间海边被敌人封锁，没有盐进来。大后方的大部分人民的食盐，是全靠自流井等处供给的。每个盐井上面，建立一个很高的架子，是挂竹筒用的。自流井地方有几百个架子，远望风景很好看。

在讲故事之前，我们必须先讲盐井的掘法。要掘盐井，先须请内行专家来

丰子恺　孤儿与娇儿

看地皮，同看风水一样。专家说：这地下有盐，就可以开掘。但他的话不一定可靠。因为多少深的地方有盐水，是说不定的。究竟有没有盐水，也是说不定的。所以掘盐井竟是一桩冒险的事业。你要晓得，掘井的工夫很大：饭碗大小的一个洞，要打下数十百丈深，必需许多人，用许多工具，费许多日子，慢慢地打下去。打几个月，然后有分晓。如果打了几个月，果然有了盐水，那功就是成了。如果打了几个月，毫无盐水，这工夫就白费！自流井的地底下虽然多盐水，但并非可以到处开盐井。白费工夫的实在不少！

我到自流井游玩，本地的友人陪我去参观各大盐井。其中有一个产量最大的盐井。叫做"金钗井"。我问本地人，为什么叫"金钗井"，他们就告诉我一个奇离的故事。现在我转述给诸位小朋友听：

从前，自流井有一位寡妇。她的家境并不好，却有许多子女。她为子女打算，决定把所有财产变卖了，去请掘井专家来掘盐井。她想，如果掘得成功，子孙世世代代，吃用不尽。于是她实行了：先请专家来看地，看定了地，再请掘井工人来动手。她每天供给工人工钱和饮食。掘了数十天，掘出来的只是石屑，并没有盐水。再掘下去，仍是石屑！掘了一百多天，总是不见盐水！工人告诉寡妇："老板娘，这工作没有成功的希望了，还是作罢，免得再白费金钱了！"老板娘不甘心，回答说："你们再掘三天吧。如果再掘三天没有盐水，我甘心作罢。因为我还有几匹布，可以卖脱了当作三天的工本。"工人依她的话，再掘三天。但盐水仍是没有。工人们再要求老板娘罢手。老板娘说："请你们再掘三天吧。我还有几担谷，可以卖脱了当作工本。"工人也依她的话，再掘三天。掘出来的依然是石屑，却没有盐水。

其实最后一天，老板娘卖谷的钱已经用完，伙食开不成了。但这寡妇是很仁慈而慷慨的。她觉得工人们很辛苦，最后一天非款待不可。于是她拔下头上的金钗来，典质了钱，去买酒和肉，来答谢工人们的辛苦。她说："掘井不成功，是我的命运不好之故，与你们无关。我仍要答谢你们的辛苦。"工人们吃了她金钗换来的酒肉之后，大家觉得感激和抱歉。这晚上，工头同工人们商量："我们替老板娘掘了几个月井，毫无成功。她白费了许多钱，又典金钗来请我们吃酒肉，实在太客气了。我的意思，我们从明天起，替她再掘三天，不要工钱，作为奉送。如果掘出盐水，大家欢喜；如果依然没有盐水，我们也对得起她了。你们意思如何？"工人们一致赞成。

于是工人们尽义务，再掘三天。第一天没有盐水，第二天又没有盐水。到

借問過牆雙蛺蝶

春光今在阿誰家

壽乾先生雅屬

子愷畫

丰子恺　春光

了第三天的傍晚，忽然大量的盐水来了！工人们大家欢呼："老板娘万岁！"老板娘也欢呼："老司务万岁！"于是皆大欢喜。原来因为三天三天地延长，这井掘得特别的深，已经掘通了盐水的大源泉。所以盐水的产量特别的大。自流井所有的盐井，都比不上它。于是这井就变成了自流井最大的一个盐井。这寡妇和她的子女，因此发了大财，现在还是当地的一大财主呢。

因为寡妇典质金钗来款待工人，所以工人奉送三天。因为奉送三天，所以掘井成功。因此这井就称为"金钗井"。假使寡妇不典金钗来买酒肉款待工人，不会再延长三天。那么这盐井就变成"功亏一篑"了！由此可知一篑之功，非常伟大！

有人说："这是善的报应。因为老板娘良心好，待人好，所以天公给她一个好的报应。"但我不喜欢这样说，我以为这完全是科学的问题，与毅力的结果。假如地下真个没有盐水，即使工人们奉献十天，也是不成功的。地下真有盐水，人们真有毅力，就自然会成功了。小朋友们大概都赞成我的话吧。人类文明的进步，全靠科学，全靠毅力！

卅五（1946）年十月十八日在杭州作。

（发表于 1947 年 2 月《儿童故事》第 2 期，选自《丰子恺文集》第 6 卷。）

编者后记

丰子恺（1898—1975），名仁，又名婴行，浙江桐乡人。早年曾从李叔同习绘画、音乐。1921 年春去日本东京，回国后从事美术和音乐教育，受其师影响极大。曾作《护生画集》，著有《缘缘堂随笔》、《音乐入门》等。

在林林总总的近现代画家中，丰子恺比较独特。很多人认为，丰子恺是漫画家、文学家，而不是中国画画家，而且他的漫画比散文随笔有名。在我们以前的印象中，漫画大多都是用辛辣的讽刺来反映时代，而不能用另外的方式。但是，子恺却以人人都能理解的方式，用线条勾勒了山水间的生活和儿童情趣，传达着永恒的悲悯和仁爱的平和之心。俞平伯曾评价子恺的漫画"如同一片片落英，含蓄着人间的情味"。他的绘画和随笔，就同人一样，质朴宁静，读的时候，内心干干净净，让人很愿意把自己还原为一个孩子。这样的绘画是丰子恺的独创，被漫画界称为"抒情漫画"。它影响很大，大家所普遍钟情的"人散后，一钩新月天如水"之意味，即独特的"丰氏意境"。

他的诗画最多见的题材是儿童，表达着对儿童世界的向往和追求。他曾说，自己是一个具有双重性格的人，一方面是个有妻儿的长者，一方面又是一个天真的、热情的、好奇的、不通世故的孩子。这使他看待世界的眼光与众不同。他的艺术创作与当时起着针砭时弊之效的现实主义的艺术主流，呈现出明显的远离，因而他的随笔虽然被众多大家赞赏，研究起点很高，被列为 20 世纪 30 年代的散文名著，但是从学术研究层面上看，仍十分缺乏系统的研究整理。基于此，本书特别关注了子恺的散文随笔，分三个主题加以编选，希望能尝试理出一点线索，为子恺对尚未成熟的中国儿童文学乃至中国艺术的独特贡献，找寻其深沉的智慧源头。

丰子恺一生多才多艺，随笔、绘画、音乐和翻译都多有涉猎，艺术与生活并行，他的创作就是这样一个综合体。

上编艺术之境，选取了他对中国艺术理论发展提出的一些观点。相对于其他部分，在所谈及的这些艺术命题中，子恺提出的很多具有学术研究性质的论述，有着重要的理论价值。

中编人生感悟，是他对艺术与人生直接发出的感叹。在对现世的成人世界的否定中，直接表达了心底蕴藏着的对人生无常的感叹，以及对皈依佛门的向往。《车厢社会》、《大账簿》、《秋》中，常流露出深层的悲观厌世情绪。但是，子恺对儿童世界和佛之世界的礼赞，又代表着他心中完美的社会理想，在儿童的世界中，他看到了佛的影子。在《秋》中他感叹道："天地万物，没有一件逃得出荣枯、盛衰、生灭、有无之理。"《渐》中言："使人生圆滑进行的微妙的要素，莫如'渐'。"只有皈依佛门，才能"不为'渐'所迷，不为造物主所欺，而收缩无限的时间并空间于方寸的心中。故佛家能纳须弥于芥子"。

下编佛性童心，这是丰子恺艺术创作中的两个最核心的要素，佛性中蕴涵着童心，是他给现代艺术创作留下的一份深沉的智慧。摆脱尘世的羁绊，进入彼岸的纯净境地，这是佛家的情结，也是很多中国传统文人的理想。子恺在1927年秋，他30岁生日的那天，从弘一法师皈依佛门，法号"婴行"，佛家思想便明确成为其精神的归向。在那个动荡的时代，他选择皈依佛门，并不是无奈之举，而是自然而然的心灵所向，这也促使他最终走上了对传统的回归之路。他的绘画和文学，成为其实现精神追求最主要的表现方式。在编选这一部分时，首先是想结合子恺留日和年轻时便皈依佛门的经历，对子恺推崇备至的日本文学家夏目漱石和师从的弘一法师，他们如何对子恺的内心起到关键性的影响，寻找一些文字的印证。《暂时脱离尘世》、《塘栖》中，子恺说"常常怀念夏目漱石"、"知我者，其唯夏目漱石"，认为夏目是真正有资格称为"艺术家"的人，他的诗对人生无常的悲叹，表现着浓郁的寂寞之味，这深深打动着子恺。而李叔同的高僧风范，让子恺无比景仰，最终皈依佛门。《艺术的逃难》中，他说，"人生的最高境界，只是宗教"，生活的一切都可谓是宗教的。

而在儿童的世界中，子恺看到了佛的影子。禅宗讲"佛心即我心"，我心是根本。即以自我为中心，直接感受外在一切，他们陶醉在自我的世界中，这与禅宗的思维方式和追求的精神境地不谋而合。儿童的纯真本性正是"性本净"的佛性。他在《给我的孩子们》和《儿女》中，赞叹儿童是"身心全部公开的真人"，是"出肝胆相示的人"，他们有着"天地最健全的心眼"和"天赋的健全的身手与真朴活跃的元气"。然而，"成人的世界，因为受到实际生活和世间的习惯的限制，所以非常狭小和苦闷"，"孩子们的世界，不受这种限制，因此非常广大自由"（《谈自己的画》）。

　　子恺的艺术境界，实际也是在这两个世界的联系中，寻得艺术之美。这个至高的境界，是子恺想象出来的。在一个个想象的空间中，只有率真、坦白和天真，他以儿童的视角表达着对成人世界的困惑，因而这种表达，既是对现实的不满，又是对理想的向往。但同时，这种想象又是宁静的，它带着佛家飘逸的情结和超然的思想，本身在诠释着一种诗意的美。这份诗意，不是以柔美的方式去创造纯真的世界，而是靠近着儿童的现实，也切近着儿童的心理和生理。他写了很多童话，来告诉他们故事和哲理。《大人国》、《赤心国》、《有情世界》、《伍元的话》等，每个故事都是一个想象的空间，艺术、美和儿童相融合，在温婉而宁静的、带着佛家意蕴的想象中，表达着他心中所向往的社会。比如，在《有情的世界》中，小男孩阿因在一个风清月明的夜晚，挎着篮子来到山上，与蒲公英、小溪涧和白云等共享情谊，这是一个真正有情的世界，人和自然界的一切都是平等的、和谐的。

　　还有一部分随笔，直接表达出他的艺术观念。在《艺术的效果》中，他说，"真善生美，美生艺术"，"倘能研究儿童艺术，从艺术精神上学得了除去习惯的假定，撤去我的隔阂的方面而观看，便见一切众生皆平等，本无贫富和贵贱"。艺术创造的世界，可以使人暂时超越尘世，优游于一个诗情画意的世界，这份恬淡超然的愉悦感，正是艺术本身传达的诗意。这份诗意的美，子恺用"小中见大、弦外余音"（《代自序诗五言之二》）来概括，这也是传统中国艺术追求的心灵之韵致。它不是最终去创造一个纯真的世界，而是欲成为一个起点，用贴近心灵的方式，开启每个人原本都有的那颗纤尘未染的童心。如他在《绘画之用》中所说，"绘画是无用的"，"无用便是大用，用慰安的方式来潜移默化我们的感情，便是绘画的大用"。

　　所以，子恺的艺术世界，没有飞扬的色彩，常常是用近似粗服乱头的笔触，表达着对儿童世界的赞美。但它又是宁静的、诗意的，用一种感知的方式去接纳佛教最根本的思想要义，而非严肃的具体理论。他用艺术，在对佛性本义的参悟中，找到了儿童的世界，寄托着他胸怀的人人率真、万物和谐的理想和情感。他刻画着在缘缘堂中的生活，那怡人的景色和孩子的嬉戏，正是他理想的社会。他以儿童的眼睛，表达着对成人世界的困惑，在对儿童纯真的咏叹中，流露着对孩子长大的痛惜。在《给我的孩子们》中，他说："我的孩子们，我憧憬于你们的生活，每天不止一次！我要委屈地说出来，使你们晓得。可惜到你们懂得我的话的意思的时候，你们将不复是可以使我憧憬的人了。这是何等可悲哀的事啊！"孩子长大是一种悲哀，这无疑是对当时病态社会发出的一个否定的声音，但同时，并不是对所有现实人生的放弃。它远离了当时主流的艺术思潮。它不是批判的，不是用佛家的隐忍去超越现实的苦难，创造纯真的世界，而是将日常生活诗意化，以佛教的超越精神，静观世事的流转和沧桑。面对琐碎悲喜的世间相，他的艺术所展示的想象世界，也是对现实的讽喻。但是，他没有完全置身于现实中去干预，而是选择一个人远远地从旁观察，这正是传统士大夫的立场。他有着悲观厌世的一面，但否定的只是成人世界，在远离战火的宁静中，他找到了美丽而幸福的儿童世界。"人间最富有灵气的是孩子"（《渐》），童心是天地的灵气，尘世间的童心，就是子恺心中完美的理想。因而说，这份宁静，带着现实的精神，流露出对个体生命的关切，对生命本身意义的探寻。

读子恺的画，我们常会带着微微的笑，纯真的童趣充盈其间，让内心变得干净至极。在《谈自己的画》中，子恺这样说："喜欢读与人生根本问题有关的书，喜欢谈与人生根本问题有关的话。"在艺术中寻找个体的精神家园，这样一个疏离于当时创作主流的温婉而宁静的艺术世界，让我们现代人倍感亲切自然。它会让我们暂时脱离尘世的纷扰，体察每个人心底的童心，怀抱着一份诚敬之心复归于生命的原初。这份审美的愉悦，是子恺艺术的美，是艺术的至高境界，也是子恺艺术为现代艺术呈现的独特的美学内涵。